Christie · Ein gefährlicher Gegner

Agatha Christie

Ein gefährlicher Gegner

Loewe

Die Deutsche Bibliothek – CIP-Einheitsaufnahme

Christie, Agatha:
Ein gefährlicher Gegner / Agatha Christie.
[Übers. aus dem Engl. von Werner von Grünau].
1. Aufl. – Bindlach: Loewe 1991
ISBN 3-7855-2437-4

Lizenzausgabe mit Genehmigung
des Scherz Verlags, Bern und München
Titel der Ausgabe im Scherz Verlag:
„Ein gefährlicher Gegner"
Titel des Originals: „The Secret Adversary"
Copyright © 1922 by Dodd Mead & Company Inc.
Übersetzung aus dem Englischen von Werner von Grünau

ISBN 3-7855-2437-4 – 1. Auflage 1991
Umschlagzeichnung: Charlotte Panowsky
Umschlagkonzeption: Creativ GmbH Kolb, Leutenbach
Satz: Teamsatz, Neudrossenfeld
Gesamtherstellung: Wiener Verlag, Himberg bei Wien
Printed in Austria

Am 7. Mai 1915, um zwei Uhr nachmittags, erhielt die *Lusitania* kurz hintereinander zwei Torpedotreffer. Sie sank schnell, während in aller Eile die Boote zu Wasser gelassen wurden. Frauen und Kinder wurden zu den Booten geführt und warteten darauf, an die Reihe zu kommen. Einige von ihnen klammerten sich noch immer verzweifelt an ihre Männer und Väter; andere drückten ihre Kinder an die Brust. Ein Mädchen stand ganz allein, ein wenig abseits von den anderen. Sie war kaum älter als achtzehn und schien keine Angst zu haben.

„Verzeihung!"

Die Stimme eines Mannes dicht neben ihr ließ sie zusammenfahren. Sie wandte sich um. Der Mann, der sie angesprochen hatte, war ihr schon einige Male unter den Passagieren der ersten Klasse aufgefallen. Es hatte ihn etwas Geheimnisvolles umgeben, das sie irgendwie reizte. Er sprach mit keinem Menschen. Auch hatte er die Angewohnheit, hin und wieder nervös und argwöhnisch um sich zu blicken. Nun bemerkte sie, daß er sehr erregt war. Auf seiner Stirn standen Schweißtropfen.

„Bitte?" Ihre ernsten Augen begegneten fragend seinem Blick. Er sah sie verzweifelt an. Er schien unentschlossen. Unvermittelt sagte er dann: „Sind Sie Amerikanerin?"

„Ja."

„Patriotin?"

Das Blut schoß dem Mädchen ins Gesicht. „Woher nehmen Sie sich das Recht zu einer solchen Frage?"

„Seien Sie mir nicht böse. Wenn Sie wüßten, was auf dem Spiel steht! Ich muß einem Menschen etwas anvertrauen – und es muß eine Frau sein."

„Warum?"

„Frauen und Kinder werden zuerst gerettet." Er blickte um sich und senkte die Stimme. „Ich habe Dokumente bei mir, die ungeheuer wichtig sind. Sie können für die Kriegführung der Alliierten geradezu entscheidend sein.

Haben Sie mich verstanden? Diese Papiere *müssen* gerettet werden! Dazu besteht bei Ihnen größere Aussicht als bei mir. Nehmen Sie sie?"

Das Mädchen streckte die Hand aus.

Der Mann zögerte. „Ich muß Sie warnen. Es könnte eine gewisse Gefahr damit verbunden sein – vielleicht ist man mir gefolgt. Ich glaube es nicht, aber das weiß man nie. Haben Sie den Mut, das auf sich zu nehmen?"

Das Mädchen nickte. „Ja. Was soll ich mit den Papieren anfangen?"

„Ich werde in der Spalte ‚Persönliches' in der *Times* eine Anzeige einsetzen lassen, die mit ‚Bordkamerad' beginnt. Falls Sie nach drei Tagen nichts finden, wissen Sie, daß ich auf dem Meeresgrund liege. Dann bringen Sie das Paket in die amerikanische Botschaft und übergeben es dem Botschafter persönlich. Ist das klar?"

„Vollkommen."

„Gut. Dann passen Sie auf, ich werde mich jetzt von Ihnen verabschieden." Er nahm ihre Hand in die seine. „Leben Sie wohl. Und nun alles Gute!" sagte er nun lauter.

Ihre Hand schloß sich um das kleine Paket in Öltuch, das er in der Hand gehalten hatte.

Die *Lusitania* neigte sich heftig nach Steuerbord. Das Mädchen gehorchte einem knappen Befehl und ging zur Reling, um in das Rettungsboot zu steigen.

1

„Tommy, alter Bursche!"

„Tuppence, alte Nuß!"

Der junge Mann und das Mädchen begrüßten einander herzlich und versperrten für einen Augenblick den Ausgang der Untergrundbahn in der Dover Street. Die

Bezeichnung „alt" war einigermaßen irreführend. Ihre Jahre hätten, zusammengerechnet, kaum fünfundvierzig ausgemacht.

„Habe dich ja seit Ewigkeiten nicht mehr gesehen", fuhr der junge Mann fort. „Wohin willst du denn? Komm, geh mit mir eine Kleinigkeit essen. Wenn wir hier noch lange im Weg herumstehen, machen wir uns nur unbeliebt."

Das Mädchen war einverstanden, und sie gingen die Dover Street hinunter auf Piccadilly zu.

„Wo gehen wir denn hin?" meinte Tommy.

Die Unruhe, die in seiner Stimme mitschwang, war Miss Prudence Cowley, im Freundeskreis aus unerfindlichen Gründen „Tuppence" genannt, nicht entgangen. Sofort hakte sie ein: „Tommy, du bist pleite!"

„Aber gar nicht", erklärte Tommy. „Ich schwimme im Geld."

„Du warst schon immer ein schamloser Lügner", erwiderte Tuppence, „schon damals, als du Schwester Greenbank einredetest, der Arzt hätte dir Bier zur Stärkung verschrieben."

Tommy lachte. „Die alte Katze war ganz aus dem Häuschen, als sie mir auf die Schliche kam, weißt du noch? - Das Lazarett ist ja nun wohl auch demobilisiert, was?"

Tuppence seufzte auf. „Ja. Und du auch?"

Tommy nickte. „Vor zwei Monaten."

„Und das Entlassungsgeld?"

„Verpulvert."

„Ach, Tommy!"

„Nein, meine Liebe, nicht etwa in Saus und Braus! Das ganz gewöhnliche Leben ist heute teuer genug. Das kann ich dir versichern, falls du es noch nicht bemerkt haben solltest ..."

„Mein Lieber", unterbrach ihn Tuppence, „das brauchst du mir nicht zu erzählen, ich weiß Bescheid. Aber hier ist ein ganz nettes Lokal, gehen wir rein - und jeder bezahlt für sich! Keine Widerrede!"

Das Lokal war voll, und sie mußten ziemlich lange nach einem Tisch suchen, wobei sie hier und dort Bruchstücke von Gesprächen aufschnappten.

„Und weißt du, sie setzte sich einfach hin und weinte, als ich ihr sagte, sie könnte die Wohnung doch nicht haben." – „Es war tatsächlich ein Gelegenheitskauf, meine Liebe! Genau das gleiche, das Mabel Lewis aus Paris mitgebracht hat . . ."

„Komisches Zeug bekommt man hier zu hören", murmelte Tommy. „Ich kam heute auf der Straße an zwei Burschen vorbei, die redeten von einer Jane Finn. Hast du jemals so einen Namen gehört?"

In diesem Augenblick erhoben sich zwei ältere Damen, lasen ihre Päckchen auf, und Tuppence ließ sich geschickt auf einen der freien Stühle gleiten.

Tommy bestellte Tee und Kuchen und Tuppence Tee und Toast mit Butter.

„Den Tee in zwei Kannen", fügte sie streng hinzu.

Tommy setzte sich ihr gegenüber. Ohne Hut kam jetzt sein dichtes, sorgfältig zurückgebürstetes rotes Haar zur Geltung. Sein Gesicht war in sympathischer Weise häßlich – nicht besonders auffällig und doch unverkennbar das Gesicht eines Gentleman und Sportsmanns. Sein brauner Anzug war gut gearbeitet, schien sich jedoch gefährlich den Grenzen seiner Lebensdauer zu nähern.

Auch Tuppence konnte keineswegs als schön gelten, aber in den feinen Zügen ihres schmalen Gesichts lagen Charakter und Charme. Ein energisches Kinn und große, graue Augen, die unter geraden, schwarzen Brauen ein wenig verträumt in die Welt blickten. Auf ihrem schwarzen, kurzen Haar trug sie einen kleinen hellgrünen Hut, und ihr äußerst kurzer und ziemlich abgetragener Rock ließ ein Paar ungewöhnlich schlanke Beine sehen. Ihre Erscheinung hatte einen gewissen kühnen Schick.

Endlich kam der Tee. Tuppence löste sich aus tiefem Nachdenken und schenkte ein.

„Also", begann Tommy, nachdem er von seinem Kuchen abgebissen hatte, „wollen wir mal auspacken. Vergiß nicht, ich habe dich seit damals im Lazarett nicht mehr gesehen. Das war 1916."

„Na gut." Tuppence kaute mit gutem Appetit an ihrem Toast. „Kurze Lebensbeschreibung von Miss Prudence Cowley, der fünften Tochter des Diakons Cowley in Little Missendell, Suffolk. Miss Cowley hatte die Freuden (und Leiden) ihres Familienlebens schon zu Anfang des Krieges verlassen und war nach London gekommen, wo sie in ein Offizierslazarett eintrat. Erster Monat: jeden Tag sechshundertundachtundvierzig Teller abwaschen. Zweiter Monat: befördert, besagte Teller abzutrocknen. Dritter Monat: befördert zum Kartoffelschälen. Vierter Monat: befördert, Brot und Butter zu schneiden. Fünfter Monat: befördert, ein Stockwerk höher mit Schrubber und Eimer die Aufgaben eines Putzmädchens zu übernehmen. Später befördert, bei Tisch zu servieren. Neunter Monat: befördert, die Krankenzimmer auszufegen, wo ich Leutnant Thomas Beresford, einen Freund aus meiner Kindheit, traf, den ich seit fünf Jahren nicht mehr gesehen hatte. Dieses Wiedersehen war ergreifend! Am Ende des Jahres das Lazarett verlassen. Danach fuhr die hochbegabte Miss Cowley nacheinander einen Lieferwagen, einen Lastwagen und einen General. Es war ein ziemlich junger General!"

„Wie hieß dieser Affe?" fragte Tommy.

„Seinen Namen habe ich vergessen", sagte Tuppence. „Aber, um fortzufahren, es war wohl der Gipfel meiner Laufbahn. Dann kam ich in ein Büro der Regierung. Dort gaben wir einige Einladungen zum Tee. War nett. Ich hatte damals noch die Absicht, bei der Post zu arbeiten und Schaffnerin zu werden, um meine Kenntnisse ein wenig abzurunden. Aber da hat mir der Waffenstillstand einen Strich durch die Rechnung gemacht! Ich habe meine Stelle im Büro einige Monate lang noch gehalten, wurde schließlich aber doch abgehalftert. Seitdem suche ich Arbeit. Und nun bist du an der Reihe."

„Wie du weißt, kam ich erst nach Frankreich. Dann schickten sie mich nach Mesopotamien, wo ich zum zweitenmal verwundet wurde und in ein Lazarett kam. Danach blieb ich bis zum Waffenstillstand in Ägypten hängen. Und seit zehn aufreibenden Monaten bin ich auf der Jagd nach einer Stellung. Aber es gibt keine. Und wenn es eine gäbe, würde ich sie nicht bekommen. Was kann ich denn? Was verstehe ich von Geschäften? Nichts."

Tuppence nickte betrübt. „Wie wäre es mit den Kolonien?" schlug sie vor.

Tommy schüttelte den Kopf: „Mir würden die Kolonien nicht gefallen – und ich bin völlig sicher, daß ich ihnen auch nicht gefiele!"

„Und reiche Verwandte?"

Wieder schüttelte Tommy den Kopf.

„Ach, Tommy, nicht mal eine Großtante?"

„Ich habe einen alten Onkel, der mehr oder weniger im Geld schwimmt, aber er kommt nicht in Frage."

„Warum nicht?"

„Er wollte mich einmal adoptieren, aber ich war dagegen."

„Ich glaube, ich erinnere mich daran", sagte Tuppence nachdenklich. „Deiner Mutter wegen warst du damals dagegen."

Tommy errötete. „Ja, für die alte Dame wäre es ein bißchen hart gewesen. Ich war alles, was sie hatte. Aber der alte Knabe konnte sie nicht leiden und wollte mich ihr wegschnappen. Nur so aus Bosheit."

„Und deine Mutter ist jetzt tot?" fragte Tuppence leise.

Tommy nickte.

Tuppences große, graue Augen blickten ihn mitfühlend an. „Du bist ein guter Kerl, Tommy!"

„Ach, Unsinn!" erwiderte Tommy hastig. „So sieht es also bei mir aus. Und ich bin ziemlich verzweifelt."

„Genau wie ich! Ich habe überall herumgesucht, alles nur Erdenkliche versucht. Aber es nützt alles nichts. Ich werde wohl nach Hause fahren müssen!"

„Willst du das denn nicht?"

„Natürlich nicht! Was sollen wir uns da viel vormachen. Vater ist ja so gut – ich liebe ihn wirklich sehr –, aber du hast keine Ahnung, was für Sorgen er sich um mich macht! Schließlich sind wir sieben zu Hause...Furchtbar. Na ja, und die viele Hausarbeit und dazu die Kränzchen meiner Mutter...Ich bin die Jüngste. Gern gehe ich also nicht nach Hause. Aber was bleibt mir übrig, Tommy?"

Tommy schüttelte traurig den Kopf. Es folgte ein Schweigen, und danach brach es aus Tuppence hervor:

„Geld, Geld, Geld! Morgens, mittags und abends denke ich an nichts anderes mehr!"

„Bei mir ist es genau dasselbe."

„Ich habe mir jede nur denkbare Möglichkeit überlegt, um zu Geld zu kommen", fuhr Tuppence fort. „Es gibt nur drei! Man erbt es, man heiratet es, oder man macht es. Ersteres fällt aus. Ich habe keine reichen, betagten Verwandten. Natürlich wäre eine Heirat für mich die beste Lösung. Schon als ganz kleines Mädchen hatte ich mich entschlossen, eine Geldheirat zu machen. Jedes vernünftige Mädchen tut das! Ich bin nicht sehr sentimental, verstehst du." Wieder machte sie eine Pause. „Na, hör mal, du kannst wirklich nicht sagen, daß ich sentimental bin", fügte sie scharf hinzu.

„Ganz gewiß nicht", stimmte Tommy ihr hastig bei. „Niemand würde bei dir je sentimentale Gefühle vermuten."

„Das war nicht sehr höflich", erwiderte Tuppence. „Aber ich nehme an, daß du wirklich so denkst. So ist es nun einmal! Ich bin bereit und willens – aber nie begegne ich reichen Männern. Alle, die ich kenne, sitzen genauso in der Klemme wie ich."

„Wie wäre es denn mit dem General?"

15

„Wahrscheinlich betreibt er jetzt ein Fahrradgeschäft. Nein, da ist nichts zu machen! Aber du – du könntest doch ein reiches Mädchen heiraten."

„Ich kenne keins."

„Das macht nichts! Du kannst jederzeit eines kennenlernen. Wenn ich einen Mann in einem Pelzmantel aus dem *Ritz* treten sehe, kann ich nicht auf ihn zustürzen und sagen: ,Hören Sie, Sie sind reich. Ich möchte Sie gern kennenlernen.'"

„Willst du damit sagen, ich könnte eine Dame, die einen Pelzmantel trägt, so ansprechen?"

„Sei doch nicht blöd! Du trittst ihr auf den Fuß oder hebst ihr ein Taschentuch auf oder etwas Ähnliches."

„Du überschätzt meine männlichen Reize."

„Na schön", fuhr Tuppence fort, „wenn eine Heirat zu große Schwierigkeiten bietet, bleibt nur – Geld machen!"

„Das haben wir ja versucht – ohne Erfolg!"

„Richtig. Wir haben die üblichen Möglichkeiten ausgeschöpft. Aber stell dir mal vor, wir versuchten es mit etwas Unüblichem! Tommy, stürzen wir uns ins Abenteuer!"

„Warum nicht?" antwortete Tommy belustigt. „Wie macht man das?"

„Ja, da liegt eine gewisse Schwierigkeit. Wenn wir den richtigen Leuten bekannt wären, würden sie uns vielleicht anheuern und uns mit dem einen oder anderen kleinen Mord beauftragen."

„Reizender Vorschlag! Und das von der Tochter eines Geistlichen!"

„Die moralische Schuld würde bei ihnen liegen", erklärte Tuppence. „Du mußt doch zugeben, daß es ein Unterschied ist, ob man ein Diamantenhalsband für sich selber stiehlt oder nur im Auftrag eines anderen."

„Ich glaube, es gibt da nicht den geringsten Unterschied, falls du dabei geschnappt wirst."

„Vielleicht. Aber man würde mich ja nicht schnappen. Dafür bin ich viel zu gerissen."

16

„Bescheidenheit war schon immer dein größter Fehler."

„Schimpf jetzt nicht, Tommy. Hör zu, wollen wir nicht starten? Zusammen ein Unternehmen gründen?"

„Eine Gesellschaft für Diebstahl von Diamantenhalsbändern?"

„Das war ja nur ein Beispiel. Gründen wir doch ... eine Art Handelskompanie! Dieses Wort hat einen fast romantischen Beigeschmack. Man denkt an Abenteuer in fernen Ländern, an Galeonen und spanische Goldmünzen."

„Und wir betreiben unseren Handel unter dem Namen: Junge Abenteurer GmbH? So etwas meinst du doch?"

„Lach nur! Ich habe das Gefühl, es könnte etwas sein."

„Wie willst du mit deinen künftigen Auftraggebern in Verbindung treten?"

„Durch eine Anzeige!" erwiderte Tuppence. „Hast du ein Stück Papier und einen Bleistift?"

Tommy reichte ihr ein ziemlich schäbiges grünes Notizbuch, und Tuppence begann eifrig zu schreiben.

„Fangen wir also an: ‚Junger Offizier, zweimal im Krieg verwundet ...‘"

„Bloß das nicht!"

„Wie du willst, mein Lieber. Ich möchte dir nur versichern, daß du damit das Herz einer alten Jungfer rühren könntest. Vielleicht würde sie dich adoptieren, und damit bestände für dich keine Notwendigkeit mehr, den Abenteurer zu spielen."

„Ich will aber nicht adoptiert werden."

„Ach, stimmt. Du hast da ja ein Vorurteil. Wie wär's damit: ‚Zwei junge Abenteurer suchen Beschäftigung. Bereit zu allem, gleich wo. Gute Bezahlung Voraussetzung.‘ Das sollten wir gleich von vornherein klarstellen. Wir könnten noch hinzufügen: ‚Alle vernünftigen Angebote werden berücksichtigt‘ – oder so ähnlich."

„Na, die Angebote, die wir daraufhin erhalten würden, dürften wohl eher unvernünftig sein."

„Tommy, du bist ein Genie! Das ist noch besser: ‚Un-

17

vernünftige Angebote werden gern berücksichtigt – falls Bezahlung entsprechend.' Wie gefällt dir das?"

„Ich würde die Bezahlung nicht gleich zweimal erwähnen. Es wirkt so gierig."

„Es kann gar nicht so gierig wirken, wie ich mich fühle! Aber vielleicht hast du recht. Ich lese es dir noch einmal vor: ‚Zwei junge Abenteurer suchen Beschäftigung. Bereit zu allem, gleich wo. Gute Bezahlung Voraussetzung. Unvernünftige Angebote werden berücksichtigt.' Was würdest du davon halten, wenn du es liest?"

„Ich würde es für einen schlechten Witz halten – oder denken, ein Verrückter habe es geschrieben."

„Es ist nur halb so verrückt wie das, was ich heute früh las. Es begann mit ‚Petunie' und war unterzeichnet mit ‚Der liebe Junge'." Sie riß das Blatt aus dem Notizbuch.

„Bitte. Für die *Times* meine ich. ‚Antwort erbeten unter Nummer Soundso.' Wird ungefähr fünf Shilling kosten. Hier hast du meinen Anteil."

„Willst du wirklich, daß ich die Anzeige aufgebe? Na gut. In jedem Fall ist's ein Spaß."

Sie lachten einander etwas unsicher an. Tuppence erhob sich. „Ich muß mich in meine palastartige Zimmerflucht zurückziehen."

„Ja, für mich wäre es wohl an der Zeit, mal ins *Ritz* hinüberzugehen", stimmte Tommy zu und grinste. „Wo treffen wir uns wieder? Und wann?"

„Morgen um zwölf Uhr. An der U-Bahnstation Piccadilly. Wäre dir das recht?"

„Ich bin Herr meiner Zeit", erwiderte Mr. Beresford hoheitsvoll.

„Also bis morgen."

„Auf Wiedersehen, alte Nuß!"

Die beiden Leute entfernten sich in entgegengesetzten Richtungen. Aus Gründen der Sparsamkeit nahm Tuppence keinen Bus.

Sie hatte den Park von St. James schon zur Hälfte durchquert, als sie die Stimme eines Mannes, der hinter ihr ging, zusammenfahren ließ.

„Verzeihung", sagte er, „könnte ich Sie einen Augenblick sprechen?"

2

Tuppence wandte sich heftig um, aber die Worte, die ihr auf der Zunge lagen, blieben ungesagt, denn die Erscheinung des Mannes entsprach nicht ihrem ersten Verdacht. So zögerte sie. Als hätte er ihre Gedanken erraten, sagte er schnell:

„Ich kann Ihnen versichern, daß mir jede Unehrerbietigkeit fernliegt."

Obwohl Tuppence ihn instinktiv nicht mochte und ihm auch nicht traute, sprach sie ihn in Gedanken von dem Motiv, das sie ihm noch soeben unterstellt hatte, frei. Sie betrachtete ihn aufmerksam. Er war groß, glatt rasiert und hatte einen schweren Unterkiefer. Seine Augen waren klein und listig und wichen ihrem Blick aus.

„Was wollen Sie?" fragte sie.

Der Mann lächelte. „Ich habe zufällig Teile Ihres Gesprächs mit dem jungen Herrn mit angehört."

„Und?"

„Ich dachte, ich könnte Ihnen von Nutzen sein."

„Sie sind mir hierher gefolgt?"

„Ich habe mir die Freiheit erlaubt."

„Und in welcher Weise glauben Sie, mir von Nutzen sein zu können?"

Der Mann nahm eine Karte aus seiner Tasche und überreichte sie ihr mit einer Verbeugung.

Tuppence nahm sie und las sie mißtrauisch. Zuerst den

19

Namen: „Edward Whittington." Unter dem Namen standen die Worte: „Estnische Glaswaren-Gesellschaft" und die Adresse eines Büros in der Stadt. Wieder sprach Mr. Whittington: „Wenn Sie mich morgen um elf in meinem Büro aufsuchen wollen, werde ich Ihnen meinen Vorschlag unterbreiten."

„Um elf Uhr?" fragte Tuppence unsicher.

„Um elf."

„Gut. Ich komme."

Mit einer eleganten Bewegung zog er den Hut und ging davon. Tuppence blickte ihm eine Weile nach.

„Das Abenteuer hat begonnen", sagte sie zu sich selbst. „Ich möchte nur wissen, was er von mir erwartet. Mein lieber Mr. Whittington, Sie haben etwas an sich, das mir keineswegs gefällt. Andererseits habe ich vor Ihnen nicht die geringste Angst. Und wie ich schon immer gesagt habe, die kleine Tuppence paßt schon auf sich auf. Bestimmt."

Sie warf den Kopf zurück und ging dann rasch weiter. Plötzlich fiel ihr etwas ein, sie bog von ihrem Weg ab und suchte ein Postamt auf. Dort überlegte sie ein paar Augenblicke, während sie ein Telegrammformular unschlüssig in den Händen hielt. Der Gedanke aber, fünf Shilling vielleicht umsonst auszugeben, trieb sie zum Handeln. Sie holte Tommys Bleistift hervor, den sie eingesteckt hatte, und schrieb rasch: „Anzeige stoppen. Erklärung morgen." Sie setzte die Adresse von Tommys Club ein. Übrigens mußte Tommy diesen Club wohl oder übel in einem Monat verlassen, falls nicht ein gütiges Geschick es ihm erlaubte, seine Mitgliedsbeiträge zu bezahlen. „Es könnte ihn noch erreichen", murmelte sie. „Jedenfalls lohnt es den Versuch."

Kurz vor elf gelangte Tuppence zu dem Häuserblock, in dem sich die Büros der „Estnischen Glaswaren-Gesellschaft" befanden. Sie lagen im obersten Stock. Es führte ein Aufzug hinauf, doch Tuppence zog es vor zu gehen.

Ein wenig außer Atem stand sie schließlich vor einer Tür. Quer über die Scheibe war zu lesen: *Estnische Glaswaren-Gesellschaft.*

Tuppence klopfte an. Eine Stimme antwortete, sie drehte den Griff herum und trat in ein ziemlich kleines, schmutziges Büro. Ein Mann mittleren Alters erhob sich von einem hohen Stuhl vor einem Pult in der Nähe des Fensters und kam mit fragendem Blick auf sie zu.

„Ich habe eine Verabredung mit Mr. Whittington", erklärte Tuppence.

„Kommen Sie bitte mit." Er ging auf eine Tür zu, auf der *Privat* stand, klopfte, öffnete und trat zur Seite, um sie hineingehen zu lassen.

Mr. Whittington saß an einem großen Schreibtisch, auf dem sich Papiere häuften. Tuppence sah ihr erstes Urteil bestätigt. Mit Mr. Whittington stimmte etwas nicht ... Diese Verbindung geleckter Wohlhabenheit und unsteter Augen machte auf sie einen seltsam unangenehmen Eindruck.

Er nickte. „Sie sind also gekommen. Setzen Sie sich bitte!"

Tuppence setzte sich ihm gegenüber. Sie wirkte an diesem Morgen besonders klein und ehrbar. Still saß sie da, während Mr. Whittington in seinen Papieren etwas suchte. Schließlich schob er sie zur Seite.

„Nun wollen wir mal über das Geschäftliche sprechen, mein liebes Fräulein." Sein großflächiges Gesicht verzog sich zu einem breiten Lächeln. „Sie suchen Arbeit? Was würden Sie dazu sagen: Hundert Pfund und alle Ausgaben bezahlt?"

Tuppence betrachtete ihn aufmerksam. „Und was für eine Arbeit wäre das?"

„Eine Formsache – eine angenehme Reise, das wäre alles."

„Wohin?"

„Paris."

„Ach!" sagte Tuppence nachdenklich. Bei sich selber dachte sie: Wenn Vater das hörte, bekäme er bestimmt einen Anfall! Aber ich kann Mr. Whittington nun einmal nicht in der Rolle des fröhlichen Verführers sehen.

„Nun?" fuhr Mr. Whittington fort. „Könnte es etwas Angenehmeres geben? Die Uhr ein paar Jahre zurückstellen – nur ein paar, daran zweifle ich nicht – und in eines dieser reizenden *pensionnats de jeunes filles* einzutreten, von denen es in Paris ja genug gibt."

Tuppence unterbrach ihn. „Ein Pensionat –?"

„Richtig. Bei Madame Colombier, in der Avenue de Neuilly."

Tuppence kannte diesen Namen gut, es gab nichts Vornehmeres. Mehrere ihrer amerikanischen Freundinnen waren dort gewesen. Nun aber erschien ihr alles noch rätselhafter.

„Ich soll zu Madame Colombier gehen? Wie lange denn?"

„Kommt ganz darauf an. Vielleicht drei Monate."

„Und die Bedingungen?"

„Keine. Selbstverständlich würden Sie als mein Mündel gelten und dürften keinerlei Verbindungen mit Ihren Freunden haben. Ich müßte Sie für diese Zeit zu absolutem Stillschweigen verpflichten. Übrigens, Sie sind doch Engländerin? Oder nicht?"

„Ja."

„Aber Sie sprechen mit einem leichten amerikanischen Akzent."

„Ich hatte im Lazarett eine gute Freundin, sie war Amerikanerin. Ich habe es wohl von ihr angenommen. Ich kann es mir schon wieder abgewöhnen."

„Im Gegenteil. Es wäre sogar einfacher, wenn Sie als Amerikanerin gelten. Ja, ich halte es für besser..."

„Einen Augenblick, Mr. Whittington! Sie scheinen meine Zustimmung für selbstverständlich zu halten."

Whittington sah überrascht aus. „Sie wollen doch nicht

etwa ablehnen? Ich kann Ihnen versichern, daß Madame Colombiers Institut nur von Töchtern aus den ersten Kreisen besucht wird. Und meine Bedingungen sind doch sehr großzügig."

„Das ist es ja gerade. Ich kann einfach nicht verstehen, wieso ich Ihnen einen solchen Betrag wert sein kann?"

„Nein? Ich will es Ihnen erklären. Sicher könnte ich eine andere für sehr viel weniger Geld bekommen. Was ich aber suche, ist eine junge Dame, die klug und geistesgegenwärtig genug ist, um ihre Rolle gut zu spielen. Sie muß so diskret sein, daß sie nicht zu viele Fragen stellt."

Über Tuppences Gesicht huschte ein Lächeln. Whittington hatte mit diesen Worten zweifellos einen Treffer erzielt. „Da wäre noch etwas: Mr. Beresford. Wo soll denn nun er eingesetzt werden?"

„Mr. Beresford?"

„Mein Partner. Sie haben uns gestern zusammen gesehen."

„Ach ja. Es tut mir leid, wir werden seine Dienste nicht benötigen."

„Dann kommt es nicht in Frage!" Tuppence hatte sich erhoben. „Entweder beide oder keiner!"

„Warten Sie! Vielleicht läßt sich etwas für ihn finden . . . Nehmen Sie doch wieder Platz, Miss . . ." Er hielt fragend inne.

Tuppence schlug plötzlich das Gewissen, als sie an ihren Vater, den Herrn Pfarrer dachte. So nannte sie den erstbesten Namen, der ihr gerade einfiel.

„Jane Finn", sagte sie hastig; und dann verschlug ihr die Wirkung dieser harmlosen Silben fast den Atem.

Alle Freundlichkeit war aus Whittingtons Gesicht gewichen. Er war dunkelrot vor Zorn.

Er zischte böse: „So, das wäre also Ihr kleines Spiel, ja?"

Tuppence war zwar völlig verblüfft, verlor jedoch nicht ihre Fassung. Sie hatte nicht die geringste Ahnung, was das alles zu bedeuten hatte.

„Sie haben also die ganze Zeit nur mit mir gespielt", fuhr Whittington fort, „wie die Katze mit der Maus, was? Sie haben die ganze Zeit gewußt, wozu ich Sie brauche!" Er sah sie scharf an. „Wer hat da geredet? Rita?"

Tuppence schüttelte den Kopf. Sie war alles andere als sicher, wie lange sie dieses Spiel weiterführen konnte, aber es war ihr klar, daß sie nun nicht etwa auch noch mit einer ihr unbekannten Rita aufwarten konnte.

„Nein. Rita weiß nichts von mir."

Seine Augen waren noch immer voll Mißtrauen auf sie gerichtet. „Wieviel wissen Sie denn?"

„Eigentlich sehr wenig", erwiderte Tuppence und bemerkte mit Genugtuung, daß dadurch Whittingtons Unruhe nicht gemildert, sondern eher verschärft wurde. Hätte sie damit geprahlt, daß sie eine Menge wüßte, hätte dies bei ihm einige Zweifel erweckt.

„Auf jeden Fall wissen Sie genug, um hier mit diesem Namen herauszuplatzen", knurrte Whittington.

„Ich könnte ja so heißen."

„Wäre es nicht sehr unwahrscheinlich, daß es zwei Mädchen mit einem solchen Namen gibt?"

„Oder ich könnte ganz zufällig diesen Namen gewählt haben", fuhr Tuppence fort, ganz berauscht von dem Erfolg, den sie mit ihrer Wahrhaftigkeit hatte.

Mr. Whittington schlug mit der Faust auf den Tisch. „Schluß mit dem Unsinn! Und wieviel verlangen Sie?"

Die letzten drei Worte interessierten Tuppence ungemein, schon in Anbetracht ihres kargen Frühstücks und der paar Brötchen am Abend zuvor. Ihre gegenwärtige Rolle schien bereits die einer Abenteurerin und nicht mehr die eines Mädchens, das erst Abenteuer sucht.

„Lieber Mr. Whittington, legen wir doch zunächst einmal unsere Karten auf den Tisch. Und seien Sie bitte nicht so böse! Sie haben mich gestern sagen hören, daß ich die Absicht habe, durch mein Köpfchen vorwärtszukommen. Mir scheint, ich habe Ihnen jetzt bewiesen, daß mein

Köpfchen dazu ausreicht. Ich gebe zu, daß ich von einem gewissen Namen Kenntnis habe, aber vielleicht bin ich damit auch schon am Ende meiner Weisheit."

„Ja – und vielleicht auch nicht", brummte Whittington.

„Sie wollen mich unbedingt falsch einschätzen", sagte Tuppence und seufzte leise auf.

„Mir gegenüber können Sie nicht die Unschuldige spielen. Sie wissen weit mehr, als Sie zugeben."

Tuppence schwieg ein Weilchen vor Staunen über ihre eigene Findigkeit und erwiderte dann ruhig: „Ich möchte Ihnen nicht widersprechen, Mr. Whittington."

„So kämen wir also zurück zu der Frage: Wieviel?"

Tuppence befand sich in einer Klemme. Bisher war es ihr gelungen, Whittington hinters Licht zu führen; wenn sie jetzt eine zu hohe Summe nannte, könnte dies sein Mißtrauen wecken. Da hatte sie einen Einfall. „Wie wäre es mit einer kleinen Anzahlung? Später könnten wir uns dann einmal über den Rest unterhalten."

Whittington streifte sie mit einem gehässigen Blick. „Erpressung, wie?"

„Aber nein! Nur eine Vorauszahlung!"

„Jedenfalls sind Sie so ziemlich das Schlimmste, was mir je begegnet ist", sagte Whittington in einer Art unwilliger Bewunderung. „Sie haben mich ganz schön reingelegt. Ich dachte, Sie wären eine völlig harmlose kleine Person, gerade intelligent genug für meinen Zweck . . ."

„Das Leben", meinte Tuppence philosophisch, „ist voller Überraschungen."

„Überraschend ist unter anderem", fuhr Whittington fort, „daß jemand nicht dichtgehalten hat. Sie sagen, Rita sei es nicht. War es dann . . . ? Ja, herein!"

Der Büroangestellte war nach einem leisen Klopfen eingetreten und legte seinem Chef ein Blatt Papier hin. „Das wurde eben telefonisch durchgegeben, Sir."

Whittington ergriff das Papier und las. „Es ist gut, Brown. Sie können gehen."

25

Der Angestellte zog sich zurück, und Whittington wandte sich wieder Tuppence zu. „Kommen Sie morgen um die gleiche Zeit wieder. Ich habe jetzt zu tun. Da sind zunächst einmal fünfzig Pfund."

Er holte rasch einige Scheine hervor, schob sie Tuppence zu und erhob sich ungeduldig.

Tuppence zählte die Scheine, steckte sie in die Handtasche und erhob sich.

„Leben Sie wohl, Mr. Whittington", sagte sie höflich. „Oder ich sollte doch wohl eher *au revoir* sagen?"

„Ganz richtig." Whittington sah fast heiter aus. Diese Veränderung weckte in Tuppence eine leichte Vorahnung. „*Au revoir*, mein reizendes Fräulein."

Tuppence eilte leichtfüßig die Treppe hinunter. Sie war in bester Stimmung. Eine Normaluhr auf der Straße zeigte fünf Minuten vor zwölf.

„Jetzt soll Tommy auch eine Überraschung erleben", murmelte Tuppence und rief ein Taxi herbei.

3

„Was in aller Welt hat denn dich dazu getrieben, ein Taxi zu nehmen?" fragte Mr. Beresford.

„Ich hatte Angst, zu spät zu kommen!"

„Angst, zu spät zu kommen? Ach, lieber Gott, ich gebe auf!" erklärte Mr. Beresford.

„Komm, gehen wir essen. Wie wäre es mit dem *Savoy?*" Tommy grinste. „Oder mit dem *Ritz?*"

„Wenn ich es mir noch mal überlege, ziehe ich eigentlich das *Piccadilly* vor. Es liegt näher."

„Sag mal, ist das eine neue Art Galgenhumor bei dir? Oder ist in deinem Kopf vielleicht etwas ausgehakt?" fragte Tommy.

„Die zweite Annahme könnte zutreffen. Ich bin zu Geld gekommen, und es war wohl mehr, als ich ertragen kann. Für diese Form geistiger Verwirrung hat der Arzt *hors d'œuvres,* Hummer *à l'américaine* und Pfirsich Melba verordnet. Und das werden wir uns jetzt zu Gemüte führen!"

„Nun sag schon, Tuppence, was ist in dich gefahren?"

„Oh, du Ungläubiger!" Tuppence riß ihre Tasche auf. „Sieh dir den an und den und den!"

„Hör nur auf, mit Pfundnoten so herumzuwedeln!"

„Sind ja keine Pfundnoten. Sind fünfmal besser als die, und der ist sogar zehnmal besser!"

Tommy stöhnte. „Träume ich, oder sind es wirklich Pfundnoten, die mir da in unverantwortlicher Weise vor die Nase gehalten werden?"

„Genau das! Kommst du mit oder nicht?"

„Wohin du mich auch führst – nichts als dir nach! Aber was hast du angestellt? Banküberfall?"

„Alles zu seiner Zeit. Was für ein entsetzlicher Platz ist doch der Piccadilly Circus. Paß auf! Der Bus wird uns gleich überfahren. Wär' doch schade, wenn er die schönen Fünfpfundnoten zermalmte."

„Zur Frühstücksstube?" fragte Tommy, als sie glücklich auf der anderen Seite der Straße angelangt waren.

„Aber das Restaurant ist doch teurer", meinte Tuppence übermütig.

„Das wäre wirklich reiner Luxus. Gehen wir lieber nach unten."

„Bist du sicher, daß ich dort unten alles bekomme, was ich mir wünsche?"

„Du meinst dieses höchst ungesunde Menü, das du gerade angepriesen hast? Natürlich bekommst du das. Aber jetzt erzähl mir endlich", sagte Tommy, unfähig, seine unterdrückte Neugier noch länger zu bezähmen, während sie bereits im Genuß ihres *hors d'œuvre* schwelgten, „was hast du angestellt?"

Und Tuppence erzählte. „Und das seltsame an der ganzen Geschichte ist", erklärte sie abschließend, „daß ich tatsächlich den Namen der Jane Finn erfunden habe! Meines armen Vaters wegen wollte ich meinen eigenen nicht nennen."

„Mag sein", antwortete Tommy nachdenklich. „Aber erfunden hast du ihn nicht."

„Wieso nicht?"

„Nein. *Ich* habe ihn dir genannt. Entsinnst du dich nicht mehr? Gestern habe ich dir erzählt, daß ich zwei Männer von einer Jane Finn habe reden hören."

„Stimmt. Jetzt entsinne ich mich." Tuppence verfiel in Schweigen. Plötzlich richtete sie sich auf. „Tommy!"

„Was ist?"

„Wie sahen denn die beiden Männer aus?"

Tommy runzelte die Stirn. „Der eine war ein großer, etwas dicker Kerl. Glatt rasiert, glaube ich – und dunkel!"

„Das ist er!" rief Tuppence und stieß dabei einen leichten Schrei aus. „Das ist Whittington! Und der andere?"

„Ich kann mich nicht erinnern. Er ist mir nicht aufgefallen. Tatsächlich war es auch nur der etwas fremdartig klingende Name, der meine Aufmerksamkeit weckte."

„Und da sagen die Leute, daß es keine Häufung von Zufällen gäbe!" Glücklich wandte sich Tuppence ihrem Pfirsich Melba zu.

Tommy jedoch war ernst geworden. „Hör zu, Tuppence, wohin soll die Sache führen?"

„Zu mehr Geld."

„Das weiß ich. Aber wie stellst du dir den nächsten Schritt vor? Wie willst du dieses Spiel weiterführen?"

„Ach!" Tuppence legte ihren Löffel hin. „Du hast recht, Tommy. Das ist wirklich eine schwierige Frage."

„Immerhin kannst du ihm ja nicht ständig etwas vormachen. Und im übrigen bin ich auch keinesfalls sicher, ob es sich nicht tatsächlich um eine Art Erpressung handelt."

„Unsinn! Erpressung ist doch, wenn man jemandem

droht, etwas weiterzuerzählen, falls man nicht eine bestimmte Summe Geld bekommt. Hier aber kann ich gar nichts erzählen, weil ich ganz einfach nichts weiß."

Tommy war nicht sehr überzeugt. „Also gut, aber was tun wir jetzt? Heute vormittag hatte es Whittington eilig, dich loszuwerden, aber das nächstemal wird er etwas erfahren wollen, bevor er sich von seinem Geld trennt. Wieviel du weißt und woher du deine Informationen hast und so weiter. Was willst du dann sagen?"

Tuppence dachte angestrengt nach. „Überlegen wir einmal. Bestell Kaffee, Tommy! Er regt die Gehirntätigkeit an. Ich habe derartig viel gegessen . . ."

„Ziemlich gierig, aber das könnte man von mir auch sagen . . . Zwei Kaffee, bitte", er wandte sich an den Kellner, „einen Türkischen, einen Schwarzen."

Tuppence nippte mit versonnenem Ausdruck an ihrem Kaffee und wies Tommy ab, als er wieder zu sprechen begann. „Still! Ich denke."

„Spontane Anwandlung von Tiefsinn", erwiderte Tommy und verfiel seinerseits in Schweigen.

„Ich hab's!" rief Tuppence schließlich. „Ich habe einen Plan. Wir müssen mehr in Erfahrung bringen."

Tommy klatschte spöttisch Beifall.

„Mach dich nicht lustig! Das können wir nur über Whittington. Wir müssen feststellen, wo er wohnt und was er treibt. Wir müssen einfach alles über ihn herauskriegen. Ich kann das nicht, weil er mich kennt – dich aber hat er offenbar nur ganz flüchtig gesehen. Es ist kaum anzunehmen, daß er dich wiedererkennt. Im übrigen sehen ja fast alle jungen Männer einander ähnlich."

„Ich möchte die Bemerkung energisch zurückweisen!"

„Mein Plan ist nun folgender", fuhr Tuppence unbeirrt fort, „ich gehe morgen allein zu ihm. Ich werde ihn ebenso wie heute hinhalten. Ob ich nun gleich mehr Geld kriege oder nicht, ist gleichgültig. Mit fünfzig Pfund sollten wir ja ein paar Tage durchkommen."

„Sogar noch etwas länger!"

„Du hältst dich solange draußen auf. Wenn ich herauskomme, werde ich nicht mit dir reden, für den Fall, daß er uns beobachtet. Aber ich werde in der Nähe bleiben, und wenn er aus dem Gebäude tritt, lasse ich ein Taschentuch oder irgend etwas fallen, und du saust hinterher!"

„Wohin?"

„Du folgst ihm natürlich, Dummkopf!"

„Ganz so, wie man es in Büchern liest? Ich habe das Gefühl, daß man sich im wirklichen Leben etwas blöde vorkäme, wenn man stundenlang auf der Straße herumsteht. Die Leute werden sich fragen, was ich eigentlich treibe."

„Doch nicht in einer solchen Geschäftsgegend! Da sind alle in Eile. Wahrscheinlich wird dich überhaupt niemand bemerken."

„Du machst jetzt schon zum zweitenmal eine solche Bemerkung! Ich verzeihe dir. Jedenfalls wird es eine ganz lustige Sache. Was machst du übrigens heute nachmittag?"

Tuppence wurde wieder nachdenklich. „Ich hatte an Hüte gedacht! Oder Strümpfe! Oder..."

„Vorsicht!" warnte Tommy. „Auch fünfzig Pfund gehen einmal zu Ende. Wie wäre es, wenn wir heute abend zusammen äßen und dann in ein Kino gingen?"

„Das wäre nett."

Langsam schlenderte Tommy bis zum Ende der Straße und wieder zurück. Als er gerade wieder vor das Gebäude kam, stürzte Tuppence über die Straße auf ihn zu. „Tommy!"

„Ja? Was ist los?"

„Das Büro ist geschlossen! Niemand rührt sich!"

„Das ist doch seltsam."

„Nicht wahr? Komm mit!"

Tommy folgte ihr. Als sie auf der Treppe ins dritte Stockwerk gelangten, trat ein junger Mann aus seinem Büro. Er zögerte einen Augenblick und sprach dann Tuppence an: „Wollen Sie zu den ‚Estnischen Glaswaren'?"

„Ja, bitte."

„Die haben geschlossen. Seit gestern nachmittag. Wie sie sagten, wird das Unternehmen aufgelöst – falls es überhaupt je bestanden hat. Aber jedenfalls ist das Büro zu vermieten."

„Danke", stammelte Tuppence. „Sie kennen wohl nicht zufällig Mr. Whittingtons Adresse?"

„Leider nein. Es ging alles so schnell."

„Ich danke Ihnen vielmals", sagte Tommy. „Komm, Tuppence." Sie gingen wieder auf die Straße hinunter, wo sie einander verständnislos ansahen.

„Das wäre geplatzt", erklärte Tommy schließlich.

„Niemals hätte ich das geglaubt", jammerte Tuppence.

„Kopf hoch, daran läßt sich nichts ändern."

„Wieso nicht?" Tuppence stieß ihr kleines Kinn energisch vor. „Glaubst du, das wäre das Ende? Da irrst du dich! Das ist der Anfang!"

„Der Anfang wovon?"

„Von unserem Abenteuer! Tommy, wenn sie solche Angst haben, daß sie einfach davonlaufen, ist das doch nur ein Zeichen dafür, daß hinter dieser Sache Jane Finn sehr viel steckt! Verstehst du? Aber wir werden dem auf den Grund gehen. Die bringen wir zur Strecke!"

„Sehr schön, aber wie?"

„Wir müssen ganz von vorn anfangen. Leih mir mal einen Bleistift. Danke. Warte mal – stör mich nicht. Da!"

Tuppence gab ihm den Bleistift zurück und betrachtete äußerst zufrieden einen Fetzen Papier, auf den sie etwas geschrieben hatte.

„Was ist denn das?"

„Eine Anzeige."

Laut las Tommy den Inhalt: „Informationen jeder Art über Jane Finn erbeten. Auskünfte an J. A."

31

4

Der nächste Tag verlief recht träge. Es erwies sich als notwendig, die Ausgaben etwas einzuschränken. Glücklicherweise war gutes Wetter. „Spazierengehen ist billig", verkündete Tuppence. Ein Vorstadtkino sorgte für ihre Zerstreuung.

Der Tag der großen Enttäuschung war ein Mittwoch gewesen. Am Donnerstag war die Anzeige erschienen. Am Freitag konnte man damit rechnen, daß Briefe in Tommys Club eintreffen würden.

Er hatte sich durch heilige Eide verpflichtet, keinen der Briefe zu öffnen, sondern sich zur Nationalgalerie zu begeben, wo Tuppence ihn um zehn Uhr erwarten wollte.

Tuppence traf zuerst ein. Sie ließ sich auf einem roten Plüschsessel nieder und betrachtete, ohne sie wirklich zu sehen, Turners Bilder, bis endlich die vertraute Gestalt auftauchte.

„Nun?"

Tommy schüttelte in übertriebener Melancholie den Kopf. „Schade. Das gute Geld ist vertan." Er seufzte. „Ganze zwei Antworten!"

„Tommy, du ekelhafter Kerl!" Tuppence hatte es fast geschrien. „Gib sie her! Auf der Stelle!"

„Aber Tuppence, was für Worte! Vergiß nicht, worauf ich dich schon früher hingewiesen habe, daß die Tochter eines Geistlichen . . ."

Tuppence entriß ihm die beiden Umschläge und betrachtete sie aufmerksam.

„Dickes Papier, der eine. Sieht ziemlich wohlhabend aus. Den lesen wir zuletzt und öffnen erst den anderen." Tuppence riß mit ihrem Daumen den Umschlag auf und holte den Brief hervor.

Sehr geehrte Herren, unter Bezugnahme auf Ihre Anzeige in der heutigen Morgenzeitung teile ich Ihnen mit, daß ich Ihnen von gewissem Nutzen sein könnte. Vielleicht könnten Sie mich morgen vormittag um elf Uhr aufsuchen.

Ihr ergebener
A. Carter

„Die Adresse ist Carshalton Terrace 27", sagte Tuppence.
„Zeit genug, mit der U-Bahn hinzukommen."

„Das wäre unser neuer Feldzugsplan", erklärte Tommy. „Jetzt bin ich an der Reihe. Wenn wir also Mr. Carter gegenüberstehen, werden er und ich einander wie üblich guten Morgen wünschen. Dann sagt er: ‚Nehmen Sie doch bitte Platz, Mr. . . .?' Worauf ich bedeutungsvoll erwidere: ‚Edward Whittington!' Daraufhin wird Mr. Carter rot anlaufen und keuchend hervorstoßen: ‚Wieviel?' Nachdem ich dann das übliche Honorar von fünfzig Pfund eingesteckt habe, komme ich wieder zu dir auf die Straße, wir begeben uns zur nächsten Adresse und wiederholen das Ganze."

„Sei nicht so albern, Tommy. Jetzt der andere Brief! Oh, der kommt sogar aus dem *Ritz*!"

„Also hundert Pfund anstatt fünfzig!"

„Ich lese ihn dir vor."

Sehr geehrte Herren, ich habe Ihre Anzeige gelesen und würde mich freuen, wenn Sie etwa zur Essenszeit vorbeikämen.

Ihr ergebener
Julius P. Hersheimer

„Nanu", sagte Tommy. „Ein Deutscher? Oder nur ein amerikanischer Millionär deutscher Herkunft? Auf jeden Fall werden wir uns zur Mittagsstunde bei ihm einfinden. Sehr gute Zeit – führt häufig zu freier Verpflegung."

Carshalton Terrace erwies sich als eine makellose Reihe von Häusern, von denen Tuppence behauptete, sie sähen sehr „damenhaft" aus. Bei Nummer 27 läuteten sie. Ein Dienstmädchen öffnete. Es wirkte so achtbar, daß Tuppence allen Mut verlor. Als Tommy nach Mr. Carter fragte, führte sie das Mädchen in ein kleines Arbeitszimmer im Erdgeschoß und ließ sie allein. Kaum war eine Minute verstrichen, als sich die Tür wieder öffnete und ein hochgewachsener Mann mit hagerem, adlerartigem Gesicht eintrat. In seinen Bewegungen lag etwas Müdes.

„Mr. J. A.?" fragte er. Sein Lächeln war sympathisch. „Nehmen Sie doch bitte Platz."

Sie folgten seiner Aufforderung. Er selber setzte sich Tuppence gegenüber. Da er nicht geneigt schien, das Gespräch zu eröffnen, sah sich Tuppence gezwungen, es zu tun.

„Wir hätten gern gewußt – das heißt –, würden Sie so freundlich sein und uns alles sagen, was Sie von Jane Finn wissen?"

„Jane Finn." Mr. Carter schien nachzudenken. „Nun, die Frage sollte eigentlich lauten: Was wissen denn *Sie* von ihr?"

Tuppence richtete sich auf. „Ich verstehe nicht!"

„Nicht? Sie müssen schließlich irgend etwas über sie wissen – wieso sonst diese Anzeige?" Er beugte sich ein wenig vor. Seine leise Simme hatte etwas Suggestives. „Warum wollen Sie es mir nicht erzählen?" Unzweifelhaft besaß Mr. Carter eine starke Anziehungskraft.

Tuppence sagte: „Das können wir doch nicht tun, nicht wahr, Tommy?" Aber zu ihrer Überraschung unterstützte Tommy sie nicht. Seine Augen waren fest auf Mr. Carter gerichtet, und als er sprach, lag ein Ton ungewöhnlicher Ehrerbietung in seinen Worten.

„Ich möchte annehmen, daß das wenige, was wir wissen, Ihnen nicht viel nützen kann, Sir."

„Aber Tommy!" rief Tuppence verwundert.

Tommy nickte. „Ja, Sir, ich habe Sie sofort erkannt. Ich habe Sie in Frankreich gesehen, als ich dem Geheimdienst zugeteilt war. Gleich, als Sie das Zimmer betraten, wußte ich . . ."

Mr. Carter hob eine Hand. „Keine Namen, bitte! Ich bin hier als Mr. Carter bekannt. Es ist übrigens das Haus meiner Kusine. Sie überläßt es mir manchmal, wenn ich einer Sache möglichst diskret nachgehen möchte. Ja", und er blickte von einem zum anderen, „wer erzählt mir nun also die Geschichte?"

„Schieß los, Tuppence!" befahl Tommy.

Gehorsam schilderte sie den Hergang, angefangen bei der Gründung der Jungen Abenteurer GmbH.

Mr. Carter lauschte schweigend. Hin und wieder fuhr er sich mit der Hand über den Mund, als wollte er ein Lächeln verbergen. Als sie geendet hatte, nickte er ernst. „Nicht allzuviel. Aber aufschlußreich! Ich weiß nicht . . . Sie könnten möglicherweise Erfolg haben, wo andere versagten. Ich glaube an das Glück. Ich habe immer an das Glück geglaubt." Er hielt einen Augenblick inne und fuhr dann fort: „Sie suchen das Abenteuer. Wollen Sie nicht für mich arbeiten? Ganz inoffiziell, verstehen Sie? Spesen werden bezahlt und ein bescheidenes Honorar."

Tuppence starrte ihn an, und ihre Augen wurden immer größer. „Was hätten wir denn zu tun?"

Mr. Carter lächelte. „Nichts anderes, als was Sie bereits angefangen haben. Jane Finn suchen."

„Ja, sehr schön – aber wer ist sie eigentlich?"

„Ja, das müssen Sie nun wohl wissen." Carter lehnte sich zurück, schlug ein Bein über das andere und begann mit leiser Stimme zu erzählen: „Die Geheimdiplomatie (die übrigens fast immer schlechte Politik ist) bringt es mit sich, daß ich Ihnen nicht alles sagen kann. Aber es wird Ihnen sicher genügen, wenn ich Ihnen mitteile, daß zu Anfang des Jahres 1915 ein gewisses Dokument verfaßt wurde: der Entwurf eines Geheimabkommens oder eines

35

Vertrages – nennen Sie es, wie Sie wollen. Es wurde von verschiedenen Regierungsvertretern aufgesetzt, und es fehlten nur noch die Unterschriften. Das geschah in Amerika, das damals noch neutral war. Der Vertrag wurde durch einen Sonderkurier, einen jungen Mann namens Danvers, nach England geschickt. Man hoffte, daß die ganze Sache streng geheim bleiben würde. Aber solche Hoffnungen werden meist enttäuscht. Irgendeiner redet immer.

Danvers reiste auf der *Lusitania* nach England. Er trug die wichtigen Papiere in einem in Öltuch eingeschlagenen Päckchen unmittelbar auf dem Körper. Auf dieser Reise wurde die *Lusitania* torpediert und sank. Danvers stand auf der Verlustliste. Sein Leichnam wurde an der Küste angespült und unzweifelhaft identifiziert. Das Päckchen aber fehlte!

Nun erhob sich die Frage: Hatte man es ihm weggenommen, oder hatte er selber es jemandem zur Aufbewahrung gegeben? Es gab einige Anhaltspunkte, die für die zweite Annahme sprechen. Nachdem das Torpedo das Schiff getroffen hatte, sah man Danvers in den wenigen Augenblicken, die bis zum Besteigen der Boote blieben, mit einer jungen Amerikanerin sprechen. Es hat zwar niemand tatsächlich beobachtet, daß er ihr das Päckchen gab, es besteht jedoch die Möglichkeit, daß er es getan hat. Ich halte es jedenfalls für durchaus wahrscheinlich, daß er die Papiere diesem Mädchen übergab, weil sie als Frau größere Aussicht besaß, wohlbehalten an Land zu kommen.

Wenn das so war – wo war dann das Mädchen, und was hatte sie mit den Papieren getan? Nach späteren Mitteilungen aus Amerika war so gut wie sicher, daß man Danvers auf der Überfahrt beschattet hatte. Stand das Mädchen in Verbindung mit dem Feind? Oder war es seinerseits beschattet worden, und hatte man es durch List oder Gewalt dahin gebracht, das Päckchen auszuliefern?

Wir machten uns an die Arbeit, sie aufzuspüren. Es

erwies sich als ungewöhnlich schwierig. Ihr Name war Jane Finn, und dieser Name erschien auch auf der Liste der Überlebenden. Aber das Mädchen war wie vom Erdboden verschluckt. Die Nachforschungen nach ihren Eltern halfen uns wenig. Sie war eine Waise und hatte im Westen als Hilfslehrerin gearbeitet. Sie wollte nach Paris, zum Dienst in einem Lazarett. Sie hatte sich freiwillig gemeldet, und nach einigem Hin und Her hatte man sie angenommen. Nachdem die Leitung des Lazaretts ihren Namen auf der Liste der Überlebenden gelesen hatte, wunderte man sich, daß sie nicht erschien, um ihre Stelle anzutreten, und auch nichts von sich hören ließ.

Man hat keine Mühe gescheut, das Mädchen zu finden. Aber es war alles umsonst. Wir verfolgten ihre Spur noch durch Irland, doch es war nichts mehr ausfindig zu machen, seit sie ihren Fuß auf englischen Boden gesetzt hatte. Der Vertrag wurde in keiner Weise benutzt, was ja leicht hätte geschehen können, und so lag der Schluß nahe, daß Danvers ihn doch wohl vernichtet hatte. Der Krieg trat in eine neue Phase ein, die diplomatischen Beziehungen änderten sich, und der Vertrag wurde niemals mehr von neuem aufgesetzt. Jane Finns Verschwinden geriet in Vergessenheit."

Mr. Carter hielt inne, und Tuppence warf ungeduldig ein: „Warum ist denn jetzt alles wieder aufgewirbelt worden? Der Krieg ist doch vorbei."

Mr. Carters Reaktion verriet eine gewisse Unruhe. „Es sieht nun wieder so aus, als wären diese Papiere doch nicht vernichtet worden. Sie könnten heute wieder ins Spiel geworfen werden und hätten dann eine neue, gefährliche Wirkung."

Tuppence sah ihn aufmerksam an. Mr. Carter nickte.

„Ja, vor fünf Jahren war dieser Vertragsentwurf eine Waffe in unseren Händen. Heute ist er eine Waffe gegen uns. Es handelt sich dabei um einen gewaltigen politischen Mißgriff, der für uns katastrophale Auswirkungen haben könnte, falls sein Inhalt bekannt würde. In letzter Konsequenz könnte das fast zu einem Krieg führen – dieses Mal nicht mit Deutschland! Nun, daran glaube ich zwar nicht im Ernst, aber die Sache belastet zweifellos eine Reihe unserer Politiker, die wir im gegenwärtigen Zeitpunkt unmöglich in dieser Weise diskreditiert sehen können. Und als Wahlparole für die Opposition wäre es unwiderstehlich. Doch ein Regierungswechsel bei den augenblicklichen Schwierigkeiten wäre für den britischen Handel von großem Nachteil. Dies alles bedeutet jedoch nichts gegenüber der *wirklichen* Gefahr." Er machte eine Pause und sagte dann ruhig: „Sie haben vielleicht davon gehört, daß hinter den gegenwärtigen Schwierigkeiten bolschewistische Einflüsse zu suchen sind?"

Tuppence nickte.

„Und das stimmt tatsächlich. Bolschewistisches Geld strömt zur Zeit für ganz besondere Zwecke in dieses Land. Und da gibt es einen Mann, sein Name ist uns nicht bekannt, der im dunkeln seine eigenen Ziele verfolgt. Die Bolschewisten stehen bis zu einem gewissen Grade hinter den Schwierigkeiten, aber *hinter den Bolschewisten* steht dieser Mann. Wer ist er? Wir wissen es nicht. Man nennt ihn nichtssagend Mr. Brown. Aber eines steht fest: Er ist ein Meisterverbrecher. Er beherrscht eine exakt funktionierende Organisation. Was er zu erreichen sucht, wissen wir nicht, vielleicht die höchste Macht im Staat. Wir haben nicht die geringsten Anhaltspunkte, wer er sein könnte. Sogar seine eigenen Anhänger sollen keine Ahnung haben. Manchmal sind wir auf seine Spur gestoßen, aber da schob er dann immer geschickt einen anderen vor. Mr. Brown ist uns bis jetzt stets entwischt."

„Ach!" Tuppence fuhr hoch. „Ich frage mich . . ."

„Bitte?"

„Jetzt entsinne ich mich, daß Mr. Whittington in seinem Büro seinen Angestellten stets mit Brown anredete. Aber Sie glauben doch nicht etwa –?"

„Möglich ist alles. Sonderbarerweise tauchte der Name Brown in diesem Zusammenhang tatsächlich immer wieder auf. Können Sie ihn beschreiben?"

„Er hat sich mir nicht eingeprägt. Er war so alltäglich."

Mr. Carter seufzte. „Genauso wird Mr. Brown immer beschrieben! Hat diesem Whittington einen Zettel über eine telefonische Mitteilung hingelegt, nicht wahr? Haben Sie im ersten Büro ein Telefon bemerkt?"

Tuppence dachte nach. „Nein, ich glaube nicht."

„Vielleicht war diese ‚telefonische Mitteilung' nichts anderes als ein Befehl Mr. Browns an seinen Untergebenen. Selbstverständlich hatte er Ihr Gespräch mit angehört. Hat Ihnen Whittington nicht gleich danach das Geld ausgezahlt und Ihnen gesagt, Sie sollten am nächsten Tag wiederkommen?"

Tuppence nickte.

„Ja, das sieht fast nach Mr. Brown aus!" Mr. Carter machte eine Pause. „Sie sehen also, in was Sie sich da einlassen wollen! Wahrscheinlich ist er die größte Verbrecherintelligenz unserer Zeit. Und deshalb gefällt mir die Sache nicht ganz. Es täte mir leid, wenn Sie in Gefahr gerieten."

„Mir passiert nichts!" behauptete Tuppence zuversichtlich.

„Ich werde schon auf sie aufpassen, Sir!" rief Tommy.

„Dafür passe ich dann auf *dich* auf", erwiderte Tuppence, der diese männliche Überheblichkeit mißfiel.

„Passen Sie nur gegenseitig aufeinander auf", sagte Mr. Carter und lächelte. „Aber nun zurück zu unserer Aufgabe. Um diesen Vertragsentwurf hat es immer Rätsel gegeben – die wir bisher nicht lösen konnten. Man hat uns ganz unmißverständlich damit gedroht. Von seiten unserer Gegner ist behauptet worden, er befände sich in ihrer Hand und sie würden ihn zum gegebenen Augenblick veröffentlichen. Andererseits sind sie sich offensichtlich über manche seiner Punkte keineswegs im klaren. Die

Regierung betrachtet das Ganze als Bluff und hat einfach alles abgestritten – ob zu Recht oder nicht, dessen bin ich nicht sicher. Es hat immer wieder Andeutungen und Hinweise gegeben, daß hier eine Gefahr bestehe. Das ist so, als ob jemand ein belastendes Dokument in Händen hat, das er aber nicht lesen kann, weil es in Geheimschrift abgefaßt ist. Aber der Entwurf ist durchaus nicht in Geheimschrift abgefaßt! Das war nach Lage der Dinge gar nicht möglich. Hier ist also vieles unklar. Und noch etwas anderes ist seltsam. Natürlich könnte Jane Finn tot sein – denn was wissen wir schon von ihr? Aber ist es nicht merkwürdig, daß *sie versuchen, von uns Informationen über sie zu erlangen?*"

„Wie ist das möglich?"

„Ja, da sind ein paar Kleinigkeiten, die zu denken geben. Und Ihre Geschichte bestärkt mich in meiner Vorstellung. Die anderen wissen, daß wir Jane Finn suchen. Nun, sie werden also ihre eigene Jane Finn auf die Beine stellen – sagen wir mal in einem Pensionat in Paris." Tuppence verschlug es den Atem. Mr. Carter lächelte. „Niemand ahnt ja auch nur, wie sie aussieht, da kann also nichts passieren. Ihr wird irgendeine Geschichte eingetrichtert, die sie uns zu servieren hat, ihre eigentliche Aufgabe aber besteht darin, so viele Informationen wie nur möglich aus uns herauszuholen. Sehen Sie jetzt, worum es geht?"

„Dann glauben Sie also . . ." – Tuppence hielt inne, um sich diese Möglichkeit ganz klar zu vergegenwärtigen –, „daß sie mich als Jane Finn nach Paris schicken wollten?"

Mr. Carter lächelte noch müder als sonst. „Ich glaube an ein Zusammentreffen verschiedener Zufälle", sagte er.

5

„Es scheint wirklich", sagte Tuppence, nachdem sie sich wieder gesammelt hatte, „als sollte alles so sein."

Carter nickte. „Ich weiß, was Sie meinen. Ich bin ziemlich abergläubisch. Das Schicksal scheint Sie ausgewählt zu haben, in dieser Sache eine Rolle zu spielen."

Tommy lachte. „Wahrhaftig! Ich wundere mich nicht, daß es Whittington die Sprache verschlug, als Tuppence ausgerechnet mit diesem Namen herausplatzte! Aber ich glaube, Sir, wir haben Ihre Zeit schon erheblich in Anspruch genommen. Könnten Sie uns noch irgendwelche Hinweise geben, bevor wir aufbrechen?"

„Ich glaube nicht. Alle meine Fachleute, die natürlich immer auf ausgetretenen Pfaden vorgehen, haben versagt. Sie hingegen gehen mit Phantasie und Unvoreingenommenheit an die Sache heran. Seien Sie also nicht entmutigt, wenn wir nicht gleich hundertprozentig Erfolg haben. Aber es könnte sein, daß dadurch wenigstens der Ablauf der Ereignisse beschleunigt wird."

Tuppence furchte verständnislos die Stirn.

„Als Sie Whittington aufsuchten, hatten die Leute noch Zeit. Ich hatte Informationen darüber, daß sie einen großen Schlag zu Beginn des neuen Jahres beabsichtigten. Aber die Regierung plant Gegenmaßnahmen. Die anderen werden davon bald Wind bekommen, wenn sie es nicht schon wissen, und es ist möglich, daß dadurch alles auf eine Entscheidung hintreibt. Ich selber hoffe es. Je weniger Zeit sie haben, ihre Pläne ausreifen zu lassen, desto besser. Ich will Ihnen damit sagen, daß auch Sie nicht allzuviel Zeit haben. Auf keinen Fall ist es eine leichte Aufgabe. So, das wäre wohl alles."

Tuppence erhob sich. „Nun sollten wir auch noch das Geschäftliche erledigen: Womit können wir denn rechnen, Mr. Carter?"

Mr. Carters Lippen zuckten ein wenig, aber er antwortete kurz und bündig: „Aufwendungen in angemessenem Umfang, ins einzelne gehende Informationen auf jedem Gebiet und keine offizielle Anerkennung. Das heißt, wenn Sie also einmal mit der Polizei in Konflikt kommen, kann ich Ihnen offiziell nicht helfen. Sie sind sich dann selber überlassen."

Tuppence nickte trotzig. „Ja – aber wie steht es nun mit Geld?"

„Richtig, Miss Tuppence. Sie meinen, wieviel?"

„Nicht unbedingt. Wir haben jetzt genug, um erst einmal weiterzumachen. Wenn wir mehr brauchen . . ."

„. . . wartet es hier auf Sie."

„Ja – ich möchte zwar den Staat nicht beleidigen, aber Sie wissen doch selber, wie es geht, wenn man etwas aus ihm herausholen will!"

Mr. Carter lachte. „Machen Sie sich keine Sorgen, Miss Tuppence. Sie schicken mir persönlich eine Anforderung hierher, und Sie erhalten das Geld in bar durch die Post zugestellt. Und als Gehalt – dreihundert Pfund im Jahr? Für Mr. Beresford selbstverständlich der gleiche Betrag."

„Herrlich. Sie sind zu nett! Ich liebe nun einmal Geld! Über unsere Ausgaben werde ich genau Buch führen."

„Dessen bin ich sicher. Also, leben Sie wohl, und Ihnen beiden viel Glück."

Er gab ihnen die Hand, und einen Augenblick später gingen sie die Treppe vor dem Haus Carshalton Terrace 27 wieder hinunter.

„Tommy! Erzähl mir sofort: Wer ist Mr. Carter?" Tommy murmelte ihr einen Namen ins Ohr. „Ach der!" stieß Tuppence beeindruckt hervor. „Ich mag ihn ganz gern. Er sieht so müde und gelangweilt aus. Oh, Tommy!" Sie hüpfte vor Freude. „Das Abenteuer hat tatsächlich begonnen! Im übrigen – wie spät ist es eigentlich?"

Beiden kam gleichzeitig derselbe Gedanke. Tommy sprach ihn aus: „Julius P. Hersheimer!"

42

„Wir haben Mr. Carter nicht erzählt, daß er sich bei uns gemeldet hat."

„Es ist ja auch nichts zu erzählen – nicht, bevor wir ihn gesehen haben."

Mr. Julius P. Hersheimer war sehr viel jünger, als Tommy oder Tuppence sich vorgestellt hatten. Sie schätzten ihn auf fünfunddreißig Jahre. Er war mittelgroß und breitschultrig, mit kräftigem Kinn. Sein Gesicht wirkte kampflustig, aber nicht unsympathisch. Der Amerikaner war unverkennbar, obwohl er nur mit einem ganz leichten amerikanischen Akzent sprach.

„Sie haben meine Nachricht erhalten? Gut. Setzen Sie sich, und erzählen Sie mir alles, was Sie von meiner Kusine wissen!"

„Ihre Kusine?"

„Jawohl. Jane Finn. Mein Vater und ihre Mutter waren Geschwister", erklärte Hersheimer.

„Ach!" rief Tuppence. „Dann wissen Sie, wo sie ist?"

„Nein!" Mr. Hersheimer schlug mit der Faust auf den Tisch. „Hol mich der Teufel, wenn ich's weiß! Wissen Sie es denn nicht?"

„Wir haben eine Anzeige losgelassen, um Informationen einzuholen und nicht, um sie zu geben!"

„Ich kann lesen. Aber ich dachte, Sie interessierten sich vielleicht für ihre Vergangenheit und wüßten, wo sie sich heute befindet."

„Wir hätten ja gar nichts dagegen, etwas über ihre Vergangenheit zu erfahren", sagte Tuppence vorsichtig.

Mr. Hersheimer schien jedoch plötzlich Verdacht zu schöpfen. „Wir sind hier nicht in Sizilien! Hier gibt es kein Lösegeld – und keine Drohung, ihr etwa die Ohren abzuschneiden, falls ich mich weigere zu zahlen. Hier sind wir auf den Britischen Inseln, und Sie hören jetzt besser mit diesem Unsinn auf, oder ich pfeife dem Polizisten dort unten ein kleines Lied."

Tommy mischte sich sogleich ein und erklärte: „Wir haben Ihre Kusine ja nicht entführt. Im Gegenteil, wir versuchen, sie zu finden. Man hat uns den Auftrag dazu erteilt."

Hersheimer lehnte sich in seinem Sessel zurück. „Will ich genauer wissen", antwortete er kurz.

Tommy folgte seiner Aufforderung und schilderte ihm mit vorsichtigen Worten das Verschwinden von Jane Finn. Er deutete auch die Möglichkeit an, daß sie, ohne es zu wollen, in „irgendwelche politischen Dinge" verwickelt sein könnte. Von sich selber und Tuppence sprach er als „Privatdetektive", die den Auftrag hätten, sie zu finden. Er fügte hinzu, sie wären froh über jede Einzelheit, die Mr. Hersheimer ihnen nennen könnte.

Hersheimer nickte zustimmend. „Das ist nicht mehr als recht und billig. Ich war vorhin ein bißchen hitzig. Aber London geht mir auf die Nerven. Also schießen Sie los mit Ihren Fragen!"

„Wann haben Sie Ihre Kusine – das letztemal gesehen?" begann Tuppence.

„Habe sie niemals gesehen", antwortete Hersheimer.

„Bitte?" fragte Tommy überrascht.

„Ja. Wie ich vorhin schon sagte, waren mein Vater und ihre Mutter Geschwister, sie kamen nicht immer gut miteinander aus. Als meine Tante sich entschloß, Amos Finn zu heiraten, einen armen Lehrer drüben im Westen, war mein Vater wütend! Er sagte ihr, wenn er ein Vermögen machen sollte – und das war keineswegs ausgeschlossen –, würde sie niemals auch nur einen Cent davon zu sehen bekommen. Das Ende war, daß Tante Jane nach Westen zog und wir niemals mehr von ihr hörten.

Mein Alter machte inzwischen tatsächlich ein Vermögen. Er stürzte sich ins Ölgeschäft, warf sich auf Stahl, spielte ein wenig mit Eisenbahnen. Nun ist er gestorben – letzten Herbst –, und ich habe seine Dollar. Mein Gewissen regte sich! Es ließ mich nicht in Ruhe, und am Ende beauftragte ich jemanden, festzustellen, was aus meiner Tante geworden war. Ergebnis: sie sei tot, ebenso Amos Finn. Aber sie hätten eine Tochter hinterlassen – Jane –, die auf ihrem Weg nach Paris in die Katastrophe der *Lusitania* hineingeraten sei. Sie sei gerettet worden – aber von da an habe man nichts mehr über sie erfahren können. Ich dachte, die wären ganz einfach zu lahm, und wollte nun selber mal rüberkommen und etwas Dampf dahinter machen. Zunächst telefonierte ich mit Scotland Yard und der Admiralität. Die Admiralität hat mich abgewimmelt, aber bei Scotland Yard war man recht zuvorkommend. Man sicherte mir zu, Nachforschungen anzustellen. Heute früh hat man jemanden geschickt, der ihre Fotografie geholt hat. Morgen reise ich nach Paris und will mal sehen, was dort die Präfektur auf die Beine stellen kann."

Mr. Hersheimers Energie schien grenzenlos. „Aber sagen Sie mal", schloß er nun, „Sie sind doch nicht etwa aus irgendwelchen unangenehmen Gründen hinter ihr her? Mißachtung eines Gerichts oder so was? Sollte dies der Fall sein und es in diesem Land so etwas wie Bestechung geben, bin ich bereit, sie freizukaufen."

Tuppence beruhigte ihn in dieser Hinsicht.

„Gut. Dann können wir also zusammenarbeiten. Wie wäre es, wenn wir zunächst einmal etwas äßen? Sollen wir hier oben im Hotelzimmer bleiben oder hinuntergehen ins Restaurant?"

Tuppence entschied sich fürs Restaurant, und Hersheimer fügte sich ihrer Entscheidung.

Die Austern waren gerade einer Seezunge Colbert gewichen, als man Hersheimer eine Karte brachte.

„Inspektor Japp von der Kriminalabteilung bei Scotland Yard. Wieder einer. Was soll ich ihm denn noch erzählen? Ich habe doch alles schon dem ersten gesagt. Hoffe nur, daß sie dort die Fotografie nicht verloren haben. Das Atelier des Fotografen im Westen ist niedergebrannt, und alle seine Negative sind vernichtet. Es ist der einzige

45

Abzug, den ich besitze. Ich habe ihn vom Direktor ihrer Schule bekommen."

Eine dumpfe Angst beschlich Tuppence. „Sie wissen nicht zufällig den Namen des Mannes, der heute morgen bei Ihnen war?"

„Augenblick mal. Es stand auf seiner Karte. Inspektor Brown. Ein ganz unauffälliger Mann."

6

Es genügte, festzustellen, daß bei Scotland Yard kein „Inspektor Brown" existierte. Die Fotografie von Jane Finn, die für die Polizei von größter Bedeutung gewesen wäre, war verloren. Wieder einmal hatte Mr. Brown triumphiert. Das unmittelbare Ergebnis dieses Rückschlags war eine weitere Annäherung zwischen Julius Hersheimer und den jungen Abenteurern. Tommy und Tuppence hatten bald das Gefühl, den Amerikaner ihr Leben lang zu kennen, und erzählten ihm ihre Geschichte. Er fand die ganze Sache „zum Totlachen".

Zu den Folgen dieser vertraulichen Beziehungen gehörte es, daß Tommy und Tuppence von nun ab ihr Hauptquartier im *Ritz* aufschlugen, um, wie Tuppence sich ausdrückte, in ständigem Kontakt mit Jane Finns einzigem lebenden Verwandten zu stehen.

„Und nun", sagte Tuppence am Morgen nach ihrem Einzug, „an die Arbeit!"

Mr. Beresford ließ die *Daily Mail* sinken.

„Zum Teufel, Tommy, wir müssen doch etwas für unser Geld tun!"

Tommy seufzte.

„Du hast etwas von der Schlichtheit der wahrhaft großen Geister an dir, Tuppence. Also los, ich höre zu."

„Woran können wir uns zunächst einmal halten?"fragte Tuppence.

„An nichts", erwiderte Tommy fröhlich.

„Falsch! Wir haben zwei Anhaltspunkte."

„Und die wären?"

„Der erste: Wir kennen einen von der Bande."

„Whittington?"

„Ja. Ihn würde ich überall wiedererkennen."

„Hm", sagte Tommy zweifelnd. „Ein sehr wesentlicher Anhaltspunkt ist das nicht gerade. Du weißt nicht, wo du ihn suchen solltest, und es steht etwa tausend zu eins, daß du ihm irgendwo zufällig begegnest."

„Das kann man nicht wissen", antwortete Tuppence nachdenklich. „Ich habe oft bemerkt, daß eine Serie von Zufällen zumeist in ganz unerwarteter Weise ihre Fortsetzung durch eine neue Serie findet. Aber du hast recht: Wir können uns nicht unbedingt darauf verlassen. Es gibt jedoch Gegenden in London, in denen man früher oder später unweigerlich gewissen Menschen begegnet. Zum Beispiel Piccadilly Circus."

„Ich halte nicht viel von der Idee. Es ist durchaus möglich, daß sich Whittington gar nicht in London aufhält."

„Stimmt. Ich halte Punkt zwei auch für aussichtsreicher."

„Und der wäre?"

„Ein Vorname – Rita. Whittington hat ihn damals erwähnt."

„Hast du etwa die Absicht, noch eine Anzeige aufzugeben: Gesucht weiblicher Verbrecher, hört auf Rita?"

„Kaum. Ich habe vielmehr die Absicht, nach rein logischen Gesichtspunkten vorzugehen. Dieser Danvers wurde doch auf der Überfahrt beschattet, nicht wahr? Es ist wahrscheinlich, daß man ihm eine Frau auf die Fersen gesetzt hatte und nicht einen Mann."

„Mir kommt das durchaus nicht so wahrscheinlich vor."

47

„Ich bin sicher, daß es eine Frau war, und bestimmt sah sie gut aus", antwortete Tuppence ruhig.

„In diesen mehr technischen Fragen will ich mich ganz deiner Ansicht unterordnen", murmelte Mr. Beresford.

„Diese Frau wurde offenbar gerettet."

„Woraus schließt du das?"

„Sonst hätten die anderen niemals erfahren können, daß Jane Finn die Papiere bekommen hatte."

„Richtig."

„Es könnte also doch sein – daß diese Frau ‚Rita' war."

„Und?"

„Dann müßten wir alle Überlebenden der *Lusitania* durchkämmen, bis wir sie gefunden haben."

„Dazu müßten wir uns eine Liste der Überlebenden beschaffen."

„Habe ich schon. Ich habe eine lange Liste all der Dinge, die ich wissen wollte, angelegt und sie Mr. Carter geschickt. Heute früh habe ich seine Antwort erhalten und darunter auch die amtliche Liste der Geretteten von der *Lusitania*. Ist die kleine Tuppence nicht tüchtig?"

„Ein Lob für Fleiß, und eine Rüge wegen mangelnder Bescheidenheit. Steht eine ‚Rita' auf der Liste?"

„Das ist es ja gerade, was ich nicht weiß!"

„Wieso?"

„Sieh her!" Sie beugten sich beide über die Liste. „Bei den meisten steht nur Mrs. oder Miss vor dem Namen."

Tommy nickte. „Das kompliziert natürlich die Angelegenheit!"

„Uns bleibt nichts anderes übrig, als uns an die Arbeit zu machen. Wir fangen mit dem Londoner Gebiet an."

Fünf Minuten später traten die beiden jungen Leute auf die Straße, und nach einigen Sekunden fuhren sie in einem Taxi zu *The Laurels,* Glendower Road 7, der Wohnung von Mrs. Edgar Keith, deren Name an erster Stelle von den sieben in Tommys Notizbuch stand.

The Laurels war ein verkommenes Haus, das ein wenig

abseits von der Straße lag; ein paar spärliche Büsche bemühten sich, den Eindruck eines Vorgartens zu erwecken. Tommy bezahlte das Taxi und begleitete Tuppence zum Haupteingang. Als sie gerade klingeln wollte, hielt er ihre Hand zurück.

„Was willst du eigentlich sagen?"

„Was ich sagen will? Ich ... Das ist ja zu dumm!"

„Das habe ich mir gedacht", erklärte Tommy voller Genugtuung. „Das ist recht weiblich! Nun halte dich im Hintergrund, und hör dir an, wie ein Mann mit so etwas fertig wird." Er drückte auf die Klingel.

Ein schlampig aussehendes, schielendes Mädchen öffnete die Tür. Tommy hatte sein Notizbuch hervorgeholt und den Bleistift gezückt.

„Guten Morgen", sagte er frisch und munter. „Ich komme von der Bezirksverwaltung Hampstead. Es handelt sich um die neue Wählerkartei. Wohnt hier nicht Mrs. Edgar Keith?"

„Ja", antwortete das Mädchen mürrisch.

„Vorname?" fragte Tommy, den Bleistift bereit.

„Die Gnädige? Eleanor Jane."

„Eleanor", wiederholte Tommy langsam im Schreiben. „Irgendwelche Söhne oder Töchter über einundzwanzig?"

„Nein."

„Danke." Tommy ließ das Notizbuch zuschnappen. „Guten Morgen."

„Ich dachte, Sie kämen vielleicht wegen Gas", bemerkte sie und schloß die Tür.

„Hast du gesehen, Tuppence", rief Tommy strahlend, „ein Kinderspiel!"

„Ich gebe es zu. Darauf wäre ich nie verfallen."

„Kein schlechter Trick, was?"

Zu Mittag saßen die beiden vor einem Steak mit Röstkartoffeln in einer etwas obskuren Wirtschaft. Sie hatten eine Gladys, eine Mary und eine Marjorie gesammelt, hatten einen Wohnungswechsel registrieren und einen lan-

49

gen Vortrag über das allgemeine Wahlrecht von einer lebhaften Amerikanerin über sich ergehen lassen müssen, deren Vorname Sadie lautete.

„Ah", machte Tommy, nachdem er einen langen Zug aus seinem Bierglas getan hatte, „jetzt fühle ich mich schon wohler. Was haben wir als nächstes?"

Das Notizbuch lag zwischen ihnen auf dem Tisch. Tuppence zog es zu sich heran. „Mrs. Vandemeyer", las sie. *„South Audley Mansions 20.* Miss Wheeler, Clapington Road 43, Battersea. Sie ist eine Zugehfrau, soweit ich mich entsinne, wird also wahrscheinlich nicht dasein und kommt im übrigen wohl auch nicht in Frage."

„Dann wäre also die Dame in Mayfair die nächste."

„Tommy, ich werde langsam mutlos."

„Kopf hoch! Wir fangen ja erst an! Ziehen wir in London nur Nieten, steht uns eine schöne Reise quer durch England, Irland und Schottland bevor."

„Richtig", rief Tuppence und war sogleich wieder belebt. „Aber dieser Vormittag war das Langweiligste vom Langweiligen."

„Du mußt die Sehnsucht nach vulgären Sensationen ein wenig unterdrücken, Tuppence. Es ist doch eigentlich fast ein Wunder, daß uns Mr. Brown nicht schon längst umgebracht hat. Vielleicht meint er, es sei nicht der Mühe wert, sich mit uns zu befassen."

Tuppence nahm diese Bemerkung höchst ungnädig auf. „Wie dumm von ihm", sagte sie.

„Vermutlich hat er keine Ahnung, was wir tun . . ."

South Audley Mansions war ein gewaltiger Wohnblock, nicht weit von Park Lane. Die Wohnung Nr. 20 lag im zweiten Stock.

Tommy hatte sich inzwischen die lässige Gewandtheit des alten Routiniers zugelegt. Er leierte vor einer älteren Frau, die eher einer Hausdame als einem Dienstmädchen glich, sein Sprüchlein herunter.

„Vorname?"

„Margaret."

Tommy buchstabierte, aber die Frau unterbrach ihn.

„Nein, mit *gue*."

„Oh, Marguerite; die französische Schreibweise, wie ich sehe." Er hielt inne und machte dann einen kühnen Vorstoß. „Wir hatten sie als Rita Vandemeyer geführt, aber das war wohl falsch?"

„Sie wird zumeist so genannt, Sir, aber Marguerite ist ihr wirklicher Name."

„Danke. Damit hätten wir's!"

Kaum fähig, seine Erregung niederzuhalten, stürmte Tommy die Treppe hinab. Tuppence wartete am nächsten Absatz.

„Hast du das gehört?"

„Ja. Oh, Tommy!"

Tommy kniff ihr verständnisinnig in den Arm. „Ich weiß, alte Nuß. Ich bin genauso froh."

„Man kann sich immer nicht vorstellen, daß sich Dinge, von denen man träumt, tatsächlich verwirklichen!" rief Tuppence hingerissen.

Ihre Hand lag noch immer in Tommys Hand. Sie waren inzwischen in die Diele des Hauses gelangt. Über ihnen waren Stimmen und Schritte zu hören.

Plötzlich riß Tuppence Tommy in eine kleine Nische neben dem Aufzug.

Zwei Männer kamen die Treppe herunter und gingen hinaus. Tuppences Hand krampfte sich um Tommys Arm.

„Schnell, folg ihnen! Ich wage es nicht! Er könnte mich wiedererkennen. Ich weiß nicht, wer der andere Mann ist – aber der größere von beiden ist Whittington!"

7

Whittington und sein Begleiter entfernten sich mit raschen Schritten. Tommy folgte ihnen schnell, und als er an der Ecke anlangte, war der Abstand zwischen ihnen bereits erheblich geringer. Die kleinen Straßen in Mayfair waren verhältnismäßig menschenleer, und er hielt es für besser, sich damit zu begnügen, ihnen in einer gewissen Entfernung zu folgen.

Für ihn war es ein neuer Sport, und er mußte bald feststellen, daß es mancherlei Schwierigkeiten gab, von denen er nichts geahnt hatte. Die Männer verfolgten einen Zickzackkurs, mit dem sie offenbar so schnell wie möglich zur Oxford Street zu gelangen suchten. Als sie schließlich in sie einbogen und in östlicher Richtung weitergingen, beschleunigte Tommy ein wenig seinen Schritt. Nach und nach holte er sie ein. In Anbetracht der vielen Menschen war es höchst unwahrscheinlich, daß er ihre Aufmerksamkeit auf sich zog.

Kurz vor der U-Bahnstation Bond Street überquerten sie die Straße; Tommy blieb ihnen unauffällig auf den Fersen. Dann betraten sie das große Lokal von *Lyons*. Sie stiegen in den ersten Stock und setzten sich an einen kleinen Tisch am Fenster. Es war schon spät, und die meisten Leute verließen den Raum. Tommy setzte sich an den Nebentisch, hinter Whittington, für den Fall, daß der ihn doch erkennen würde. Außerdem konnte er den anderen Mann auf diese Weise ungehindert betrachten. Er war blond und hatte ein unangenehmes Gesicht. Tommy hielt ihn für einen Russen oder Polen. Er mochte etwa fünfzig Jahre alt sein. Seine kleinen, listigen Augen waren unaufhörlich in Bewegung.

Tommy schnappte das Wort „Irland" auf, mehrfach auch „Propaganda", von Jane Finn war nicht die Rede. Plötzlich aber – das Summen und Klappern im Raum war gerade einmal abgebrochen – vermochte er mehrere Sätze aufzufangen. Es war Whittington, der sprach: „Ach, und Sie kennen Flossie nicht. Sie ist ein reines Wunder. Ein Erzbischof würde einen Eid ablegen, sie sei seine eigene Mutter. Jedesmal trifft sie die Stimme ganz genau, und das ist es ja, worauf es ankommt, Boris."

Tommy konnte Boris' Antwort nicht hören, aber in Erwiderung darauf sagte Whittington etwas, das klang wie: „Natürlich . . . nur im Notfall . . ."

Dann verlor er wieder den Faden. Nach einer Weile jedoch wurden die Sätze wieder deutlich. Zwei Worte übten auf ihn geradezu elektrisierende Wirkung aus. Boris hatte sie ausgesprochen: „Mr. Brown."

Whittington schien Einwendungen zu machen, aber Boris lachte nur.

„Warum denn nicht, mein Freund? Es ist doch ein höchst achtbarer Name – und ganz alltäglich. Hat er ihn sich nicht aus diesem Grunde zugelegt? Ach, ich würde ihn zu gern kennenlernen, diesen Mr. Brown."

In Whittingtons Stimme lag ein stählerner Klang, als er antwortete: „Vielleicht sind Sie ihm schon begegnet?"

„Unsinn! Das ist doch Geschwätz. Vielleicht ist das alles nur ein Märchen, das sich der Innere Ring ausgedacht hat – ein Märchen für die Polizei. Und eine Vogelscheuche, um uns in Atem zu halten. Könnte es nicht so sein?"

„Und es könnte auch anders sein."

„Ich frage mich – ist das wirklich wahr, daß er uns und allen, bis auf ein paar Auserwählten, unbekannt ist? In dem Fall hat er sein Geheimnis gut zu wahren verstanden. Der Gedanke ist natürlich gut. Wir sehen einander an – *einer von uns ist Mr. Brown* – aber welcher? Er befiehlt – aber er führt auch aus. Irgendwo unter uns, irgendwo in unserer Mitte. Und niemand weiß, wer es ist . . ."

Der Russe blickte auf seine Uhr.

„Ja", sagte Whittington, „wir müssen gehen."

Draußen rief Whittington ein Taxi und bat, zum Bahnhof Waterloo gefahren zu werden.

An Taxis fehlte es hier nicht, und bevor Whittington abgefahren war, hatte Tommy das nächste. Die Fahrt selber verlief ohne jede Aufregung. Tommys Taxi blieb gleich hinter Whittingtons stehen. Tommy stand auch am Schalter hinter Whittington. Er löste eine Fahrkarte erster Klasse nach Bournemouth; Tommy tat das gleiche. Als er wieder in der Nähe der anderen stehenblieb, äußerte Boris, nachdem er auf die Uhr geschaut hatte: „Sie sind früh dran. Sie haben noch fast eine halbe Stunde Zeit."

Boris' Worte hatten bei Tommy eine neue Folge von Gedanken ausgelöst. Offensichtlich unternahm Whittington die Reise allein, während der andere in London blieb. Tommy hatte also die Wahl, welchem von beiden er folgen wollte. Schließlich konnte er nicht beide zugleich verfolgen – es sei denn . . . Ebenso wie Boris blickte er nun zur Uhr hinauf und dann auf die Tafel mit den Abfahrtszeiten der Züge. Der Zug nach Bournemouth sollte um drei Uhr dreißig abfahren. Jetzt war es zehn Minuten nach drei. Whittington und Boris gingen vor dem Bücherstand auf und ab. Er warf ihnen einen zweifelnden Blick zu und eilte dann in die nächste Telefonzelle. Er versuchte erst gar nicht, mit Tuppence in Verbindung zu treten; höchstwahrscheinlich befand sie sich noch in der Nähe der *South Audley Mansions*. Aber er hatte ja noch einen anderen Verbündeten. Er rief das *Ritz* an und ließ sich mit Hersheimer verbinden. Ein Klicken und Summen. Ach, wenn nur der junge Amerikaner in seinem Zimmer wäre! Noch ein Klicken, und dann, mit dem unmißverständlichen Akzent, das Wörtchen „Hallo!"

„Hersheimer, sind Sie's? Hier spricht Beresford. Ich bin am Bahnhof Waterloo. Ich bin Whittington und einem anderen Mann hierher gefolgt. Keine Zeit zur Erklärung. Whittington soll um drei Uhr dreißig nach Bournemouth abreisen. Können Sie bis dahin hier sein?"

Hersheimer bejahte. „Aber sicher. Ich beeile mich."

Mit einem Seufzer der Erleichterung legte Tommy den Hörer wieder auf.

Whittington und Boris waren noch immer dort, wo er sie zuletzt gesehen hatte. Wenn Boris bis zur Abfahrt seines Freundes wartete, war alles in Ordnung. Dann durchsuchte Tommy seine Taschen. Trotz der Blankovollmacht für Spesen hatte er es sich noch immer nicht zur Gewohnheit gemacht, eine größere Geldsumme bei sich zu haben. Nachdem er die Fahrkarte erster Klasse nach Bournemouth bezahlt hatte, waren ihm nur noch ein paar Schillinge übriggeblieben. Es war zu hoffen, daß Hersheimer ein wenig besser ausgerüstet war.

Nun begannen die Minuten immer schneller zu verstreichen. Angenommen, Hersheimer käme nicht mehr rechtzeitig ... Tommy packte die Verzweiflung. Da legte sich eine Hand auf seine Schulter.

„Da bin ich, mein Sohn. Dieser britische Verkehr spottet jeder Beschreibung! Zeigen Sie mir die Kerle!"

„Der da ist Whittington – der jetzt einsteigt, der große Dunkle. Der andere, mit dem er spricht, ist der Ausländer."

„Verstanden. Und welcher ist nun mein Wild?"

„Haben Sie Geld bei sich?" Hersheimer schüttelte den Kopf, und Tommy machte ein mutloses Gesicht.

„Ich habe nicht mehr als drei- oder vierhundert Dollar bei mir", erklärte der Amerikaner.

Tommy stieß einen Seufzer der Erleichterung aus. „Mein Gott, ihr Millionäre! Da ist Ihre Fahrkarte. Whittington ist Ihr Mann!"

Der Zug fuhr gerade ab, als Hersheimer hineinsprang. „Bis bald, Tommy!" Dann glitt der Zug aus der Halle.

Von Waterloo nahm Boris die U-Bahn bis Piccadilly Circus. Dann ging er die Shaftesbury Avenue entlang und bog schließlich in ein Gewirr kleiner Gassen in Soho ein. Tommy folgte ihm vorsichtig.

Sie gelangten auf einen kleinen, unansehnlichen Platz.

Boris blickte um sich, und Tommy zog sich in einen Haus-
eingang zurück. Im Schutz des Eingangs sah er ihn die
Stufen zu einem besonders übel aussehenden Haus hin-
aufsteigen und hörte ihn in einem bestimmten Rhyth-
mus gegen die Tür schlagen. Sie wurde sogleich geöffnet,
Boris sagte etwas und trat ein. Hinter ihm schloß sich wieder die Tür.

In diesem kritischen Augenblick verlor Tommy den
Kopf. Er hätte geduldig dort stehenbleiben und warten
müssen, bis der Mann wieder herauskam. Aber nicht
Tommy. Ohne auch nur einen Augenblick zu überlegen,
stieg er ebenfalls die Stufen hinauf und wiederholte, so
gut es ging, den Klopfrhythmus.

Ebenso schnell wie zuvor ging die Tür auf. Ein Mann
mit einem niederträchtigen Gesicht und bürstenartig
kurzgeschnittenen Haaren stand in der Tür. „Was gibt's?"

In diesem Augenblick wurde Tommy das ganze Aus-
maß seines wahnsinnigen Unterfangens bewußt. Nun
aber wagte er nicht mehr zu zögern. Er stieß die ersten
Worte aus, die ihm in den Sinn kamen. „Mr. Brown?"
fragte er.

Zu seiner Überraschung trat der Mann zur Seite.
„Oben", sagte er, „erste Tür links."

8

So überrascht Tommy auch war, er zauderte keinen
Augenblick. Leise stieg er die baufällige Treppe hinauf.
Das Haus war unvorstellbar schmutzig. Die schmierige
Tapete hing in losen Fetzen von den Wänden.

Als er schließlich am nächsten Treppenabsatz anlangte,
hörte er unten den Mann in einem Hinterzimmer verschwinden. Offensichtlich hatte er keinen Argwohn

geweckt. Es schien etwas völlig Natürliches und Selbstver-
ständliches zu sein, in diesem Haus nach „Mr. Brown" zu
fragen.

Oben blieb Tommy stehen und überlegte. Vor sich sah
er einen engen Flur, von dem nach beiden Seiten Türen
abgingen. Hinter der einen war ein leises Gemurmel ver-
nehmbar. Es war die Tür, die der Mann ihm gewiesen
hatte. Aber weit mehr interessierte ihn eine kleine Nische
rechts, die von einem zerrissenen Samtvorhang halb ver-
deckt war. Sie lag der Tür zur Linken genau gegenüber,
und man konnte von dort aus auch den oberen Teil der
Treppe gut im Auge behalten. Als Versteck für einen
Mann, zur Not auch für zwei, war diese Nische außerordentlich geeignet.

An der Haustür war wieder das charakteristische Klopfen zu vernehmen, und Tommy schlüpfte kurz entschlossen in die Nische und zog behutsam den Vorhang ganz
vor. In dem zerschlissenen Stoff waren Risse und Löcher,
so daß er beobachten und erst einmal die weiteren Ereignisse abwarten konnte. Der Mann, der leichtfüßig die
Treppe heraufkam, war ihm unbekannt. Er gehörte offensichtlich dem untersten Bodensatz der Gesellschaft an.
Die Brutalität, die in seiner ganzen Haltung zum Ausdruck kam, deutete auf die Sorte, die Scotland Yard auf
den ersten Blick erkennt.

Der Mann blieb an der Tür gegenüber stehen und wiederholte das Klopfzeichen. Eine Stimme rief etwas, und
der Mann öffnete die Tür und trat ein, wobei Tommy
einen flüchtigen Blick hineinwerfen konnte. Es saßen vier
oder fünf Männer um einen langen Tisch. Am meisten fiel
ihm ein großer Mann mit kurzgeschnittenem Haar und
einem kleinen Spitzbart auf. Er saß an dem einen Ende
des Tisches und hatte vor sich Papiere liegen. Als der Neu-
ankömmling eintrat, fragte er mit einer seltsamen akzen-
tuierten Betonung: „Deine Nummer, Genosse?"

„Vierzehn, Chef", antwortete der andere rauh.

57

„Richtig."

Die Tür fiel hinter ihm ins Schloß.

„Das könnte gut ein Deutscher sein!" sagte Tommy zu sich selber. „Ein Glück, daß ich nicht hineingewalzt bin. Bestimmt hätte ich die falsche Nummer angegeben, und dann wäre der Teufel los gewesen. Donnerwetter, da klopft es ja schon wieder."

Der neue Besucher unterschied sich erheblich von dem vorhergehenden. Tommy stufte ihn als Angehörigen der Irischen Freiheitsbewegung ein. Ganz gewiß war Mr. Browns Organisation ein weitverzweigtes Unternehmen. Der Verbrechertyp, der wohlerzogene Ire, der bleiche Russe und der tüchtige deutsche Zeremonienmeister! Und wer war der Mann, der all diese Glieder einer unbekannten Kette in Händen hielt?

In rascher Folge wurde unten an der Tür geklopft. Der erste Mann ließ sich nirgends einordnen, bestenfalls als Büroangestellter. Ein stiller, intelligent aussehender Mann, der ziemlich schäbig gekleidet war. Der zweite war wohl ein Arbeiter, und sein Gesicht kam dem jungen Mann bekannt vor.

Drei Minuten später kam noch einer, ein Mann, der hervorragend gekleidet und anscheinend aus gutem Hause war. Man sah ihm an, daß er zu denen gehörte, die etwas zu sagen haben. Seltsamerweise schien auch sein Gesicht Tommy nicht unbekannt.

Nach seinem Eintreffen mußte Tommy lange warten. Er glaubte schon, die Versammlung sei vollständig, als ein neues Klopfen ertönte.

Der letzte Ankömmling war ein kleiner, sehr blasser Mann mit geschmeidigen, fast femininen Bewegungen. Seine etwas hochliegenden Backenknochen ließen auf slawische Abstammung schließen. Als er an der Nische vorbeiging, wandte er langsam den Kopf. Die seltsam hellen Augen schienen durch den Vorhang hindurchzublikken. Tommy konnte kaum glauben, daß der Mann ihn

58

nicht entdeckt hatte. Er erinnerte an eine Giftschlange. Einen Augenblick später erwies sich sein Eindruck als richtig. Der Neue klopfte ebenso wie alle anderen, aber es wurde ihm ein ganz anderer Empfang zuteil. Der bärtige Mann erhob sich, und alle anderen folgten ihm. „Es ist uns eine große Ehre", sagte er. „Ich fürchtete schon, es sei unmöglich."

„Es hat Schwierigkeiten gegeben. Noch einmal wird es nicht möglich sein, fürchte ich. Aber die Versammlung ist notwendig; ich muß meine weiteren Pläne darlegen. Ich kann ohne Mr. Brown nichts unternehmen. Ist er hier?"

„Es ist ihm nicht möglich, persönlich anwesend zu sein."

Langsam glitt ein Lächeln über das Gesicht des anderen. „Ich verstehe schon. Ich habe von seinen Methoden gehört. Er arbeitet im dunkeln und traut niemandem. Dennoch ist es möglich, daß er sich auch in diesem Augenblick unter uns befindet . . ."

Der Russe strich sich über die Wangen. „Lassen wir das, und fangen wir an!"

Der Deutsche schien sich zusammenzureißen. Er deutete auf seinen Platz am oberen Ende des Tisches. Der Russe winkte ab, aber der andere bestand darauf.

„Es ist der einzige Platz, der in Frage kommt", sagte er, „für – Nummer eins. Würde Nummer vierzehn bitte die Tür schließen!"

Einen Augenblick später sah Tommy wieder nur kahle Holzwände vor sich, und die Stimmen auf der anderen Seite waren erneut zu einem unverständlichen Gemurmel abgesunken. Tommy wurde unruhig. Die soeben mitangehörte Unterhaltung hatte seine Neugier geweckt. Er mußte, auf Biegen oder Brechen, mehr in Erfahrung bringen.

Aus dem unteren Teil des Hauses war nichts mehr zu hören, und es war nicht wahrscheinlich, daß der Hausmeister nach oben kommen würde. Nachdem Tommy ein

Weilchen angestrengt gelauscht hatte, steckte er den Kopf hinaus. Der Flur lag verödet da. Tommy schlich zur Tür, kniete nieder und legte sein Ohr vorsichtig an eine Ritze. Zu seinem großen Ärger konnte er kaum besser hören. Er blickte um sich. Ein wenig weiter befand sich zur Linken noch eine Tür. Leise schlich er hin. Einen Augenblick lauschte er und drehte dann den Knauf. Die Tür gab nach, und er schlüpfte hinein.

Der Raum war als Schlafzimmer eingerichtet. Wie alles in diesem Haus befanden sich auch die Möbel in einem trostlosen Zustand.

Tommy interessierte sich jedoch nur für das, was er zu finden gehofft hatte: eine Verbindungstür zwischen den beiden Zimmern. Er betrachtete sie genau: Ein Riegel war vorgeschoben; er war sehr rostig. Tommy gelang es schließlich, ihn ohne allzuviel Geräusch zurückzuziehen. Die Tür öffnete sich – einen Spaltbreit, aber ausreichend für Tommy, um mit anzuhören, was drinnen vorging. Auf der anderen Seite der Tür hing ein Plüschvorhang, so daß er nichts sehen konnte. Doch er erkannte die Stimmen wieder.

Nun sprach der Ire. Sein Akzent war unverkennbar. „Schön und gut, aber wir brauchen mehr Geld. Ohne Geld kein Erfolg."

Eine andere Stimme, die Tommy Boris zuschrieb, erwiderte: „Kannst du uns garantieren, daß es Erfolge geben wird?"

„Von heute ab in einem Monat garantiere ich euch in Irland eine Terrorwelle, die das Britische Reich in seinen Grundfesten erschüttern wird."

Es folgte eine Pause und dann die leise, etwas zischende Stimme von Nummer eins. „Gut. Du sollst das Geld bekommen. Boris, du sorgst dafür."

Boris hatte eine Frage: „Über die Irisch-Amerikaner und Mr. Potter, wie gewöhnlich?"

„Ich glaube, es wird sich machen lassen", erklärte eine

neue Stimme mit amerikanischem Akzent, „ich möchte aber darauf hinweisen, daß die Verhältnisse immer schwieriger werden. Wir können nicht mehr mit der gleichen Sympathie rechnen wie früher. Es verbreitet sich immer mehr die Ansicht, daß die Iren ihre Angelegenheiten ohne Einmischung Amerikas regeln sollten."

Tommy hatte das Gefühl, daß Boris mit den Schultern zuckte, als er antwortete: „Ist denn das von irgendwelcher Bedeutung? Das Geld kommt doch nur dem Namen nach aus den Staaten."

„Die Hauptschwierigkeit besteht darin, die Munition an Land zu schaffen", erklärte der Ire. „Das Geld kommt ja – dank unserem Kollegen hier – ungehindert hinein."

Eine andere Stimme sagte nun: „Bedenkt doch, was die Leute in Belfast empfinden würden, wenn sie euch hören könnten!"

„Das wäre also geregelt", fiel die leise Stimme wieder ein. „Nun noch die Angelegenheit des Kredits für eine englische Zeitung. Hast du die entsprechenden Maßnahmen getroffen, Boris?"

„Ich denke, es ist in Ordnung."

„Gut. Falls nötig, wird Moskau dementieren."

Es trat eine Pause ein, dann brach die klare Stimme des Deutschen das Schweigen: „Ich bin von Mr. Brown beauftragt, euch die Berichte über die verschiedenen Gewerkschaften vorzulegen. Der von den Bergleuten ist zufriedenstellend. Wir müssen nur die Eisenbahner zurückhalten. Es könnte zu Schwierigkeiten mit der Gruppe der Lokomotivführer kommen."

Wieder folgte eine längere Stille. Dann hörte Tommy, wie ein paar Finger auf den Tisch trommelten.

„Und das Datum, mein Freund?" fragte Nummer eins.

„Der Neunundzwanzigste."

Der Russe schien zu überlegen. „Das ist schon bald."

„Ich weiß. Es wurde jedoch von den Führern der Arbeiterbewegung so festgesetzt, und wir können es uns nicht leisten, uns da allzuviel einzumischen. Sie müssen immer das Gefühl haben, es sei ihr Unternehmen."

Der Russe lachte leise auf. „Ja", sagte er, „sie dürfen keinesfalls wittern, daß wir sie für unsere Zwecke ausnützen. Ohne solche anständigen, ehrbaren Leute ist keine Revolution zu machen. Der Instinkt der Masse ist nicht leicht zu täuschen."

Dann sagte der Deutsche wieder: „Clymes muß verschwinden. Er ist zu weitblickend. Nummer vierzehn wird dafür sorgen."

Ein rauhes Murmeln war die Antwort.

„Geht in Ordnung." Nach einem Augenblick des Nachdenkens: „Was wird, wenn sie mich schnappen?"

„Wir werden dir den besten Rechtsanwalt stellen", antwortete der Deutsche. „Auf jeden Fall wirst du Handschuhe mit dem Fingerabdruck eines berüchtigten Einbrechers tragen. Du hast also wenig zu befürchten."

„Fürchte ja auch nichts. Ist alles nur für die Sache. In den Straßen wird Blut fließen, sagt man." In seinen Worten klang eine grausame Genugtuung. „Manchmal träume ich davon. Und Diamanten und Perlen werden in die Gosse rollen. Jeder kann sie aufheben!"

Tommy hörte, wie ein Stuhl gerückt wurde. Dann sprach Nummer eins: „Es ist also alles vorbereitet. Der Erfolg ist uns wohl so gut wie sicher?"

„Ich glaube wohl." Aber der Deutsche sprach dieses Mal nicht mit der gewohnten Sicherheit.

Die Stimme von Nummer eins hatte plötzlich einen gefährlichen Unterton: „Was ist schiefgegangen?"

„Nichts, aber..."

„Was heißt: aber?"

„Die Leute von der Arbeiterbewegung... Ohne sie können wir nichts unternehmen. Wenn sie am Neunundzwanzigsten keinen Generalstreik ausrufen..."

„Warum sollten sie nicht?"

62

„Wie du schon sagtest – es sind Biedermänner. Trotz allem, was wir getan haben, bin ich nicht sicher, ob sie . . ."

„Kommen wir zum Wesentlichen, mein Freund. Man hat mir zu verstehen gegeben, daß es ein gewisses Dokument gäbe, das uns den Erfolg sichert."

„Das stimmt auch. Wenn man den Führern dieses Dokument vorhielte, würden sie es in ganz England verbreiten und sich, ohne auch nur einen Augenblick zu zögern, für die Revolution erklären. Es würde der Regierung unweigerlich das Genick brechen."

„Was willst du also noch?"

„Das Dokument", erwiderte der Deutsche.

„Ach! Ist es denn nicht in eurem Besitz? Aber ihr wißt doch, wo es sich befindet?"

„Nein."

„Weiß jemand, wo es ist?"

„Ein Mensch – vielleicht. Und da sind wir nicht sicher."

„Und wer ist dieser Mensch?"

„Ein Mädchen."

Tommy hielt den Atem an.

„Ein Mädchen?" Die Stimme des Russen erhob sich nun voller Verachtung. „Und ihr habt sie nicht zum Sprechen gebracht?"

„Dieser Fall liegt anders", erklärte der Deutsche mürrisch.

„Wieso?"

Aber Tommy hörte nichts mehr. Ein betäubender Schlag traf seinen Kopf, und alles um ihn her versank in Dunkelheit.

9

Als Tommy den beiden Männern folgte, brauchte Tuppence ihre ganze Selbstbeherrschung, um ihn nicht zu begleiten. Die beiden Männer waren zweifellos aus der Wohnung im zweiten Stock gekommen, und der Name „Rita" hatte die jungen Abenteurer auf die Spur gesetzt, die vermutlich zu Jane Finn führte. Freilich war es ein sehr dünner Faden, an dem die ganze Sache hing.

Nun erhob sich die Frage, was als nächstes zu tun sei. Tuppence ertrug es nicht, lange untätig zu bleiben, und so kehrte sie zunächst einmal in die Eingangshalle des Hauses zurück, in dem Rita Vandemeyer wohnte.

Inzwischen war dort ein kleiner Fahrstuhlführer aufgetaucht, fast noch ein Kind. Er putzte die Messingverzierungen blank und pfiff den letzten Schlager.

„Na, William", bemerkte sie aufmunternd – diese Art der Menschenbehandlung hatte sie im Lazarett zur Genüge gelernt –, „bringst du alles auf Hochglanz?"

Der Junge grinste. „Albert, Miss", verbesserte er.

„Also gut, Albert", sagte Tuppence. Sie sah sich ein wenig auffällig in der Halle um. Sie ließ sich dabei Zeit, damit Albert es auch bemerkte. „Ich möchte dich gern mal etwas fragen, Albert."

Albert hörte mit dem Putzen auf.

„Weißt du, was das ist?" Mit einer dramatischen Bewegung klappte sie den Aufschlag ihres Mantels auf und ließ ein kleines Abzeichen sehen. Es war höchst unwahrscheinlich, daß Albert es kannte – für Tuppence wäre es auf jeden Fall eine Katastrophe gewesen, denn dieses Abzeichen war das einer örtlichen Ausbildungseinheit, die ihr Vater zu Anfang des Krieges ins Leben gerufen hatte. Daß sie das Abzeichen anstecken hatte, war lediglich dem Umstand zu verdanken, daß sie sich vor ein paar Tagen eine Blume angesteckt hatte. Tuppence hatte scharfe Augen, und so hatte sie die Ecke eines billigen Kriminalromans aus Alberts Tasche herausragen sehen. Als sich seine Augen weiteten, wußte sie, daß sie die richtige Taktik eingeschlagen hatte.

„Amerikanischer Geheimdienst!" flüsterte sie.

Albert fiel ohne weiteres darauf herein. „Mein Gott!" murmelte er.

Tuppence nickte. „Weißt du, hinter wem ich her bin?" fragte sie.

Atemlos fragte Albert, seine Augen noch immer weit aufgerissen: „Jemand von hier?"

Tuppence nickte. „Nummer zwanzig. Nennt sich Vandemeyer. Vandemeyer! Daß ich nicht lache!"

Alberts Hand tastete in seine Tasche, als suchte er dort beim Kriminalroman Unterstützung. „Eine Verbrecherin?"

„In den Staaten heißt sie: Die tolle Rita!"

„Die tolle Rita", wiederholte Albert begeistert. „Das ist ja wie im Film!"

Das war es auch. Tuppence war selber sehr filmbegeistert.

„Annie hat schon immer gesagt, daß sie eine üble Nummer ist", fuhr der Junge fort.

„Wer ist denn Annie?"

„Das Zimmermädchen. Es geht heute. Oft genug hat Annie zu mir gesagt: ‚Paß nur auf, Albert, und denk daran: mich würde es nicht wundern, wenn die Polizei sie eines Tages holt!' Aber sie sieht doch phantastisch aus, was?"

„Fabelhaft. Hat sie übrigens die Smaragde getragen?"

„Smaragde? Das sind doch solche grünen Steine?"

Tuppence nickte. „Deswegen sind wir ja hinter ihr her. Hast du mal was von dem alten Rysdale gehört?"

Albert schüttelte den Kopf.

„Von Peter B. Rysdale, dem Ölkönig?"

„Kommt mir irgendwie bekannt vor."

„Die Steine haben ihm gehört. Er hatte die schönste Smaragdsammlung der Welt. Eine Million Dollar wert!"

„Ich werd' verrückt!" rief Albert ganz erregt. „Ist ja immer mehr wie im Film."

Tuppence lächelte, froh über ihren Erfolg. „Wir haben noch nicht alle Beweise. Aber wir sind hinter ihr her. Und", sie blinzelte ihm zu, „ich glaube, dieses Mal entwischt sie uns nicht mehr mit den Steinen."

Wieder stieß Albert einen unterdrückten Ruf der Begeisterung aus.

„Aber hör zu, mein Sohn, nicht ein Wort darüber", warnte Tuppence. „Wahrscheinlich hätte ich dir nichts davon sagen sollen, aber drüben in Amerika wissen wir gleich, wenn wir es mit einem intelligenten Jungen zu tun haben."

„Keine Angst", erwiderte Albert, sehr von seiner Bedeutung eingenommen. „Kann ich irgendwas für Sie tun? Ihr ein bißchen nachspionieren oder so?"

Tuppence tat, als dächte sie nach. „Im Augenblick nicht, aber ich werde an dich denken. Sag mal, was ist nun mit dem Mädchen? Es geht?"

„Annie? Die haben sich ordentlich in den Haaren gelegen. Wie Annie sagt, sind Hausangestellte heutzutage Leute, die eine ganz andere Rolle spielen als früher und entsprechend behandelt werden müssen. Und da Annie überall darüber redet, wird die da oben nicht so leicht eine andere finden."

„Meinst du?" fragte Tuppence nachdenklich. Ein neuer Gedanke kam ihr in den Kopf! Sie schlug Albert auf die Schulter. „Hör mal zu, Albert! Wie wäre es, wenn du erwähntest, du hättest eine junge Kusine, die für die Stellung in Frage kommen könnte. Hast du mich verstanden?"

„Vollkommen. Überlassen Sie das nur mir! Das werden wir gleich haben."

„Du könntest noch sagen, daß die Betreffende gleich

66

anfangen könnte. Du gibst mir Bescheid, ja? Ich kann morgen um elf Uhr hier sein."

„Wohin soll ich es Ihnen mitteilen?"

„Ich wohne im *Ritz* und heiße Cowley."

Albert starrte sie neidisch an. „Das muß eine feine Arbeit sein, beim Geheimdienst."

„Bestimmt, besonders wenn ein Mann wie der alte Rysdale mit seinem Geld dahintersteht. Aber mach dir keine Sorgen, mein Junge. Wenn die Sache gutgeht, hast du auch den ersten Schritt getan, das verspreche ich dir."

Sie kehrte ins *Ritz* zurück und schrieb ein paar Worte an Mr. Carter. Nachdem sie den Brief abgesandt hatte, ging sie in die Stadt, um ein wenig einzukaufen. Das dauerte, mit einer Pause für Tee und Torte, bis nach sechs Uhr. Dann kehrte sie, zufrieden mit ihren Besorgungen, ins Hotel zurück. Nachdem sie in einem billigen Kleidergeschäft angefangen und noch ein oder zwei bessere Geschäfte aufgesucht hatte, war sie schließlich bei einem der bekanntesten Friseure gelandet. Nun packte sie in ihrem Schlafzimmer ihre letzte Erwerbung aus. Fünf Minuten später lächelte sie ihrem Spiegelbild zufrieden zu. Mit einem Stift hatte sie die Linie ihrer Augenbrauen ein wenig verändert, und dies verwandelte ihr Aussehen, zusammen mit der Perücke aus dichtem blondem Haar, so sehr, daß sie überzeugt war, Whittington würde sie nicht erkennen. Häubchen und Schürze würden ein übriges tun. Aus ihrer Erfahrung im Lazarett wußte sie nur zu gut, daß eine Schwester, die nicht in Tracht war, von ihren Patienten häufig nicht erkannt wurde.

Beim Abendessen fühlte Tuppence sich einsam. Sie war verwundert darüber, daß Tommy noch immer nicht zurückgekehrt war. Auch Hersheimer war nicht da – aber das ließ sich leichter erklären. Bei seinen Bemühungen, den Behörden etwas Dampf zu machen, beschränkte er sich nicht auf London. Die jungen Abenteurer hatten sich schon daran gewöhnt, ihn im Laufe eines Tages plötzlich und unerwartet auftauchen und wieder verschwinden zu sehen. Diesem energischen jungen Mann war es gelungen, einigen Beamten bei Scotland Yard die Hölle heiß zu machen, und die Telefonistinnen in der Admiralität hatten es gelernt, sein wohlbekanntes „Hallo" zu fürchten. Er war drei Stunden in Paris gewesen und hatte die Präfektur nervös gemacht. Von dort war er ganz von dem Gedanken durchdrungen zurückgekehrt, ein Schlüssel zu Jane Finns Verschwinden ließe sich vielleicht in Irland finden. Offenbar hatte ein besonders gerissener französischer Beamter ihm diesen Ausweg genannt, um sich seiner zu entledigen.

Am nächsten Morgen erhielt Tuppence ein Schreiben von Mr. Carter:

Liebe Miss Tuppence,
Sie haben einen großartigen Anfang gemacht, und ich beglückwünsche Sie. Ich halte es jedoch für meine Pflicht, Sie nochmals auf die Gefahren aufmerksam zu machen, denen Sie sich aussetzen, vor allem, wenn Sie den von Ihnen aufgezeichneten Weg beschreiten wollen. Diese Menschen kennen keine Rücksicht. Ich habe den Eindruck, daß Sie die Gefahr unterschätzen, und möchte Sie daher erneut darauf hinweisen, daß ich Ihnen keinerlei Schutz versprechen kann. Sie haben uns sehr wertvolle Informationen verschafft, und wenn Sie es vorziehen, jetzt aufzuhören, wird Ihnen niemand einen Vorwurf machen. Auf jeden Fall überlegen Sie sich die Sache noch einmal genau, bevor Sie Ihre Entscheidung treffen.
Wenn Sie sich trotz meiner Warnung entschließen, weiterzuarbeiten, wird alles für Sie vorbereitet sein. Sie haben also zwei Jahre lang bei Miss Dufferin in der Pfarrei von Llanelly gearbeitet, und Mrs. Vandemeyer kann sich um Auskunft an sie wenden.
Darf ich Ihnen noch einen Rat geben? Halten Sie sich so genau an die Wahrheit wie möglich – es werden dadurch

die Gefahren eines Schnitzers auf ein Minimum herabgedrückt. Ich schlage vor, daß Sie sich als das vorstellen, was Sie tatsächlich sind, als ehemalige Angehörige des Weiblichen Hilfsdienstes, die nun als Hausangestellte ihren Lebensunterhalt verdient. Es gibt heute viele, die das tun. Was Sie auch beschließen mögen, ich wünsche Ihnen alles Gute.

Ihr aufrichtiger Freund
Carter

Damit besserte sich Tuppences Stimmung merklich. Mr. Carters Warnung schlug sie jedoch in den Wind.

Mit einigem Bedauern verzichtete sie auf die Rolle, die sie für sich entworfen hatte. Obwohl sie nicht daran zweifelte, daß sie diese Rolle bis ins kleinste hätte spielen können. Aber sie war vernünftig und erkannte, daß Mr. Carter recht hatte.

Bis jetzt hatte sie von Tommy noch nichts gehört, doch befand sich unter ihrer Morgenpost eine ziemlich schmutzige Postkarte mit den Worten: *Alles in Ordnung.*

Um zehn Uhr dreißig betrachtete Tuppence stolz einen ziemlich ramponierten Blechkoffer, der ihre neuen Habseligkeiten enthielt. Sie genierte sich zwar ein wenig, aber sie klingelte und bat, den Koffer zu einem Taxi zu bringen. Dann fuhr sie zum Paddington-Bahnhof und ließ den Koffer dort in der Gepäckaufbewahrung. Daraufhin zog sie sich mit ihrer Handtasche in die Damentoilette zurück. Zehn Minuten später trat eine verwandelte Tuppence, ein bescheidenes junges Mädchen, aus dem Bahnhof und bestieg einen Bus.

Einige Minuten nach elf gelangte Tuppence wieder in die Vorhalle der *South Audley Mansions*. Albert hielt bereits nach ihr Ausschau und kam dabei seinen Pflichten nur recht oberflächlich nach. Er erkannte Tuppence nicht sofort, aber dann war seine Bewunderung ohne Grenzen.

„Ich freue mich, daß ich dir gefalle, Albert", meinte Tuppence. „Übrigens bin ich ja nun deine Kusine – oder nicht?"

„Ihre Stimme auch!" rief er begeistert. „Sie ist so englisch, wie sie es überhaupt nur sein könnte! Nein, ich habe gesagt, daß ein Freund von mir ein junges Mädchen kennt. Annie war gar nicht sehr begeistert. Sie ist bis heute geblieben – aus Gefälligkeit, wie sie sagt, aber in Wirklichkeit nur, um Sie gegen die Gnädigste aufzuhetzen."

„Nettes Mädchen", sagte Tuppence.

Albert bemerkte nicht die Ironie. „Annie ist nicht übel, aber wenn sie erst einmal böse ist, läßt sich mit ihr nichts anfangen. Wollen Sie jetzt hinauffahren, Miss?"

Als Tuppence an der Nummer 20 klingelte, sah sie noch, wie Albert langsam in der Tiefe des Aufzugschachtes verschwand. Ein recht elegant wirkendes junges Mädchen öffnete.

„Ich komme wegen der Stellung", sagte Tuppence.

„So? Da muß ich Sie warnen", antwortete das Mädchen und fuhr, ohne zu zögern, fort: „Die Gnädige ist ein Biest. Immer hat sie was zu meckern. Hat mich sogar beschuldigt, in ihren Briefen zu schnüffeln! Dabei war der Umschlag halb geöffnet. Im Papierkorb ist sowieso nie etwas; sie verbrennt ja alles. Die Köchin weiß verschiedenes, aber die zittert vor ihr. Und mißtrauisch ist sie! Ich kann Ihnen sagen . . ."

Aber was Annie sonst noch hätte sagen können, sollte Tuppence nie erfahren, denn in diesem Augenblick rief eine klare, harte Stimme: „Annie!"

Das Mädchen fuhr zusammen. „Bitte, gnädige Frau."

„Mit wem sprechen Sie?"

„Da ist jemand wegen der Stellung, gnädige Frau."

„Dann führen Sie sie herein. Aber gleich!"

Tuppence wurde in ein Zimmer auf der rechten Seite des langen Ganges geführt. Am Kamin stand eine Frau. Sie war in mittleren Jahren, und ihr schönes Gesicht wirkte sonderbar verhärtet. In ihrer Jugend mußte sie

70

eine glänzende Erscheinung gewesen sein. Ihr hellblondes Haar, dessen Farbe man wohl künstlich etwas nachgeholfen hatte, fiel ihr bis in den Nacken, und ihre strahlend blauen Augen schienen bis in das Innerste eines Menschen blicken zu können. Trotz ihrer Anmut ging etwas Kaltes und Drohendes von ihr aus.

Zum erstenmal fühlte Tuppence Angst und Unsicherheit. Whittington hatte sie nicht gefürchtet; diese Frau aber war anders. Fasziniert betrachtete sie den grausamen Zug um ihren vollen Mund; sie ahnte, daß es sehr viel schwieriger sein würde, diese Frau hinters Licht zu führen als etwa Whittington.

Obwohl sie am liebsten einfach davongelaufen wäre, beherrschte sie sich und begegnete dem Blick der Fremden fest und ihrer Rolle entsprechend achtungsvoll. Als sei diese erste Musterung befriedigend verlaufen, deutete Mrs. Vandemeyer auf einen Stuhl.

„Sie können sich setzen. Woher haben Sie erfahren, daß ich ein Stubenmädchen suchte?"

„Durch einen Freund, der den Fahrstuhlführer kennt. Er meinte, es sei eine Stellung für mich."

Wieder schien der Basiliskenblick sie zu durchbohren. „Sie sprechen wie ein gebildetes Mädchen."

Tuppence schilderte, so wie Mr. Carter ihr geraten hatte, ihren bisherigen Lebenslauf in einer für den vorliegenden Fall etwas abgewandelten Form.

„So ist das also", bemerkte sie schließlich. „Könnte ich von jemandem Auskunft über Sie erhalten?"

„Ich habe zuletzt bei Miss Dufferin gearbeitet, im Pfarrhaus von Llanelly. Ich war zwei Jahre bei ihr."

„Und dann haben Sie wohl geglaubt, in London mehr Geld verdienen zu können? Schon gut. Ich gebe Ihnen fünfzig oder sechzig Pfund, falls Ihnen das genügt. Können Sie sofort anfangen?"

„Ja, gnädige Frau. Mein Koffer liegt am Paddington-Bahnhof."

„Dann nehmen Sie sich ein Taxi und holen Sie ihn. Sie werden es hier nicht schwer haben. Ich bin oft eingeladen. Übrigens, wie heißen Sie eigentlich?"

„Prudence Cooper, gnädige Frau."

„Gut, Prudence. Ich bin zum Mittagessen nicht da. Die Köchin wird Ihnen zeigen, wo sich alles befindet."

10

Tuppence fielen ihre neuen Aufgaben nicht allzu schwer. Die Töchter des Pfarrers hatten zu Hause alle Hausarbeiten gründlich gelernt. Sie brauchte also nicht zu befürchten, der Arbeit nicht gewachsen zu sein. Aber die Köchin war ihr ein Rätsel. Offensichtlich lebte sie in entsetzlicher Angst vor ihrer Gnädigen, und Tuppence hielt es für durchaus möglich, daß Mrs. Vandemeyer sie auf irgendeine Weise in der Hand hatte. Im übrigen – das konnte Tuppence noch an diesem Abend feststellen – kochte sie wie ein großer Küchenchef. Mrs. Vandemeyer erwartete zum Essen einen Gast, und Tuppence hatte für zwei Personen gedeckt.

Einige Minuten nach acht klingelte es, und Tuppence ging etwas aufgeregt zur Tür. Sie fühlte sich erleichtert, als sie sah, daß der Besucher der eine der beiden Männer war, denen Tommy gefolgt war.

Er nannte sich Graf Stepanow. Tuppence meldete ihn, und Mrs. Vandemeyer erhob sich mit einem leisen Ausruf der Freude von der Couch, auf der sie gesessen hatte.

„Wie schön, Sie wiederzusehen, Boris Iwanowitsch!"

„Gnädige Frau!" Er beugte sich tief über ihre Hand.

Tuppence kehrte in die Küche zurück. „Graf Stepanow oder so ähnlich", erklärte sie und zeigte nun eine in ihrer Rolle ganz natürliche Neugier: „Wer ist denn das?"

„Wohl ein Russe."

„Kommt er oft her?"

„Ab und zu. Warum wollen Sie denn das wissen?"

„Ich dachte nur – ob er vielleicht unserer Gnädigen den Hof macht?" erklärte Tuppence und fügte ein wenig mürrisch hinzu: „Das ist doch schließlich interessant!"

„Ach was", sagte die Köchin, „mein Soufflé macht mir Sorgen."

Während Tuppence bei Tisch servierte, horchte sie auf jedes Wort. Sie dachte daran, daß der Graf ja einer der Männer war, denen Tommy gefolgt war, als sie ihn das letztemal gesehen hatte. Sie spürte, obwohl sie es sich nicht eingestand, einige Unruhe darüber, daß sie nichts von Tommy hörte. Wo war er nur? Bevor sie das *Ritz* verließ, hatte sie gebeten, ihr alle Post sogleich durch Eilboten in ein in der Nähe gelegenes Schreibwarengeschäft zu schikken, in das Albert des öfteren ging. Gewiß, erst gestern vormittag hatte sie sich von Tommy getrennt, und sie sagte sich, daß es töricht sei, sich jetzt schon Sorgen um ihn zu machen. Immerhin war es sonderbar, daß sie keine Nachricht von ihm hatte.

So aufmerksam sie auch lauschte, die Unterhaltung gab ihr nicht die geringsten Anhaltspunkte. Boris und Mrs. Vandemeyer unterhielten sich über völlig gleichgültige Dinge. Nach dem Essen zogen sie sich in den kleinen Salon zurück, wo sich Mrs. Vandemeyer auf der Couch ausstreckte. Sie sah schöner und gefährlicher aus denn je. Tuppence brachte Kaffee und Kognak und zog sich nur widerstrebend zurück. Während sie hinausging, hörte sie Boris sagen: „Sie ist neu, nicht wahr?"

„Sie ist heute gekommen. Die andere war ekelhaft. Aber die scheint ganz ordentlich zu sein."

Tuppence verweilte noch einen Augenblick länger an der Tür, die sie nicht ganz geschlossen hatte, und hörte ihn sagen: „Sie ist doch wohl ungefährlich?"

„Wirklich, Boris, Sie übertreiben! Ich glaube, sie ist eine

Bekannte des Liftboys. Im übrigen ahnt niemand auch nur das geringste davon, daß ich zu unserem gemeinsamen Freund, Mr. Brown, Beziehungen unterhalte."

„Um Gottes willen, Rita, seien Sie vorsichtig! Die Tür ist ja nicht einmal zu."

„Na gut, dann schließen Sie sie doch", rief sie.

In aller Eile zog sich Tuppence zurück.

Sie wagte nicht, allzulange der Küche fernzubleiben, aber sie räumte auf und spülte das Geschirr mit einer Geschwindigkeit, die sie ihrem Aufenthalt im Lazarett verdankte. Dann schlich sie wieder zur Tür des kleinen Salons.

Aber leider ging die Unterhaltung so leise vor sich, daß auch nicht ein Wort zu hören war. Sie hätte viel darum gegeben zu wissen, wovon die Rede war. Hatte sich wirklich etwas Unvorhergesehenes ereignet, war es ja immerhin möglich, daß sie eine Nachricht über Tommy aufschnappte ... Sie dachte einige Augenblicke angestrengt nach, und dann hellte sich ihr Gesicht auf. Schnell ging sie über den Gang in Mrs. Vandemeyers Schlafzimmer, das Fenstertüren besaß. Sie führten auf einen Balkon, der an der ganzen Wohnung entlanglief. Sie trat rasch hinaus und schlich lautlos bis zu dem Fenster des kleinen Salons. Es stand, wie sie angenommen hatte, ein wenig offen, und die Stimmen waren deutlich zu hören.

„Sie werden uns mit Ihrem dauernden Leichtsinn noch alle ruinieren!" rief Boris gerade.

„Im Gegenteil!" entgegnete lachend die Frau. „Wenn man nur in der richtigen Weise in aller Munde ist, so ist das das beste Mittel, jedem Verdacht die Spitze abzubrechen."

„Und in der Zwischenzeit lassen Sie sich überall mit Peel Edgerton sehen! Er ist nicht nur der vielleicht berühmteste aller Kronanwälte in England, sondern sein besonderes Steckenpferd ist auch noch die Kriminologie! Das ist doch Wahnsinn!"

„Ich weiß sehr wohl, daß sein Können ungezählte Menschen vor dem Galgen bewahrt hat! Na und?"

Boris erhob sich und begann auf und ab zu gehen. „Sie sind eine kluge Frau, Rita, aber Sie sind zu kühn! Folgen Sie meinem Rat und geben Sie Edgerton auf."

„Ich denke nicht daran."

„Sie lehnen es ab?" In der Stimme des Russen klang ein gefährlicher Unterton auf.

„Selbstverständlich."

„Dann werden wir uns sehr genau überlegen müssen, was weiter wird", stieß der Russe hervor.

Mrs. Vandemeyer hatte sich ebenfalls erhoben; ihre Augen funkelten. „Sie vergessen eines, Boris! Ich bin niemandem Rechenschaft schuldig! Ich nehme meine Befehle nur von Mr. Brown entgegen!"

„Sie sind unmöglich! Es kann jetzt schon zu spät sein. Man sagt, daß Edgerton eine Nase für Verbrecher habe. Was wissen wir denn, warum er sich plötzlich so für Sie interessiert? Vielleicht ist sein Argwohn schon längst geweckt?"

„Sie können ganz sicher sein, mein lieber Boris, er argwöhnt überhaupt nichts. Sie scheinen, obwohl Sie doch sonst ein Kavalier sind, völlig zu vergessen, daß man mich im allgemeinen für eine schöne Frau hält."

Boris schüttelte zweifelnd den Kopf. „Er hat sich wie kaum ein anderer Mensch in England mit Verbrechen befaßt. Bilden Sie sich ein, Sie könnten ihn täuschen?"

„Wenn er wirklich das ist, wofür Sie ihn halten, würde es mir geradezu Spaß machen, es zu versuchen!"

„Um Gottes willen, Rita . . ."

„Im übrigen ist er außerordentlich reich. Ich gehöre nicht zu den Leuten, die Geld verachten."

„Geld – Geld! Das ist die Gefahr bei Ihnen, Rita. Ich glaube, für Geld würden Sie Ihre Seele verkaufen." Er fuhr dann mit leiser, rauher Stimme fort: „Manchmal glaube ich fast, Sie würden auch *uns* verkaufen!"

75

Mrs. Vandemeyer zuckte mit den Schultern. „Da müßte der Preis sehr hoch sein. Nur ein Millionär wäre in der Lage –"

„Sehen Sie!"

„Mein lieber Boris, verstehen Sie keine Scherze mehr?"

„Meine liebe Rita, Ihre Scherze sind etwas sonderbar."

Mrs. Vandemeyer lächelte. „Streiten wir uns doch nicht, Boris! Klingeln Sie lieber. Wir wollen uns etwas zu trinken bringen lassen."

In aller Eile erschien Tuppence im Salon und spielte wieder die Rolle des Stubenmädchens.

Aus der Unterhaltung, die sie mit angehört hatte, ging also hervor, daß es zwischen Rita und Boris eine geheimnisvolle Verbindung gab ... Doch ließ sich aus ihr nicht auf ihr gegenwärtiges Treiben schließen. Und Jane Finns Name war nicht gefallen.

Am folgenden Morgen erfuhr sie durch ein paar kurze Worte, die sie mit Albert tauschte, daß im Schreibwarengeschäft keine Post für sie läge. Unglaublich, daß Tommy nichts von sich hören ließ! Es war ihr, als schlösse sich eine kalte Hand um ihr Herz. Angenommen ... Es nützte nichts, sich Sorgen zu machen. Aber sie nahm eine Gelegenheit wahr, die Mrs. Vandemeyer ihr bot.

„An welchem Tag gehen Sie für gewöhnlich aus, Prudence?"

„Für gewöhnlich am Freitag, gnädige Frau!"

Mrs. Vandemeyer zog die Augenbrauen hoch. „Und heute ist Freitag! Ich nehme an, daß Sie wohl kaum den Wunsch haben, heute auszugehen, da Sie ja erst gestern gekommen sind."

„Ich hatte sie darum bitten wollen, gnädige Frau."

Mrs. Vandemeyer lächelte. „Jetzt müßte Graf Stepanow Sie hören. Er hat gestern abend eine Bemerkung über Sie gemacht." Ihr Lächeln wurde noch freundlicher, obwohl etwas Katzenhaftes in ihrem Benehmen lag.

„Ihre Bitte ist nämlich sehr – sagen wir typisch. Und ich bin zufrieden. Sie können das alles natürlich nicht verstehen – aber ausgehen dürfen Sie heute. Mir ist es gleich, da ich ohnehin heute abend nicht zu Hause bin."

„Ich danke Ihnen, gnädige Frau."

Als Tuppence noch das Silber polierte, wurde sie durch das Klingeln an der Wohnungstür gestört. Dieses Mal war der Besucher weder Whittington noch Boris, sondern ein Mann, der außerordentlich gut aussah.

Obwohl er nicht groß war, wirkte er so. Sein glattrasiertes Gesicht mit den lebhaften Zügen verriet Energie. Auch schien von ihm eine besondere Anziehungskraft auszugehen. Er nannte seinen Namen: Sir James Peel Edgerton.

Sie betrachtete ihn mit erneutem Interesse. Dies war also der berühmte Kronanwalt. Sie hatte einmal gehört, er könnte sehr wohl eines Tages Premierminister werden.

Tuppence kehrte nachdenklich zur Anrichte zurück. Peel Edgerton schien nicht der Mann, den man leicht hinterging.

Nach etwa einer Viertelstunde klingelte es, und Tuppence ging in die Diele, um den Besucher hinauszulassen. Er hatte sie schon zuvor scharf angesehen. Als sie ihm nun Hut und Stock reichte, wurde sie sich wieder seines forschenden Blickes bewußt.

„Sie sind noch nicht lange Zimmermädchen, nicht wahr?"

Erstaunt blickte Tuppence ihn an.

Er nickte, als hätte sie geantwortet. „Beim Weiblichen Hilfsdienst gewesen, nicht wahr? Und jetzt in Schwierigkeiten?"

„Hat Mrs. Vandemeyer es Ihnen erzählt?"

„Nein, mein Kind, das habe ich Ihnen angesehen. Ist es eine gute Stelle hier?"

„Sehr gut, danke, Sir."

„Ja, aber es gibt heutzutage viele gute Stellen. Und manchmal schadet ein Wechsel nichts."

„Wollen Sie damit sagen . . .?"

Aber Sir James stand schon auf der obersten Stufe. Sie fühlte wieder seinen klugen Blick auf sich ruhen.

„Nur ein kleiner Hinweis", sagte er und ging.

11

Tuppence trat ihren freien Nachmittag an. Albert war gerade nicht da; so begab sie sich selber in das Schreibwarengeschäft, wo sie erfuhr, daß immer noch nichts für sie da war. Danach fuhr sie zum *Ritz;* dort hörte sie, daß Tommy noch nicht zurückgekehrt sei. Da beschloß sie, sich an Mr. Carter zu wenden und ihm zu berichten, wann und wo Tommy seine Verfolgung aufgenommen hatte. Der Gedanke an seine Hilfe stärkte ihre Zuversicht. Als sie sich nach Hersheimer erkundigte, hieß es, er sei vor etwa einer halben Stunde gekommen, jedoch gleich wieder gegangen. Sie hätte ihn gern gesehen. Vielleicht hatte er einen Gedanken, wie man Tommy wiederfinden konnte. Sie hatte gerade ihren Brief an Mr. Carter in Hersheimers Wohnzimmer geschrieben und in einen Umschlag gesteckt, als die Tür aufgerissen wurde.

„Hol's doch der Teufel!" stieß Julius hervor. „Verzeihung, Miss Tuppence, aber diese Idioten unten beim Empfang behaupten, Beresford wäre seit Mittwoch nicht mehr erschienen. Stimmt das?"

Tuppence nickte. „Sie wissen nicht zufällig, wo er ist?"

„Ich? Wie soll ich denn das wissen? Ich habe ja nicht ein Wort mehr von ihm gehört, obwohl ich ihm gestern früh telegrafiert habe."

„Dann wird Ihr Telegramm noch unten liegen."

„Aber wo ist er denn?"

„Ich weiß es nicht, ich hoffte, Sie wüßten etwas."

„Ich sage Ihnen doch, ich habe, seit wir uns am Bahnhof trennten, nicht ein Wort von ihm gehört."

„An welchem Bahnhof?"

„Am Waterloo-Bahnhof."

„Waterloo?" Tuppence furchte die Stirn.

„Ja. Hat er Ihnen denn nichts gesagt?"

„Ich habe ihn doch auch nicht gesehen", antwortete Tuppence ungeduldig. „Was haben Sie denn am Waterloo-Bahnhof gemacht?"

„Er hatte mich angerufen und mir gesagt, ich sollte mich beeilen. Er wäre zwei Burschen auf der Spur."

„Jetzt verstehe ich!"

„Ich machte mich sogleich auf den Weg. Beresford war da und zeigte mir die beiden Burschen. Der große war für mich, es war derselbe, dem Sie eins ausgewischt hatten. Tommy gab mir eine Fahrkarte und sagte mir, ich sollte einsteigen. Er wollte dem anderen folgen." Hersheimer hielt inne. „Ich dachte, Sie wüßten das alles."

„Ach", rief Tuppence, „laufen Sie doch nicht ständig auf und ab, lieber Hersheimer. Mir wird ganz schwindlig. Setzen Sie sich und erzählen Sie die Geschichte!"

Hersheimer gehorchte.

„Ich stieg also in eines Ihrer altmodischen britischen Abteile erster Klasse", begann Hersheimer. „Der Zug fuhr schon an. Dann näherte sich mir zunächst ein Schaffner und erklärte mir sehr höflich, daß ich nicht in einem Raucherabteil säße. Ich gab ihm einen halben Dollar, und damit war auch die Sache erledigt. Nun ging ich durch den Gang in den nächsten Wagen, um mich ein wenig umzusehen. Dort saß Whittington. Als ich den Kerl mit seinem breiten, dicken Gesicht sah und an unsere arme kleine Jane dachte, die vielleicht in seinen Klauen war, hätte ich ihm am liebsten eins verpaßt.

In Bournemouth nahm Whittington einen Wagen und

nannte den Namen eines Hotels. Ich tat das gleiche, und wir gelangten in einem Abstand von drei Minuten dort an. Er nahm sich ein Zimmer, und ich nahm mir auch eins. Um neun Uhr nahm er einen Wagen und fuhr durch die Stadt – übrigens ein wirklich netter Ort. Er bezahlte den Wagen und ging am Rand einer dieser Kiefernwaldungen oben auf der Steilküste spazieren. Ich war selbstverständlich auch da. Schließlich gelangten wir zu einem Haus, das das letzte in der Reihe zu sein schien. Ein großes Haus mit vielen Bäumen drum herum.

Es war eine sehr dunkle Nacht, und die Anfahrt zum Haus lag in völliger Finsternis. Ich kam um eine Biegung und sah gerade noch, wie er an der Haustür klingelte und eingelassen wurde. Ich blieb stehen, wo ich stand. Es begann zu regnen, und ich war bald völlig durchnäßt. Es war auch sehr kalt.

Whittington kam nicht mehr heraus, und nach und nach wurde mir die Zeit lang, und ich begann, mich ein wenig umzusehen. Alle Fenster im Parterre waren mit Läden verschlossen, aber oben im ersten Stock bemerkte ich ein Fenster, hinter dem Licht brannte. Die Vorhänge waren nicht zugezogen.

Diesem Fenster gegenüber stand ein Baum, etwa zehn Meter vom Haus entfernt. Natürlich wußte ich, daß Whittington sich nicht unbedingt in diesem Zimmer aufzuhalten brauchte. Aber ich hatte wohl schon zu lange draußen im Regen gestanden und mußte etwas unternehmen. So begann ich also, hinaufzuklettern.

Das Zimmer war mittelgroß und spärlich eingerichtet, wie in einem Krankenhaus. In der Mitte stand ein Tisch, darauf eine Lampe; an dem Tisch saß tatsächlich Whittington, das Gesicht mir zugewandt. Er sprach mit einer Frau in Schwesterntracht. Sie kehrte mir den Rücken zu. Die Jalousie war zwar hochgezogen, das Fenster aber geschlossen, so daß ich nicht ein Wort verstehen konnte. Whittington sprach sehr energisch und schlug ein paar-

80

mal mit der Faust auf den Tisch. Inzwischen hatte es übrigens aufgehört zu regnen.

Schließlich erhob er sich, und da stand auch sie auf. Er blickte zum Fenster hin und sagte etwas – ich nehme an, daß sich dies auf den Regen bezog. Jedenfalls trat sie ans Fenster und blickte hinaus. In diesem Augenblick kam der Mond hinter den Wolken hervor. Ich fürchtete, die Frau könnte mich entdecken, denn ich war vom Mondlicht übergossen. Ich versuchte, mich ein Stück zurückzuziehen, aber die Bewegung war für meinen Ast wohl zu heftig gewesen. Krachend stürzte er hinunter und Julius P. Hersheimer mit ihm!"

„Oh, wie schrecklich!" stieß Tuppence hervor.

„Zu meinem Glück landete ich auf einem umgegrabenen Beet; aber für einige Zeit war ich außer Gefecht gesetzt. Als nächstes bemerkte ich, daß ich in einem Bett lag; neben mir saß eine Krankenschwester (aber nicht die von Whittington); auf der anderen Seite des Bettes stand ein kleiner schwarzbärtiger Mann mit goldumrandeter Brille, offensichtlich ein Arzt. Er rieb sich die Hände und zog die Augenbrauen hoch, als ich ihn ansah. ‚Ah!' sagte er. ‚Unser junger Freund kommt wieder zu sich.'

Ich erwiderte das in solchen Fällen Übliche: ‚Was ist denn geschehen?' und: ‚Wo bin ich?', aber die Antwort kannte ich ja ganz genau. ‚Ich glaube, wir brauchen Sie im Augenblick nicht mehr', sagte der kleine Mann, und die Schwester verließ das Zimmer. Ich bemerkte noch, wie sie mich in der Tür mit großer Neugier ansah.

Dieser Blick brachte mich auf einen Gedanken. ‚Also, Herr Doktor', begann ich und versuchte mich im Bett aufzusetzen, aber meinen rechten Fuß durchfuhr dabei ein heftiger Schmerz. ‚Eine leichte Verstauchung', erklärte der Arzt. ‚Nichts Ernsthaftes. In ein paar Tagen laufen Sie schon wieder herum.'"

„Ich habe schon bemerkt, daß Sie etwas hinken", warf Tuppence ein.

Hersheimer nickte. „„Wie ist es denn geschehen?'fragte ich. Darauf antwortete er ganz trocken: ‚Sie sind mit einem ansehnlichen Teil eines meiner Bäume in eines meiner neubepflanzten Beete gefallen.'

Mir gefiel der Mann. Ich war sicher, daß zumindest er ein durch und durch anständiger Kerl war. ‚Die Sache mit dem Baum tut mir sehr leid, Herr Doktor', antwortete ich. ‚Aber vielleicht würde es Sie interessieren, zu erfahren, was ich in Ihrem Garten trieb?' – ‚Ja, ich glaube, daß die Umstände eine gewisse Erklärung erfordern', erwiderte er. – ‚Nun ja, zunächst möchte ich feststellen, daß ich es nicht auf Ihre silbernen Löffel abgesehen hatte.' Er lächelte. ‚Das war meine erste Annahme. Doch ich habe schon bald meine Ansicht geändert. Übrigens – sind Sie Amerikaner?' Ich nannte ihm meinen Namen. ‚Und Sie?' – ‚Ich heiße Hall, und dies ist, wie Sie wahrscheinlich wissen, mein Privatsanatorium.'

Ich murmelte etwas von einem Mädchen und erzählte eine Geschichte von einem strengen Vormund und einem Nervenzusammenbruch und erklärte ihm schließlich, ich hätte mir eingebildet, unter seinen Patienten das Mädchen erkannt zu haben. Daher mein nächtlicher Ausflug.

Ich glaube, genau das war es, was er erwartet hatte. ‚Eine richtige Romanze', sagte er freundlich, als ich geendet hatte.

‚Und nun, Herr Doktor', redete ich weiter, ‚seien Sie bitte auch mir gegenüber offen. Befindet sich bei Ihnen ein junges Mädchen mit dem Namen Jane Finn? Oder ist es jemals bei Ihnen gewesen?' – ‚Jane Finn?' sagte er. ‚Nein.'

Nun, damit war die Sache erledigt. ‚Da kann man nichts machen', erklärte ich schließlich. ‚Aber hören Sie, da wäre noch etwas anderes. Als ich auf diesem verdammten Ast schaukelte, glaubte ich einen alten Freund von mir zu erkennen, der sich mit einer Ihrer Schwestern unterhielt.'

Ich nannte ganz bewußt keinen Namen, da sich Whittington hier unter Umständen unter einem ganz anderen Namen aufhielt, aber der Arzt antwortete sogleich: ‚Vielleicht Mr. Whittington?' – ‚Ja, der ist es', antwortete ich. ‚Was tut er denn hier? Erzählen Sie mir nur nicht, daß *seine* Nerven nicht in Ordnung wären!'

Doktor Hall lachte auf. ‚Nein. Er kam nur her, um mit einer meiner Schwestern zu sprechen, Schwester Edith, eine Nichte von ihm.' – ‚Ist er noch da?' fragte ich. – ‚Nein, er ist wieder in die Stadt zurückgefahren.' – ‚Wie schade! Aber vielleicht könnte ich mit seiner Nichte sprechen?'

Doch der Arzt schüttelte den Kopf. ‚Schwester Edith ist heute ebenfalls mit einem Patienten abgereist.' – ‚Pech', bemerkte ich. ‚Haben Sie vielleicht Whittingtons Adresse in der Stadt? Ich würde ihn gern aufsuchen, wenn ich zurückkomme.' – ‚Seine Adresse kenne ich nicht. Aber ich kann, wenn Ihnen etwas daran liegt, Schwester Edith schreiben und sie darum bitten.' Ich dankte ihm. ‚Sagen Sie aber nicht, wer sie wissen möchte. Es soll eine Überraschung werden.'

Das war ungefähr alles, was ich im Augenblick tun konnte. Whittingtons Nichte – falls sie das wirklich war – würde vielleicht nicht in eine solche Falle gehen – aber man konnte immerhin den Versuch machen. Danach setzte ich ein Telegramm an Beresford auf, um ihm mitzuteilen, wo ich war und daß ich mit einem verstauchten Fuß festläge. Ich bat ihn zu kommen. Aber ich hörte nichts von ihm. Mein Fuß war bald wieder einigermaßen in Ordnung. So konnte ich mich also heute von dem Doktor verabschieden und zurück in die Stadt fahren. Aber hören Sie, Miss Tuppence, Sie sehen so blaß aus."

„Da ist Tommy schuld", antwortete Tuppence. „Was kann ihm nur zugestoßen sein?"

„Kopf hoch! Es wird schon nicht so schlimm sein. Der Kerl, dem er folgte, wirkte wie ein Ausländer. Vielleicht sind sie ins Ausland gefahren ..."

Tuppence schüttelte den Kopf. „Ohne Paß geht das nicht. Im übrigen habe ich diesen Ausländer gestern gesehen. Er hat bei Mrs. Vandemeyer gegessen."

„Bei wem?"

„Ach, das habe ich ja ganz vergessen. Sie wissen ja noch gar nichts."

„Schießen Sie los", sagte Hersheimer.

Daraufhin schilderte ihm Tuppence die Ereignisse der beiden letzten Tage. Hersheimer rief erstaunt und nicht ohne Bewunderung: „Großartig! Sie als Dienstmädchen!" Er lachte. Dann fügte er ernst hinzu: „Aber hören Sie, Miss Tuppence, so lustig ist das gar nicht. Mut haben Sie wahrhaftig, aber mir wäre es lieber, Sie ließen die Finger davon. Mit diesen Burschen ist nicht zu spaßen."

„Oh, ist mir doch gleich!" rief Tuppence. „Denken wir lieber darüber nach, was Tommy passiert sein kann. Ich habe Mr. Carter bereits geschrieben", fügte sie hinzu und erzählte ihm kurz den Inhalt ihres Briefes.

Hersheimer nickte.

„Was können wir sonst noch tun?" fragte Tuppence.

„Ich halte es für das beste, wenn wir die Spur von Boris aufnehmen. Sie sagten, er sei bei Mrs. Vandemeyer zu Besuch gewesen. Besteht einige Aussicht, daß er wiederkommt?"

„Es könnte sein, aber ich weiß es nicht."

„Am besten, ich kaufe mir einen Wagen, und zwar einen ganz feinen, verkleide mich als Chauffeur und warte so auf der Straße. Wenn Boris auftaucht, können Sie mir ein Zeichen geben, und ich folge ihm."

„Ausgezeichnet, aber wer weiß, ob es nicht Wochen dauert, ehe er kommt."

„Das Risiko müssen wir eingehen." Er erhob sich.

„Wohin gehen Sie?"

„Den Wagen kaufen. Welche Marke mögen Sie am liebsten? Wir werden wohl noch einige Fahrten darin machen, bevor wir das alles hinter uns haben."

„Mir gefällt ein Rolls-Royce am besten, aber . . ."

„Machen wir. Ich kauf' einen."

„Aber das geht doch gar nicht so schnell", rief Tuppence.

„Manchmal müssen die Leute ewig warten, bis –"

„Das hat Hersheimer nicht nötig", versicherte er. „In einer halben Stunde bin ich mit dem Wagen da."

Tuppence erhob sich. „Aber alles ist nur eine vage Hoffnung. Mir scheint, daß nur Mr. Carter helfen kann. Übrigens habe ich vergessen, noch etwas zu erzählen."

Und sie schilderte ihm ihr Zusammentreffen mit Sir James Peel Edgerton. Hersheimer war interessiert.

„Was hat er Ihrer Ansicht nach gemeint?" fragte er.

„Ich glaube, daß er mir eine Warnung zukommen lassen wollte."

„Und warum?"

„Ich weiß es nicht. Aber er sah so gütig aus und wirkte so überlegen . . . Ich würde ihm vertrauen. Ihm könnte ich ohne weiteres alles erzählen."

Aber Hersheimer lehnte diese Möglichkeit scharf ab. „Hören Sie, wir wollen keinen Anwalt in diese Sache hineinziehen. Er könnte uns doch nicht helfen. Aber ich muß jetzt gehen. Bis nachher."

Fünfunddreißig Minuten waren verstrichen, als Hersheimer zurückkam. Er ergriff Tuppence am Arm und führte sie zum Fenster. „Dort steht er."

„Oh!" rief Tuppence verblüfft. „Wie haben Sie denn den bekommen?"

„Er wurde gerade mit seinem Fahrer von seinem Besitzer weggeschickt. Irgend so ein großes Tier."

„Na und?"

„Ich ging zu ihm", erklärte Hersheimer, „und sagte ihm, daß meines Wissens ein solcher Wagen zwanzigtausend Dollar wert sei und ich fünfzigtausend Dollar dafür auf den Tisch legen würde."

„Und weiter?" rief Tuppence überwältigt.

„Er hat ihn mir eben überlassen!"

12

Freitag und Samstag verstrichen ohne weiteres Ereignis. Tuppence hatte auf ihr Schreiben an Mr. Carter eine kurze Antwort erhalten. Er habe sie auf das Risiko deutlich hingewiesen. Wenn Tommy etwas zugestoßen sei, so bedauere er dies zutiefst – er könne jedoch nichts unternehmen.

Das war nicht gerade ein Trost. Ohne Tommy machte ihr die ganze Sache keinen rechten Spaß mehr, und zum erstenmal begann Tuppence, am Erfolg zu zweifeln.

Obwohl sie daran gewöhnt war, die Führung zu übernehmen, und sich auf ihre schnelle Entschlußfähigkeit und ihren Scharfsinn etwas einbildete, hatte sie sich in Wirklichkeit mehr auf Tommy verlassen, als es ihr bewußt geworden war. Er war in seinem Urteil und in seiner schlichten Art so zuverlässig, daß sich Tuppence ohne ihn wie ein Schiff ohne Ruder fühlte. Es war seltsam, daß Hersheimer, der zweifellos viel tüchtiger war als Tommy, ihr nicht das gleiche Gefühl der Sicherheit zu geben vermochte.

Es wurde ihr klar, daß ihre Mission mit Gefahren verbunden war, die sie bisher noch gar nicht recht erkannt hatte. Das Ganze hatte wie ein Spiel begonnen. Nun jedoch war der erste Schimmer des Abenteuerlichen dahin, und die harte Wirklichkeit kam zum Vorschein. Nur auf Tommy kam es jetzt noch an. Immer wieder mußte sich Tuppence im Verlauf des Tages die Tränen aus den Augen wischen. „Das ist ja idiotisch", sagte sie zu sich selbst. „Natürlich magst du ihn gern. Du hast ihn dein ganzes Leben lang gekannt. Aber deswegen braucht man nicht gleich rührselig zu werden."

Inzwischen war von Boris nichts mehr zu sehen. Er kam nicht in die Wohnung, und Hersheimer wartete umsonst mit seinem Wagen. Tuppence gab sich neuen Überlegungen hin. Obwohl sie Hersheimers Einwände als berechtigt anerkannte, hatte sie andererseits doch nicht den Gedanken aufgeben können, sich an Sir James Peel Edgerton zu wenden. Sie hatte sogar seine Adresse im Telefonbuch festgestellt. Hatte er wirklich damals beabsichtigt, sie zu warnen? Und wenn ja, warum? Zumindest wollte sie ihn um eine Erklärung bitten. Am Sonntag nachmittag hatte sie frei, sie würde mit Hersheimer zusammentreffen und ihn von der Richtigkeit ihres Standpunktes überzeugen.

Es bedurfte tatsächlich ihrer ganzen Überredungskunst. Doch schließlich gab Hersheimer nach, und sie fuhren in seinem Wagen zur *Carlton House Terrace.*

Ein makellos gekleideter Diener öffnete ihnen die Tür. Tuppence war ein wenig nervös. Immerhin war es doch von ihr eine ziemliche Frechheit. Sie hatte beschlossen, nicht zu fragen, ob Sir James zu Hause sei, sondern einen etwas persönlicheren Ton anzuschlagen.

„Würden Sie Sir James fragen, ob ich ihn ein paar Minuten sprechen könnte? Ich habe eine wichtige Nachricht für ihn."

Der Diener zog sich zurück, war jedoch bald wieder da.

Er führte sie in einen Raum im rückwärtigen Teil des Hauses, der als Bibliothek diente. Wohin man blickte, waren Bücher, und Tuppence bemerkte eine ganze Wand voller Werke über Verbrechen und Kriminologie. Ein altmodischer Kamin und ein paar tiefe Ledersessel vervollständigten das Bild. Am Fenster stand ein großer Schreibtisch. Dort saß der Herr des Hauses.

Bei ihrem Eintreten erhob er sich. „Sie haben eine Nachricht für mich? Ach, Sie sind es...!" Er hatte Tuppence erkannt. „Sie haben mir wohl etwas von Mrs. Vandemeyer auszurichten?"

„Eigentlich nicht", erwiderte Tuppence. „Ich habe das nur gesagt, um eingelassen zu werden. Übrigens – darf ich Mr. Hersheimer vorstellen – Sir James Peel Edgerton."

„Freut mich, Sie kennenzulernen", sagte der Amerikaner.

„Wollen Sie sich nicht setzen?" fragte Sir James und zog zwei Stühle heran.

„Sir James", begann Tuppence und sprang mitten hinein, „Sie halten es wahrscheinlich für eine Unverschämtheit von mir, hier einfach so einzudringen. Denn natürlich hat die ganze Sache nicht das geringste mit Ihnen zu tun. Sie sind eine sehr bedeutende Persönlichkeit, während man das von Tommy und mir nicht behaupten kann." Sie hielt inne und holte Atem.

„Tommy?" fragte Sir James und sah den Amerikaner an.

„Nein, das ist Julius", erklärte Tuppence. „Ich bin ziemlich aufgeregt, und daher erzähle ich wohl ein wenig wirr. Was ich wirklich wissen möchte, ist folgendes: Wollten Sie mich vor Mrs. Vandemeyer warnen?"

„Mein liebes Fräulein, soweit ich mich entsinne, habe ich Ihnen damals nichts anderes gesagt, als daß es heutzutage sehr viele gute Stellen gibt."

„Ja. Aber es war doch ein Wink, nicht wahr?"

„Vielleicht", antwortete Sir James ernst.

„Nun würde ich gern wissen, *warum* Sie mir den Wink gaben."

Sir James lächelte über ihren Eifer.

„Nehmen wir an, Mrs. Vandemeyer klagte gegen mich wegen Verleumdung und übler Nachrede?"

„Ich weiß, Anwälte sind immer sehr vorsichtig. Aber könnte man nicht sozusagen ein bißchen ‚ins unreine' reden, ohne sich näher festzulegen? Alles Weitere wird man ja dann sehen."

„Gut, reden wir also ‚ins unreine'. Hätte ich eine Schwester, die gezwungen wäre, sich ihren Lebensunterhalt zu verdienen, würde ich sie nicht gern in Mrs. Vandemeyers Diensten sehen. Es ist nicht der richtige Ort für ein junges unerfahrenes Mädchen. Mehr kann ich dazu nicht sagen."

„Ich danke Ihnen vielmals. Aber ich bin wirklich nicht

so unerfahren. Ich wußte genau, daß sie zu der gefährlichen Sorte gehört – *deswegen* bin ich ja überhaupt hingegangen." Sie hielt inne, als sie eine gewisse Bestürzung im Gesicht des Anwalts bemerkte, und fuhr dann fort: „Ich glaube, es ist besser, ich erzähle Ihnen die ganze Geschichte, Sir James. Ich habe das Gefühl, daß Sie es ohnehin merken würden, wenn ich Ihnen nicht die volle Wahrheit sagte, und so ist es besser, Sie hören gleich alles von Anfang an. Was meinen Sie, Hersheimer?"

„Wenn Sie schon darüber reden, dann sollten Sie auch gleich alles auspacken", antwortete der Amerikaner, der bis dahin schweigend dabeigesessen hatte.

„Ja, erzählen Sie mir alles", sagte auch Sir James. „Wer ist also dieser Tommy?"

Ermutigt begann Tuppence ihren Bericht, und der Anwalt lauschte mit gespannter Aufmerksamkeit.

„Sehr interessant", bemerkte er, als sie geendet hatte. „Vieles von dem, was Sie mir da erzählt haben, war mir bereits bekannt. Ich habe in bezug auf diese Jane Finn schon meine eigene Theorie entwickelt. Sie haben bisher ausgezeichnete Arbeit geleistet, es ist nur höchst bedauerlich, daß dieser – wie hat er sich Ihnen gegenüber genannt –, dieser Mr. Carter zwei so junge Leute in eine solche Sache hineinschlittern läßt. Übrigens, wie ist eigentlich Mr. Hersheimer dazugestoßen? Das haben Sie mir noch nicht erklärt."

Hersheimer gab selber die Antwort.

„Ich bin Janes Vetter", erklärte er.

„So –?"

„Oh, Sir James", mischte sich nun Tuppence wieder ein, „was ist Ihrer Ansicht nach aus Tommy geworden?"

„Tja." Der Anwalt erhob sich und begann, langsam auf und ab zu gehen. „Als Sie kamen, stand ich gerade im Begriff, meine Sachen zu packen, um auf ein paar Tage nach Schottland zum Fischen zu fahren. Ich wollte den Nachtzug nehmen. Aber es gibt ja verschiedene Arten von Fischzügen. So bleibe ich lieber und sehe einmal zu, ob wir nicht die Spur dieses jungen Mannes aufnehmen können."

„Ach!" Tuppence schlug begeistert die Hände zusammen.

„Wie gesagt – es ist von Carter nicht zu verantworten, daß er solche Kinder, wie Sie beide, an eine solche Aufgabe gesetzt hat. Seien Sie jetzt nicht beleidigt, Miss ... wie ist doch Ihr Name?"

„Cowley. Prudence Cowley. Aber alle meine Freunde nennen mich Tuppence."

„Also gut, dann nenne ich Sie Tuppence, da ich ja bestimmt zu Ihren Freunden zählen werde. Zurück zu Ihrem Tommy! Offen gesagt, die Sache sieht für ihn ziemlich übel aus. Kein Zweifel. Aber geben Sie die Hoffnung nicht auf."

„Und Sie wollten uns wirklich helfen? Sehen Sie, Hersheimer! Er wollte mich nämlich nicht zu Ihnen gehen lassen", fügte sie zur Erklärung hinzu.

„Soso", sagte der Anwalt und ließ seinen scharfen Blick erneut auf Hersheimer ruhen. „Und warum nicht?"

„Ich fand, man könnte Sie mit einer so unwesentlichen Angelegenheit nicht belästigen."

„Diese unwesentliche Angelegenheit, wie Sie sie nennen, ist aber mit einer sehr wesentlichen eng verbunden. Sie ist vielleicht noch wesentlicher, als Sie oder Miss Tuppence ahnen können. Wenn dieser junge Mann noch lebt, wird er uns sehr wichtige Informationen geben können. Deshalb müssen wir ihn finden."

„Ja, aber wie?"

Sir James lächelte. „Und doch gibt es einen Menschen in Ihrer nächsten Umgebung, der mit größter Wahrscheinlichkeit weiß, wo er sich befindet."

„Und wer wäre das?" fragte Tuppence verwundert.

„Mrs. Vandemeyer."

„Ja, aber sie würde es uns doch niemals sagen!"

„Richtig. Und genau dort beginnt meine Aufgabe. Ich halte es für sehr wahrscheinlich, daß ich Mrs. Vandemeyer dazu bringen kann, mir das zu erzählen."

„Und wie?" fragte Tuppence und riß die Augen auf.

„Indem ich ihr eine Reihe von Fragen stelle", antwortete Sir James leichthin. „Das ist unsere Methode."

„Und wenn sie nun nichts sagt?" fragte Hersheimer.

„Ich glaube, sie wird reden. Ich verfüge über ein paar recht wirkungsvolle Hebel, die ich ansetzen kann. Aber sollte dennoch dieser Fall eintreten, was höchst unwahrscheinlich wäre, bliebe noch immer die Möglichkeit der Bestechung."

„Ausgezeichnet!" rief Hersheimer. „Und da komme ich ins Spiel! Falls nötig, können Sie bei mir mit Summen bis zu einer Million Dollar rechnen. Jawohl!"

Sir James musterte Hersheimer eine ganze Weile. „Mr. Hersheimer", erklärte er schließlich, „das ist ein sehr hoher Betrag."

„Gewiß. Aber diesen Leuten kann man kein Trinkgeld anbieten. Ich kann den Betrag sogleich zur Verfügung stellen, wobei auch noch ein entsprechendes Honorar für Sie herausspringt."

Sir James errötete ein wenig. „Von einem Honorar kann nicht die Rede sein. Ich bin kein Privatdetektiv."

„Entschuldigen Sie. Ich war wohl wieder ein wenig übereilt. Ich hatte die Absicht, eine hohe Belohnung für etwaige Nachforschungen über Jane auszusetzen, aber bei Scotland Yard hat man mir dringend davon abgeraten. Aber diese Burschen sind ja verkalkt!"

„Wahrscheinlich hatten sie recht", entgegnete Sir James.

„Auf Mr. Hersheimer können Sie sich in dieser Hinsicht verlassen", warf Tuppence ein. „Er macht Ihnen da nichts vor. Geld hat er haufenweise."

„Mein Alter hat es großartig verstanden, Geld zu machen", erklärte Hersheimer. „Wie denken Sie sich die Sache?"

91

Sir James überlegte eine Weile. „Es ist keine Zeit mehr zu verlieren. Je eher wir zuschlagen, desto besser." Er wandte sich an Tuppence: „Wissen Sie, ob Mrs. Vandemeyer heute abend zum Essen ausgeht?"

„Ja, ich glaube wohl, aber sie wird nicht lange wegbleiben, denn sonst hätte sie den Schlüssel vom Sicherheitsschloß mitgenommen."

„Gut. Ich werde sie gegen zehn Uhr aufsuchen. Um wieviel Uhr müssen Sie zu Hause sein?"

„Um halb zehn bis zehn etwa."

„Kommen Sie gegen halb zehn. Und ich bin um zehn Uhr da. Mr. Hersheimer kann ja unten in einem Taxi warten."

„Er hat sich bereits einen Rolls-Royce gekauft", erklärte Tuppence stolz, als wäre sie selbst die Besitzerin des Wagens.

„Noch besser. Falls es mir gelingt, die Adresse zu erfahren, können wir uns gleich dorthin begeben und, wenn nötig, Mrs. Vandemeyer mitnehmen. Verstehen Sie?"

„Ja." Tuppence erhob sich. „Jetzt fühle ich mich schon sehr viel wohler!"

„Verlassen Sie sich noch nicht zu sehr darauf, Miss Tuppence."

Hersheimer wandte sich dem Anwalt zu. „Ich hole Sie also, falls es Ihnen recht ist, gegen halb zehn Uhr ab."

„Das wird wohl am besten sein." Er gab beiden die Hand, und einen Augenblick später standen sie wieder draußen.

„Ist er nicht großartig?" meinte Tuppence begeistert.

„Nun ja, ich geb's zu. Der ist in Ordnung. Wie wär's, fahren wir gleich ins *Ritz* zurück?"

„Ich glaube, ich muß ein wenig laufen. Ich bin viel zu aufgeregt. Setzen Sie mich doch am Park ab. Oder wollen Sie mitkommen?"

Hersheimer schüttelte den Kopf. „Ich fahre tanken. Und dann muß ich noch ein paar Telegramme abschicken."

„Gut. Ich bin um sieben Uhr im *Ritz*! Aber wir werden auf dem Zimmer essen müssen. In diesem Fähnchen kann ich mich unten nicht sehen lassen."

Tuppence ging raschen Schrittes durch den Park. Sie warf einen Blick auf ihre Uhr. Es war nun fast sechs. Sie fühlte sich nach der frischen Luft und der körperlichen Bewegung sehr viel wohler. Je näher sie Hyde Park Corner kam, um so stärker wurde die Versuchung, sogleich zum *South Audley Mansions* zu gehen.

Sie meinte, es könnte nichts schaden, das Haus wenigstens aus der Ferne zu betrachten. Vielleicht fiele es ihr dann leichter, bis halb zehn zu warten.

Das Haus sah aus wie immer. Was Tuppence eigentlich erwartet hatte, hätte sie nicht zu sagen vermocht. Sie wandte sich gerade ab, als sie einen schrillen Pfiff vernahm. Der treue Albert kam aus dem Haus auf sie zugerannt.

Tuppence furchte die Stirn. Es paßte keineswegs zu ihrem Programm, daß man ihre Anwesenheit hier bemerkte. Albert war vor Erregung rot im Gesicht. „Sie reist ab!" schrie er.

„Wer reist ab?" fragte Tuppence scharf.

„Die Verbrecherin. Die tolle Rita. Sie hat mir gerade sagen lassen, ich soll ein Taxi besorgen."

„Albert", rief Tuppence, „du bist ein toller Kerl! Ohne dich wäre sie uns jetzt entwischt."

Albert errötete bei diesem Lob vor Stolz noch mehr.

„Es ist keine Zeit mehr zu verlieren", sagte Tuppence und überquerte die Straße. „Ich muß sie aufhalten. Ich muß sie um jeden Preis so lange aufhalten, bis . . ." Sie unterbrach sich. „Albert, hier ist doch eine Telefonzelle, nicht wahr?"

Der Junge schüttelte den Kopf. „Die meisten Wohnungen haben ihr eigenes Telefon. Aber um die Ecke ist eine Zelle."

„Geh und ruf gleich im *Ritz* an. Frag nach Mr. Hersheimer. Er soll sofort Sir James abholen und herkommen. Wenn du ihn nicht erreichst, rufst du Sir James Peel Edgerton an. Seine Nummer findest du im Telefonbuch. Erzähl ihm, was los ist. Die Namen vergißt du doch nicht?"

„Verlassen Sie sich nur auf mich. Das mache ich schon."

Tuppence holte tief Atem, betrat das Haus und lief zur Nummer 20 hinauf. Wie sie Mrs. Vandemeyer aufhalten sollte, war ihr unklar, aber irgendwie mußte es ihr gelingen. Was hatte wohl diese plötzliche Abreise veranlaßt? Hatte Mrs. Vandemeyer Verdacht geschöpft?

Tuppence drückte energisch auf die Klingel. Vielleicht würde sie von der Köchin etwas erfahren.

Nichts geschah. Nachdem Tuppence eine Weile gewartet hatte, klingelte sie wieder und drückte längere Zeit auf den Klingelknopf. Sie vernahm Schritte. Schließlich öffnete Mrs. Vandemeyer selbst. Beim Anblick des Mädchens zog sie die Augenbrauen hoch.

„Sie?"

„Ich hatte Zahnschmerzen, gnädige Frau", erklärte Tuppence. „Ich wollte lieber zu Hause sein und einen ruhigen Abend verbringen."

„Das ist aber Pech", sagte Mrs. Vandemeyer kalt. „Sie sollten sich zu Bett legen."

„Ach, ich kann ein wenig in der Küche sitzen, gnädige Frau. Die Köchin wird ja . . ."

„Die Köchin ist ausgegangen", erwiderte Mrs. Vandemeyer scharf. „Ich habe sie weggeschickt. Sie gehen wirklich besser zu Bett."

Plötzlich hatte Tuppence Angst. In Mrs. Vandemeyers Stimme war ein Unterton, der ihr nicht gefiel.

„Ich will nicht . . ."

Und schon berührte, ehe sie sich's versah, kalter Stahl ihre Schläfe. Unerbittlich und drohend sagte Mrs. Vandemeyer: „Sie Dummkopf! Glauben Sie etwa, ich wüßte nicht Bescheid? Wenn Sie sich wehren oder schreien, schieße ich Sie nieder."

Der Stahl drückte etwas fester gegen die Schläfe des Mädchens.

„Und nun marsch", fuhr Mrs. Vandemeyer fort. „Hier – in mein Zimmer! Wenn ich mit Ihnen fertig bin, gehen Sie ins Bett. Und Sie werden schlafen, meine kleine Spionin, gut schlafen werden Sie."

Das Zimmer befand sich in wilder Unordnung; überall lagen Kleidungsstücke herum. Mitten auf dem Fußboden standen ein halbgepackter Koffer und ein Hutkoffer.

Tuppence riß sich zusammen. Ihre Stimme zitterte ein wenig, aber sie hatte den Mut noch nicht verloren. „Hören Sie", sagte sie, „das ist doch Unsinn. Sie können mich doch nicht erschießen. Im Haus würde man den Knall hören."

„Das riskiere ich", rief Mrs. Vandemeyer. „Solange Sie nicht um Hilfe rufen, passiert Ihnen nichts. Also – setzen Sie sich aufs Bett! Heben Sie die Hände über den Kopf – und wenn Ihnen Ihr Leben lieb ist, rühren Sie sich nicht."

Tuppence gehorchte.

Mrs. Vandemeyer legte ihre Pistole in Reichweite auf den Rand des Waschbeckens, nahm, während sie Tuppence nicht aus den Augen ließ, eine kleine geschlossene Flasche von der Marmorplatte und schüttete einen Teil des Inhalts in ein Glas, das sie mit Wasser füllte.

„Was ist das?" fragte Tuppence heftig.

„Sie werden gut schlafen", erklärte Mrs. Vandemeyer.

„Wollen Sie mich vergiften?"

„Seien Sie nicht blöde! Glauben Sie wirklich, daß ich wegen Mordes steckbrieflich verfolgt werden will? Wenn Sie nicht den Verstand verloren haben, muß Ihnen doch klar sein, daß es mir nichts nützen würde, Sie zu vergiften. Es ist ein Schlaftrunk, mehr nicht. Ich will mir nur die Mühe ersparen, Sie zu fesseln und zu knebeln. Notfalls täte ich aber auch das – und es würde Ihnen nicht sehr gefallen, das garantiere ich Ihnen. Ich kann ziemlich brutal sein, wenn mir gerade so zumute ist. Trinken Sie, es wird Ihnen nichts schaden."

Tuppence war ein Mensch, der rasch zu überlegen wußte. Blitzschnell schossen ihr Gedanken durch den Kopf, und sie sah tatsächlich die Möglichkeit eines Ausweges, so fragwürdig er auch sein mochte. So ließ sie sich plötzlich vom Bett gleiten, fiel vor Mrs. Vandemeyer in die Knie und umklammerte ihre Beine.

„Ich glaube es nicht", stöhnte sie. „Es ist Gift – ich weiß, daß es Gift ist!"

Mrs. Vandemeyer blickte verächtlich auf sie hinab. „Stehen Sie auf, Sie dumme Gans! Heulen Sie mir hier nichts vor! Wie Sie jemals den Mut aufgebracht haben, Ihre Rolle zu spielen, ist mir unklar."

Tuppence umklammerte weiter ihre Beine und schluchzte und stammelte unzusammenhängende Worte. Jede Minute, die sie so gewann, bedeutete einen Schritt vorwärts ... Außerdem näherte sie sich dabei unauffällig ihrem Ziel.

Mrs. Vandemeyer verlor die Geduld und riß sie hoch. „Trinken Sie, aber gleich!" Sie preßte ihr das Glas an den Mund.

Tuppence stöhnte noch einmal. „Schwören Sie, daß es mir nichts schadet?"

„Natürlich schadet es Ihnen nichts!"

„Wollen Sie es beschwören?"

„Ja, ja ich schwöre!"

Tuppence hob zitternd ihre linke Hand. „Na gut." Sie öffnete den Mund und sah sehr kläglich aus.

Mrs. Vandemeyer ließ einen Seufzer der Erleichterung hören; einen Augenblick lang war sie nicht auf der Hut. Mit blitzartiger Schnelligkeit schüttete ihr Tuppence den Inhalt des Glases ins Gesicht, und im selben Augenblick griff sie mit der rechten Hand nach der Pistole, die auf dem Rand des Waschbeckens lag. Und schon war sie einen Schritt zurückgesprungen, die Pistole auf Mrs. Vandemeyers Herz gerichtet, und ihre Hand zitterte nicht.

Einen Augenblick glaubte Tuppence, Mrs. Vandemeyer würde sie angreifen, was sie in ein sehr unangenehmes Dilemma gebracht hätte, nämlich zu schießen oder nicht. Mit größter Überwindung gelang es jedoch Mrs. Vandemeyer, sich zu beherrschen, und schließlich zog ein leichtes Lächeln über ihr Gesicht.

„Also doch keine dumme Gans! Dafür werden Sie bezahlen – o ja! Ich habe ein gutes Gedächtnis!"

„Ich wundere mich, daß man Sie so leicht hereinlegen kann", erwiderte Tuppence verächtlich. „Haben Sie wirklich geglaubt, daß ich zu den Leuten gehöre, die sich auf den Boden werfen und um Gnade flehen?"

„Eines Tages werden Sie es noch tun!"

Die kalte Bösartigkeit ihrer Worte ließ Tuppence erschauern, aber sie hatte keine Angst mehr.

„Wie wäre es, wenn wir uns setzten", sagte sie freundlich. „Die Szene, die wir hier einander vorspielen, ist zu melodramatisch. Nein, nicht aufs Bett. Ziehen Sie sich einen Stuhl an den Tisch. So. Nun können wir uns unterhalten."

„Worüber?"

Tuppence betrachtete sie eine Weile nachdenklich. Es ging ihr verschiedenes durch den Kopf. Boris' Worte: „Manchmal glaube ich, Sie würden uns auch verkaufen!" und die Antwort, daß der Preis dafür riesig sein müßte. Sollte sich Rita Vandemeyer als der schwache Punkt in Mr. Browns Organisation erweisen?

Während sie die andere nicht aus den Augen ließ, antwortete Tuppence ruhig: „Über Geld."

Mrs. Vandemeyer fuhr auf. Eine solche Antwort hatte sie offensichtlich nicht erwartet. „Was wollen Sie damit sagen?"

„Das werde ich Ihnen jetzt auseinandersetzen. Sie haben eben behauptet, ein gutes Gedächtnis zu haben. Ein gutes Gedächtnis ist nur halb soviel wert wie eine volle Brieftasche. Ich nehme an, daß es Sie erheblich erleichtern würde, wenn Sie mir etwas antun könnten;

aber ist das eigentlich praktisch? Rache ist etwas sehr Unbefriedigendes. Aber Geld . . . Geld ist alles andere als unbefriedigend."

„Halten Sie mich wirklich für einen Menschen, der seine Freunde verkaufen würde?"

„Ja", erwiderte Tuppence, „vorausgesetzt, daß das Angebot hoch genug ist. Sagen wir mal – hunderttausend Pfund!"

Ihr Hang zur Sparsamkeit erlaubte ihr nicht, die ganze Million Dollar zu erwähnen, die Hersheimer genannt hatte.

Eine leichte Röte stieg in Mrs. Vandemeyers Gesicht. „Was sagen Sie da?" fragte sie, und ihre Finger spielten nervös mit einer Brosche an ihrer Brust. Da wußte Tuppence, daß sie den Fisch an der Angel hatte, und zum erstenmal empfand sie Abscheu vor ihrem eigenen Hang zum Geld.

„Hunderttausend Pfund", wiederholte sie.

Das Licht in Mrs. Vandemeyers Augen erlosch. „Unsinn! Sie haben das Geld gar nicht."

„Ich nicht – aber ich kenne einen, der es hat."

„Wer?"

„Einer meiner Freunde."

„Das müßte ja ein Millionär sein!"

„Das ist er. Er ist Amerikaner. Er zahlt, ohne mit der Wimper zu zucken. Ich gebe Ihnen mein Wort darauf."

Eine Weile herrschte Schweigen, dann blickte Mrs. Vandemeyer auf. „Was will denn Ihr Freund wissen?"

Tuppence kämpfte einen Augenblick mit sich selber, aber da es Hersheimers Geld war, waren seine Interessen an erster Stelle zu berücksichtigen.

„Er möchte wissen, wo Jane Finn ist."

Mrs. Vandemeyer war keineswegs überrascht. „Ich könnte Ihnen nicht mit Sicherheit sagen, wo sie sich zur Zeit aufhält."

„Aber Sie könnten es feststellen?"

„Ja, ohne weiteres."

„Und dann", Tuppences Stimme zitterte ein wenig, „ist da ein junger Mann, ein Freund von mir. Ich fürchte, ihm ist etwas zugestoßen, und zwar hat Ihr Bekannter, Boris, etwas damit zu tun."

„Wie heißt er?"

„Tommy Beresford."

„Ich habe nie von ihm gehört. Aber ich werde Boris fragen."

„Ich danke Ihnen." Tuppence fühlte plötzlich eine starke Zuversicht in sich aufsteigen. „Da wäre noch etwas."

„Ja?"

Tuppence senkte ihre Stimme. *„Wer ist Mr. Brown?"*

Sie sah das schöne Gesicht jäh erbleichen. Es kostete Mrs. Vandemeyer Mühe, ihre Fassung wiederzugewinnen. „Sie können über uns nicht viel erfahren haben, wenn Sie nicht wissen, daß *niemand weiß, wer Mr. Brown ist...*"

„Aber Sie wissen es", erwiderte Tuppence ruhig.

Mrs. Vandemeyer starrte längere Zeit vor sich hin. „Ja", erklärte sie schließlich mit rauher Stimme. *„Ich* weiß es. Ich war schön, verstehen Sie mich, sehr schön..."

„Sie sind es noch immer", warf Tuppence ein.

Mrs. Vandemeyer schüttelte den Kopf. In ihren strahlendblauen Augen leuchtete ein seltsamer Schimmer auf. „Nicht schön genug", sagte sie. „Nicht schön genug! Und in letzter Zeit habe ich manchmal Angst... Es ist gefährlich, zuviel zu wissen!" Sie beugte sich über den Tisch. „Schwören Sie, daß mein Name niemals in diese Sache hineingezogen wird – daß niemand jemals etwas erfährt?"

„Ich schwöre es. Und sobald wir ihn haben, gibt es für Sie keine Gefahr mehr."

Ein Ausdruck des Schreckens trat in Mrs. Vandemeyers Gesicht. „Werde ich das je erleben?" Sie umklammerte Tuppences Arm. „Sind Sie sich auch in der Frage des Geldes ganz sicher?"

„Völlig sicher."

99

„Wann?"

„Mein Freund wird bald kommen. Er tut alles immer sehr schnell."

Mrs. Vandemeyers Gesicht verriet Entschlossenheit. „Ich tue es. Es ist ein großer Betrag. Und abgesehen davon", sie lächelte unergründlich, „ist es nicht klug gehandelt, eine Frau wie mich ausbooten zu wollen!"

Sie trommelte mit den Fingern auf den Tisch. Plötzlich fuhr sie zusammen. „Was war das?"

„Ich habe nichts gehört."

„Vielleicht belauscht uns jemand."

„Unsinn!"

„Auch die Wände können Ohren haben", flüsterte die andere. „Ich habe Angst. Sie kennen ihn nicht!"

„Denken Sie an die hunderttausend Pfund!"

Mrs. Vandemeyer fuhr sich mit der Zunge über ihre trockenen Lippen. „Sie kennen ihn nicht! Es ist ..."

Mit einem Schrei des Entsetzens sprang sie auf. Mit ausgestreckter Hand deutete sie über Tuppences Kopf hinweg. Dann stürzte sie ohnmächtig zu Boden. Tuppence blickte sich um.

In der Tür standen Sir James Peel Edgerton und Julius Hersheimer.

13

Sir James stürzte an Hersheimer vorbei und beugte sich hastig über die am Boden liegende Frau. „Das Herz! Der Schrecken, uns so plötzlich zu sehen, muß einen Herzanfall herbeigeführt haben. Schnell etwas Kognak, oder sie stirbt uns unter den Händen!"

„Hier ist keiner", rief Tuppence Hersheimer zu. „In der Karaffe im Eßzimmer. Zweite Tür rechts."

Sir James und Tuppence hoben Mrs. Vandemeyer auf und legten sie aufs Bett. Sie betupften ihr Gesicht mit Wasser, aber es blieb ohne Erfolg. Der Anwalt fühlte ihren Puls. „Es steht auf der Kippe", murmelte er. „Wenn nur Hersheimer sich mit dem Kognak etwas beeilte."

In diesem Augenblick betrat Hersheimer wieder das Zimmer. Er trug ein halbgefülltes Glas in der Hand, das er Sir James reichte. Tuppence hob Mrs. Vandemeyers Kopf, während der Anwalt versuchte, ihr ein wenig Kognak zwischen die Lippen zu träufeln. Schließlich öffnete die Frau die Augen. Tuppence hielt ihr das Glas an die Lippen. „Trinken Sie!"

Mrs. Vandemeyer gehorchte. Nachdem sie den Kognak getrunken hatte, stieg wieder etwas Farbe in ihre Wangen, und sie lebte überraschend schnell auf. Sie versuchte, sich aufzurichten, und sank mit einem Stöhnen wieder zurück.

„Es ist mein Herz", flüsterte sie, „ich darf nicht reden."

Sir James fühlte noch eine Weile ihren Puls, erhob sich dann und nickte: „Jetzt wird sie es schaffen."

Alle drei entfernten sich ein wenig und sprachen mit leiser Stimme. Im Augenblick war wenig zu tun, da es gar nicht in Frage kam, Mrs. Vandemeyer einem Verhör zu unterwerfen. Tuppence berichtete, daß Mrs. Vandemeyer sich bereit erklärt hatte, das Geheimnis um Mr. Brown zu lüften, und ihnen helfen wolle, Jane Finn ausfindig zu machen. Hersheimer beglückwünschte sie zu ihrem Erfolg.

„Wunderbar, Miss Tuppence, großartig! Ich bin überzeugt, daß Mrs. Vandemeyer die hunderttausend Pfund morgen ebenso gefallen wie heute abend. Wir brauchen uns also keine Sorgen zu machen. Ohne das Geld in Händen wird sie ja sowieso nichts sagen."

Das war zweifellos richtig, und Tuppence fühlte sich ein wenig beruhigt.

„Was Sie da sagen, stimmt", mischte sich Sir James ein. „Aber ich wünschte, wir wären nicht gerade in diesem

101

Augenblick gekommen. Nun, es läßt sich nicht ändern. Wir müssen bis morgen früh warten."

„Na schön", sagte Tuppence und versuchte, unbeschwert zu wirken, „warten wir eben. Aber ich glaube, wir sollten die Wohnung nicht verlassen."

„Wie wäre es, wenn wir Ihren Fahrstuhlführer als Bewachung hierlassen? Er ist doch ein heller Junge?"

„Albert? Und wenn sie dann wieder zu sich kommt und uns durchbrennt? Albert könnte sie nicht aufhalten."

„Ich glaube, sie wird das Geld nicht aufgeben wollen."

„Möglich wäre es. Sie schien ,Mr. Brown' sehr zu fürchten. Sie sah sich um und meinte, die Wände hätten Ohren."

„Vielleicht dachte sie an ein Mikrophon?" fragte Hersheimer interessiert.

„Miss Tuppence hat recht", sagte Sir James. „Wir dürfen die Wohnung nicht verlassen – und sei es nur um Mrs. Vandemeyers Sicherheit willen."

Hersheimer sah ihn an. „Sie glauben, er könnte ihr etwas antun? Heute nacht? Wie sollte er denn erfahren, was geschehen ist?"

„Sie vergessen, daß Sie selber eben noch von einem eingebauten Mikrophon sprachen", erwiderte Sir James. „Wir haben es mit einem gefährlichen Gegner zu tun. Mrs. Vandemeyer ist eine wichtige Zeugin, die wir schützen müssen. Ich möchte vorschlagen, daß Miss Tuppence jetzt schlafen geht und Sie und ich, Mr. Hersheimer, uns in der Wache ablösen."

Tuppence wollte schon protestieren, aber als ihr Blick über das Bett hinstreifte, sah sie in Mrs. Vandemeyers halboffenen Augen einen solchen Ausdruck der Furcht und des Entsetzens, daß es ihr die Sprache verschlug.

Einen Augenblick lang überkam sie der Verdacht, Ohnmacht und Herzanfall seien nur gespielt, aber dann dachte sie wieder daran, wie bleich sie geworden war, und verwarf diesen Gedanken. Und während sie noch die Frau beobachtete, schwand dieser Ausdruck wie durch Zauberei aus

ihrem Gesicht, und Mrs. Vandemeyer lag wieder regungslos da wie zuvor. Tuppence war entschlossen, die Augen
offenzuhalten.

„Gut", sagte nun Hersheimer, „aber ich glaube, wir verlassen dieses Zimmer."

Die anderen stimmten ihm zu. Sir James fühlte Mrs.
Vandemeyer nochmals den Puls. „Ganz ordentlich", sagte
er leise zu Tuppence. „Die Nachtruhe wird genügen, um
sie wiederherzustellen." Er ging hinaus. Hersheimer
folgte.

Tuppence blieb einen Augenblick zögernd am Bett stehen. Mrs. Vandemeyer öffnete ein wenig die Augen. Sie
schien reden zu wollen und es nicht zu können. Tuppence
beugte sich über sie.

„Gehen Sie nicht . . .", aber sie schien unfähig, weiterzu-
sprechen. Sie murmelte noch etwas, das so klang wie:
„Schläfrig."

Tuppence beugte sich noch tiefer über sie. Ihre Worte
waren nur noch wie ein Hauch. „Mr. Brown . . .", die
Stimme brach ab.

Aber die halbgeschlossenen Augen, noch immer voller
Angst, schienen ihr etwas mitteilen zu wollen.

Von einer plötzlichen Eingebung getrieben, sagte Tuppence: „Ich werde die Wohnung nicht verlassen, sondern
die ganze Nacht wach bleiben."

Ein Ausdruck der Erleichterung erhellte für einen
Augenblick das Gesicht, bevor sich die Augen erneut
schlossen. Was hatte sie mit ihrem leisen Gemurmel
gemeint: „Mr. Brown . . .?" Tuppence ertappte sich dabei,
wie sie nervös einen Blick über ihre Schulter warf. Ihre
Augen fielen auf den großen Kleiderschrank, Platz genug,
um einem Mann als Versteck zu dienen. Tuppence
machte die Schranktür auf und blickte hinein. Niemand –
natürlich! Sie sah unter das Bett. Ein anderes Versteck gab
es nicht. Es war wirklich zu dumm, wenn einem die Nerven in dieser Weise durchgingen. Langsam verließ sie das

103

Zimmer. Hersheimer und Sir James unterhielten sich mit leiser Stimme. Sir James wandte sich ihr zu.

„Schließen Sie bitte die Tür von außen, Miss Tuppence, und ziehen Sie den Schlüssel ab! Wir müssen unbedingt verhindern, daß jemand das Zimmer betritt!"

Er war so ernst, daß dies seinen Eindruck auf die anderen nicht verfehlte; und Tuppence schämte sich nun auch weniger ihrer eigenen „schwachen Nerven".

„Ach", rief Hersheimer plötzlich, „wir haben ja Tuppences hellen Jungen völlig vergessen. Ich glaube, ich sollte lieber hinuntergehen und seine Neugier ein wenig stillen. Der Bursche gefällt mir, Tuppence."

„Wie sind Sie überhaupt hereingekommen?" fragte Tuppence. „Ich habe ganz vergessen, danach zu fragen."

„Die Sache war so: Albert erreichte mich tatsächlich telefonisch. Ich holte sogleich Sir James ab, und wir fuhren her. Der Junge hatte vor der Wohnung gehorcht, aber nichts hören können. Jedenfalls schlug er uns vor, im Kohlenaufzug nach oben zu fahren und nicht zu läuten. So landeten wir in der Küche. Albert ist noch immer unten und wahrscheinlich schon ganz durchgedreht." Mit diesen Worten ging Hersheimer.

„Nun, Miss Tuppence", sagte jetzt Sir James, „Sie kennen doch diese Wohnung besser als ich. Wo sollten wir uns wohl Ihrer Ansicht nach niederlassen?"

Tuppence überlegte einen Augenblick. „Ich glaube, Mrs. Vandemeyers kleiner Salon wäre am geeignetsten", sagte sie schließlich und ging voraus.

Sir James sah sich um. „Ja, das ist am besten. Und jetzt gehen Sie endlich zu Bett!"

Tuppence schüttelte energisch den Kopf. „Danke, Sir James, aber das könnte ich gar nicht. Ich würde die ganze Nacht von Mr. Brown träumen!"

„Aber Sie müssen doch müde sein!"

„Nein, ich möchte wirklich lieber aufbleiben."

Der Anwalt gab nach.

Einige Minuten später erschien auch Hersheimer wieder, nachdem er Albert beruhigt und ihn für seine Dienste großzügig entlohnt hatte. Auch ihm gelang es nicht, Tuppence zu bewegen, ins Bett zu gehen, und so sagte er: „Auf jeden Fall müssen Sie etwas zu essen bekommen. Wo ist die Speisekammer?"

Tuppence führte ihn hin, und einige Minuten später erschien er mit kaltem Fleisch und drei Tellern.

Nachdem sie alle kräftig zugelangt hatten, fühlte sich Tuppence wesentlich besser; ihre Angstvorstellungen, die sie eine halbe Stunde zuvor noch geplagt hatten, kamen ihr plötzlich lächerlich vor. Sie war auch überzeugt, daß die Bestechung Erfolg haben würde.

„Und nun erzählen Sie uns mal Ihre Abenteuer, Miss Tuppence", forderte Sir James sie auf.

Tuppence berichtete, was sich zugetragen hatte. Hin und wieder warf Hersheimer ein Wort der Bewunderung ein. Sir James schwieg, bis sie geendet hatte. Seine wenigen Worte der Anerkennung aber ließen Tuppence vor Stolz erröten.

„Aber da ist noch eins, was ich nicht ganz verstehe", warf Hersheimer ein. „Was hat sie eigentlich veranlaßt, plötzlich das Weite suchen zu wollen?"

„Ich weiß es nicht", gab Tuppence zu.

Sir James strich sich nachdenklich über das Kinn. „Das Zimmer war in großer Unordnung. Es sieht so aus, als ob ihre Flucht keineswegs von langer Hand geplant war. Fast so, als hätte sie eine Warnung erhalten."

„Wahrscheinlich von Mr. Brown", rief Hersheimer spöttisch. Der Anwalt betrachtete ihn eine Weile aufmerksam. „Warum nicht?" sagte er. „Vergessen Sie nicht, daß er Sie selber auch schon einmal hereingelegt hat."

Hersheimer wurde rot vor Zorn. „Ich kann es noch immer nicht fassen, wenn ich daran denke, daß ich ihm Janes Fotografie ausgehändigt habe. Mein Gott, wenn ich den einmal erwische!"

„Diese Möglichkeit erscheint mir recht gering", erwiderte Sir James trocken.

„Ich fürchte, Sie haben recht. Und im übrigen bin ich ja auf der Jagd nach dem Original, da kann mir das Bild gleichgültig sein. Was glauben Sie, Sir James, wo sie sein könnte?"

„Dafür gibt es keinen Anhaltspunkt. Aber ich könnte mir sehr gut vorstellen, wo sie *gewesen* ist."

„Wirklich? Wo?"

„Am Schauplatz Ihrer nächtlichen Abenteuer, im Privatsanatorium in Bournemouth."

„Dort? Unmöglich. Ich habe doch gefragt."

„Nein, mein Lieber, Sie haben gefragt, ob jemand mit dem Namen Jane Finn dort gewesen sei. Hatte man das Mädchen dort untergebracht, so doch höchstwahrscheinlich unter einem falschen Namen."

„Daran habe ich nie gedacht!"

„Dabei lag es ziemlich auf der Hand."

„Vielleicht gehört auch der Arzt zu diesem Ring", meinte Tuppence.

Hersheimer schüttelte den Kopf. „Das glaube ich nicht. Hall hat mir gleich von Anfang an gefallen."

„Sagten Sie Hall?" fragte Sir James. „Das ist seltsam – wirklich sehr seltsam."

„Wieso?" fragte Tuppence.

„Weil ich ihm begegnet bin! Ich kenne ihn seit Jahren, wenn auch flüchtig, und heute morgen habe ich ihn zufällig auf der Straße getroffen. Er wohnt, wie er mir sagte, im *Metropole*." Er wandte sich an Hersheimer. „Hatte er Ihnen nicht erzählt, daß er in die Stadt kommen wollte?"

Hersheimer schüttelte den Kopf.

„Seltsam", murmelte Sir James nochmals. „Sie haben heute nachmittag seinen Namen nicht erwähnt, sonst hätte ich Ihnen vorgeschlagen, ihn wegen weiterer Informationen aufzusuchen. Ich hätte Ihnen meine Karte zur Einführung mitgegeben."

„Ich bin ein Idiot", erklärte Hersheimer niedergeschlagen, was bei ihm ganz ungewöhnlich war. „Natürlich hätte ich an die Möglichkeit eines falschen Namens denken sollen."

„Erstaunlich genug, daß Sie überhaupt noch denken konnten, nachdem Sie vom Baum gefallen waren!" rief Tuppence. „Jeder andere wäre tot gewesen."

„Jetzt ist das wahrscheinlich sowieso nicht mehr wichtig", erklärte Hersheimer. „Wir haben Mrs. Vandemeyer, und mehr brauchen wir nicht."

„Ja", antwortete Tuppence nicht sehr überzeugt.

Es wurde still zwischen ihnen. Nach und nach zog die Nacht sie in ihren Bann. Möbelstücke knackten, in den Vorhängen raschelte es geheimnisvoll. Plötzlich sprang Tuppence mit einem Schrei auf.

„Ich kann mir nicht helfen, aber ich weiß, daß Mr. Brown hier in der Wohnung ist! Ich fühle seine Nähe geradezu."

„Aber Tuppence, wie sollte er! Diese Tür geht auf die Diele hinaus. Niemand könnte zur Wohnungstür hereinkommen, ohne daß wir ihn sehen oder hören."

„Ich kann es nicht erklären. Ich fühle, daß er hier ist!"

Sie sah Sir James hilfeflehend an, der ernst erwiderte: „Bei allem Respekt vor Ihren Gefühlen, Miss Tuppence – ich sehe wirklich nicht, wie es möglich sein sollte, daß jemand ohne unser Wissen diese Wohnung betritt."

Tuppence war durch seine Worte ein wenig beruhigt. „Wenn man nachts so herumsitzt, wird man wohl ein bißchen nervös", sagte sie entschuldigend.

„Ja", sagte Sir James, „uns geht es so ähnlich wie Menschen, die eine Séance abhalten. Wenn wir ein Medium hier hätten, würden wir vielleicht Erfolge erzielen."

„Glauben Sie an Spiritismus?" fragte Tuppence.

Der Anwalt zuckte mit den Schultern. „Zweifellos ist etwas daran – obwohl die meisten Aussagen darüber einer strengen Prüfung nicht standzuhalten pflegen."

Die Stunden schleppten sich langsam hin. Beim ersten schwachen Aufdämmern des neuen Tages zog Sir James die Vorhänge zurück. Mit der Wiederkehr des Lichtes erschienen ihnen die Ängste und phantastischen Gedanken der vergangenen Nacht absurd. Tuppence hatte nun ihre alte Zuversicht wiedergewonnen.

„Es wird ein herrlicher Tag", rief sie. „Und wir werden Tommy finden! Und Jane Finn!" Tuppence machte Tee und kehrte mit einem Tablett zurück, auf dem die Teekanne und vier Tassen standen.

„Für wen ist denn die vierte Tasse?" fragte Hersheimer.

„Natürlich für unsere Gefangene."

„Daß wir jetzt hier ihren Tee trinken, erscheint einem nach den Vorgängen von gestern abend einigermaßen merkwürdig", sagte Hersheimer nachdenklich.

„Ja", sagte Tuppence. „Aber ich bringe ihr eine Tasse Tee; vielleicht kommen Sie mit, für den Fall, daß sie mich anspringt oder so etwas!"

Sir James und Hersheimer begleiteten Tuppence bis zur Tür. „Wo ist der Schlüssel? Ach ja, ich habe ihn ja selber." Sie steckte ihn ins Schloß und hielt inne. „Und wenn sie nun trotz allem entwichen wäre?"

„Völlig unmöglich", antwortete Hersheimer zuversichtlich.

Sir James sagte nichts.

Tuppence tat einen tiefen Atemzug und trat ein. Sie fühlte sich erleichtert, als sie Mrs. Vandemeyer im Bett liegen sah. „Guten Morgen", sagte sie aufmunternd. „Ich bringe Ihnen eine Tasse Tee!"

Mrs. Vandemeyer antwortete nicht. Tuppence stellte die Tasse auf den Nachttisch und trat zum Fenster, um die Jalousien hochzuziehen. Als sie sich umwandte, lag Mrs. Vandemeyer noch immer regungslos da. Von einer jähen Befürchtung ergriffen, lief Tuppence zum Bett. Die Hand, die sie anhob, war kalt ... Mrs. Vandemeyer war ganz offenbar im Schlaf gestorben. Tuppence schrie auf.

108

„Wenn das nun nicht ein Mordspech ist", rief Hersheimer verzweifelt.

Der Anwalt nahm die Angelegenheit ruhiger auf, aber in seinen Augen leuchtete ein seltsames Feuer. „Pech?" fragte er. „Nur Pech? Sollte da nicht eine gewisse Hand im Spiel sein?"

„Sie wollen doch nicht etwa sagen...? Aber das ist unmöglich! Keiner hätte hereinkommen können."

„Stimmt, ich wüßte nicht, wie. Und dennoch... Sie steht im Begriff, Mr. Brown zu verraten – und stirbt. Ist das wirklich ein Zufall?"

„Aber wie...?"

„Ja, wie! Das müssen wir eben feststellen." Schweigend stand er da und strich sich das Kinn. „Wir müssen es feststellen", sagte er sehr ruhig, und Tuppence dachte, daß ihr – wenn sie Mr. Brown wäre – der Tonfall in diesen paar Worten nicht gefallen hätte.

Hersheimer blickte zum Fenster. „Das Fenster ist offen", bemerkte er. „Glauben Sie..."

Tuppence schüttelte den Kopf. Sie war ganz durcheinander. „Der Balkon führt nur bis zum kleinen Salon. Und dort saßen wir."

„Er könnte sich irgendwie hinausgeschlichen haben", meinte Hersheimer.

Aber nun mischte sich Sir James wieder ein. „Mr. Browns Methoden sind nicht so grob. Zunächst einmal müssen wir einen Arzt kommen lassen; bevor wir es jedoch tun, wollen wir untersuchen, ob es in diesem Zimmer irgend etwas von Wert für uns gibt."

In aller Eile machten sich die drei ans Werk. Auf dem Kaminrost lagen verkohlte Papierreste, die anzeigten, daß Mrs. Vandemeyer vor ihrem Fluchtversuch einige Schriftstücke verbrannt hatte. Nichts von Bedeutung war geblieben, obwohl sie auch noch in den anderen Zimmern suchten.

„Da wäre noch etwas", sagte Tuppence plötzlich und

zeigte auf einen kleinen altmodischen Safe, der in die Wand eingelassen war. „Er ist für Schmuck, glaube ich, aber es könnte ja auch etwas anderes darin liegen."

Der Schlüssel steckte, und Hersheimer durchsuchte das Innere. Er war einige Zeit damit beschäftigt.

„Nun?" rief Tuppence ungeduldig.

Es dauerte eine Weile, bevor Hersheimer antwortete. Dann zog er den Kopf wieder hervor und schloß die Tür.

„Nichts", sagte er.

Nach weiteren fünf Minuten traf ein energischer junger Arzt ein, den sie herbeigerufen hatten. Sir James, den er wohl erkannte, behandelte er mit Hochachtung.

„Ein Herzanfall oder möglicherweise auch eine zu starke Dosis eines Schlafmittels." Er zog die Luft ein. „Es riecht ziemlich stark nach Chloralhydrat."

Tuppence dachte an das Glas, dessen Inhalt sie verschüttet hatte. Einem neuen Einfall folgend, trat sie an das Waschbecken. Sie sah die kleine Flasche, aus der Mrs. Vandemeyer ein paar Tropfen in ihr Glas gegossen hatte.

Gestern abend war die Flasche dreiviertel voll gewesen. Nun war sie leer.

14

Nichts verblüffte Tuppence mehr als die Selbstverständlichkeit und Einfachheit, mit denen dank Sir James' energischen Maßnahmen alles geregelt wurde. Der Arzt gab sich ohne weiteres mit der Theorie zufrieden, Mrs. Vandemeyer hätte eine Überdosis des Schlafmittels genommen. Eine Obduktion durch den Gerichtssachverständigen hielt er nicht für nötig. Er hätte doch recht verstanden? Mrs. Vandemeyer hätte im Begriff gestanden, eine Reise ins Ausland anzutreten, und Sir James und seine jungen Freunde hätten sie besucht, als sie plötzlich zusammengebrochen wäre. Daraufhin hätten sie die Nacht in der Wohnung verbracht, da sie sie nicht allein lassen wollten. So sei es doch gewesen? Und wie stehe es mit den Verwandten der Verstorbenen? Niemand wußte etwas darüber, und Sir James verwies ihn an ihren Anwalt.

Kurz darauf erschien eine Schwester, um sich der Toten anzunehmen, und die anderen verließen die Stätte des Unheils.

„Und was jetzt?" fragte Hersheimer und machte ein verzweifeltes Gesicht. „Jetzt ist die Sache wohl für uns verloren?" Er seufzte.

Sir James strich sich nachdenklich über das Kinn. „Nein. Es gibt noch immer die Möglichkeit, daß Dr. Hall uns etwas sagen könnte."

„Natürlich! Den hätte ich beinahe vergessen."

„Die Aussichten sind zwar gering, aber man muß es versuchen. Ich schlage vor, ihn sobald wie möglich aufzusuchen. Sagen wir nach dem Frühstück."

Sie verabredeten, daß Tuppence und Hersheimer ins *Ritz* zurückkehren sollten, um Sir James später im Wagen abzuholen. So geschah es, und kurz nach elf Uhr fuhren sie vor dem *Metropole* vor. Sie fragten nach Dr. Hall, und ein Page ging ihn suchen. Einige Minuten später kam der Doktor auf sie zugeeilt.

„Dürften wir Sie ein paar Minuten in Anspruch nehmen, Dr. Hall?" fragte Sir James. „Darf ich Ihnen Miss Cowley vorstellen. Mr. Hersheimer kennen Sie schon?"

Die Augen des Arztes funkelten belustigt auf, als er Hersheimer die Hand drückte. „Ach, da ist ja mein junger Freund, der sich den kleinen Spaß mit meinem Baum geleistet hat! Was macht der Knöchel?"

„Dank Ihrer Behandlung ist er wieder in Ordnung, Herr Doktor."

„Kommen wir zur Sache: dürften wir Sie irgendwo ungestört sprechen?" fragte Sir James.

111

„Aber sicher. Soviel ich weiß, ist dahinten ein Raum, in dem wir ganz unter uns sind."

Er ging voraus, und die anderen folgten ihm. Sie nahmen Platz, und der Arzt sah Sir James fragend an.

„Es liegt mir sehr viel daran, Dr. Hall, eine gewisse junge Dame aufzufinden, um von ihr eine Erklärung zu erhalten. Ich habe allen Grund zur Annahme, daß sie sich in Ihrem Sanatorium in Bournemouth aufgehalten hat. Ich hoffe, daß ich nicht die Grenzen Ihres Berufsgeheimnisses verletze, wenn ich Sie danach frage."

„Ich nehme an, daß es sich hier um eine Art Vernehmung handelt?"

Sir James zögerte einen Augenblick und sagte dann: „Ja."

„Ich stehe Ihnen gern zur Verfügung. Wie heißt denn die junge Dame? Ich entsinne mich, daß schon Mr. Hersheimer mich gefragt hat."

„Der Name ist unwichtig", erklärte Sir James leichthin. „Es ist mit großer Wahrscheinlichkeit anzunehmen, daß sie unter falschem Namen bei Ihnen angemeldet wurde. Ich wüßte aber gern von Ihnen, ob Ihnen der Name Mrs. Vandemeyer bekannt ist?"

„Mrs. Vandemeyer, *South Audley Mansions*? Ich kenne sie flüchtig."

„Sie wissen also nicht, was geschehen ist?"

„Was meinen Sie damit?"

„Sie wissen nicht, daß Mrs. Vandemeyer tot ist?"

„Himmel, nein! Ich habe keine Ahnung."

„Sie hat in der vergangenen Nacht eine Überdosis Schlafmittel genommen."

„Mit Absicht?"

„Es wird ein Versehen angenommen. Jedenfalls wurde sie heute früh tot aufgefunden."

„Das sind traurige Nachrichten ... Aber ich sehe nicht ganz ein, was dies mit Ihren Nachforschungen zu tun haben kann."

112

„Ist es nicht so, daß Mrs. Vandemeyer eine junge Verwandte zu Ihnen ins Sanatorium gebracht hat?"

Hersheimer beugte sich jäh vor.

„Stimmt", antwortete der Arzt ruhig.

„Und unter welchem Namen?"

„Janet Vandemeyer. Soviel ich verstand, ist sie ihre Nichte."

„Und wann kam sie zu Ihnen?"

„Soweit ich mich entsinne, im Juni oder Juli 1915."

„Ist sie in irgendeiner Weise geistesgestört?"

„Nein, sie ist eigentlich völlig normal. Ich erfuhr von Mrs. Vandemeyer, daß das Mädchen mit ihr zusammen an Bord der *Lusitania* gewesen war, als das Schiff torpediert wurde. Sie hatte einen schweren Nervenschock erlitten."

„Ich denke, wir befinden uns auf der richtigen Spur", meinte Sir James und blickte um sich.

„Das ist doch . . .!" rief Hersheimer aus.

Der Arzt betrachtete sie alle verwundert.

„Sie sprachen vorhin davon, daß sie von ihr eine Erklärung wollen", sagte er. „Nun, es fragt sich, ob sie in der Lage ist, eine solche Erklärung abzugeben."

„Aber Sie sagten doch, sie sei völlig normal?"

„Das ist sie auch. Wenn Sie jedoch eine Erklärung von ihr haben wollen, die sich auf Ereignisse vor dem 7. Mai 1915 bezieht, wird sie nicht in der Lage sein, sie Ihnen zu geben."

Verblüfft sahen sie den Arzt an.

„Aber warum denn nicht?"

Der Arzt wandte sich dem erregten Amerikaner zu.

„Weil Janet Vandemeyer ihr Gedächtnis verloren hat!"

„Was?"

„Ja, ein sehr interessanter Fall. Im übrigen nicht so selten, wie Sie vielleicht meinen."

„Und sie erinnert sich an gar nichts?" fragte Sir James.

„An nichts, was vor dem 7. Mai 1915 liegt. Nach diesem

113

Datum ist ihr Gedächtnis so normal wie Ihres oder meines."

„Was ist denn das erste, dessen sie sich entsinnt?"

„Die Landung, zusammen mit den anderen Überlebenden. Alles, was davorliegt, ist wie ausgelöscht. Sie wußte nicht einmal ihren Namen. Sie konnte nicht einmal mehr ihre eigene Sprache."

„Aber das ist doch ungewöhnlich!" rief Hersheimer.

„Nein, das ist unter den Umständen durchaus erklärlich. Ich schlug vor, einen Spezialisten zu Rate zu ziehen. Es gibt in Paris einen sehr guten Mann, der sich mit solchen Fällen befaßt. Aber Mrs. Vandemeyer war dagegen. Sie befürchtete, der Fall könnte dadurch allzusehr an die Öffentlichkeit dringen."

„Das kann ich mir vorstellen!"

„Das Mädchen war sehr jung – neunzehn, glaube ich. Man hätte ihr damit sehr schaden können. Im übrigen gibt es für diese Fälle keine gesicherte Behandlungsmethode. Es kommt weitgehend darauf an, zu warten."

„Zu warten?"

„Ja, früher oder später kehrt das Gedächtnis wieder – ebenso plötzlich, wie es verschwand. Es ist möglich, daß das Mädchen dann die dazwischenliegende Periode vergißt und das Leben dort fortsetzen will, wo es für sie einmal abbrach – beim Sinken der *Lusitania*."

„Und wann könnte das sein?"

„Ach, das kann ich nicht sagen. Zuweilen ist es eine Angelegenheit von Monaten, aber es kann ebensogut zwanzig Jahre dauern. Es kommt vor, daß ein zweiter schwerer Schock den Umschwung herbeiführt. Er stellt das wieder her, was der erste zerstörte."

„Ein neuer Schock, sagten Sie?" rief Hersheimer.

„Ja. Da gab es einen Fall in Colorado . . ." Der Arzt sprach unermüdlich weiter. Offensichtlich beschäftigte ihn dieses Thema.

Hersheimer schien ihm nicht zuzuhören. Er war in

seine eigenen Gedanken versunken. Plötzlich jedoch kehrte er aus der Tiefe seiner Überlegungen wieder zurück und schlug mit der Faust auf den Tisch.

„Jetzt weiß ich es! Ich hätte gern Ihre Ansicht als Arzt über das, was ich Ihnen jetzt auseinandersetzen möchte, gehört. Nehmen wir an, Jane würde den Teich nochmals überqueren, und dasselbe würde sich noch einmal ereignen! Das Unterseeboot, das sinkende Schiff, die Rettungsboote – und so weiter. Wäre es damit nicht zu schaffen?"

„Eine sehr interessante Überlegung, Mr. Hersheimer."

„Ja, das läßt sich machen! Man chartert einen Passagierdampfer..."

„Einen Dampfer!" murmelte Dr. Hall.

„Man heuert auch Passagiere an, man chartert ein Unterseeboot – ja, darin liegt meiner Ansicht nach die einzige Schwierigkeit. Natürlich denke ich nicht daran, daß wir tatsächlich ein Torpedo abschießen. Wenn alles wild umeinanderläuft und laut genug geschrien wird, daß das Schiff sinkt, sollte das genügen. Hat sie erst einmal ihren Rettungsgürtel umgelegt und wird sie in ein Rettungsboot gedrängt, so würde sie dadurch fraglos in den Mai 1915 zurückversetzt. Was halten Sie davon?"

Dr. Hall sah Hersheimer an.

„Nein", sagte Hersheimer, als wollte er diesen Blick beantworten, „ich bin nicht verrückt! Die Sache ist durchaus möglich! Drüben unternimmt man dergleichen dauernd für den Film. Man wird doch schließlich irgendwo einen alten Dampfer kaufen können."

Dr. Hall fand seine Stimme wieder. „Aber die Kosten, Sir!"

„Geld ist für mich kein Problem", erklärte Hersheimer.

Dr. Hall wandte sein Gesicht wie hilfesuchend Sir James zu, der ein wenig lächelte.

„Mr. Hersheimer ist sehr reich – außerordentlich reich!"

„Ein ungewöhnlicher Plan!" murmelte der Arzt. „Natürlich – der Film! Sehr interessant. Und Sie haben tatsäch-

115

lich die Absicht, diesen ungewöhnlichen Plan auszuführen?"

„Darauf könnten Sie Ihren letzten Dollar setzen!"

Der Arzt glaubte ihm – und das war eine Art Anerkennung, die seiner Nationalität galt. Hätte ein Engländer dergleichen vorgeschlagen, hätte er an seinem Geisteszustand gezweifelt. „Ich kann aber eine Heilung keineswegs garantieren", erklärte er nun. „Ich möchte das mit Nachdruck betonen."

„Schon gut. Schaffen Sie Jane herbei, und überlassen Sie mir alles übrige."

Der Arzt starrte ihn an. „Verzeihung, Mr. Hersheimer. Ich dachte, das wäre Ihnen klar."

„Was wäre mir klar?"

„Daß Miss Janet Vandemeyer sich gar nicht mehr in meiner Pflege befindet."

15

Hersheimer sprang auf. „Wie bitte?"

„Ich dachte, das wüßten sie."

„Wann ist sie denn abgereist?"

„Warten Sie mal. Es war am letzten Mittwoch – ja –, als Sie von meinem Baum fielen."

„Vorher oder nachher?"

„Augenblick mal – nachher! Es traf ein Telegramm von Mrs. Vandemeyer ein. Sie fuhren noch mit dem Nachtzug."

Hersheimer ließ sich in seinen Sessel zurücksinken. „Schwester Edith reiste mit einer Patientin ab, dessen entsinne ich mich", murmelte er. „Mein Gott, so nah war ich!"

Dr. Hall sah ihn verwundert an. „Befindet sich die junge Dame denn nicht bei ihrer Tante?"

Tuppence schüttelte den Kopf. Sie wollte gerade etwas sagen, als ein warnender Blick von Sir James sie veranlaßte, den Mund zu halten. Der Anwalt erhob sich.

„Ich bin Ihnen außerordentlich dankbar, lieber Hall. Ich fürchte nur, daß wir nun die Spur von Miss Vandemeyer aufs neue suchen müssen. Wie steht es denn nun mit der Pflegerin, die sie begleitete? Wahrscheinlich wissen Sie nicht, wo sie ist?"

„Wir haben nichts mehr von ihr gehört. Ich wußte nur, daß sie noch eine Weile bei Miss Vandemeyer bleiben sollte. Man hat das Mädchen doch nicht entführt?"

„Das muß erst noch festgestellt werden!"

„Meinen Sie, ich sollte zur Polizei gehen?"

„Aber nein! Aller Wahrscheinlichkeit nach befindet sich die junge Dame bei anderen Verwandten."

Der Arzt war mit dieser Erklärung nicht zufrieden. Er sah jedoch, daß Sir James entschlossen war, nichts mehr zu sagen. So verabschiedeten sie sich, und die Besucher verließen das Hotel. Einige Minuten lang standen sie noch neben dem Wagen und besprachen die Angelegenheit.

„Es ist verrückt!" rief Tuppence. „Man stelle sich vor, daß sich Hersheimer unter dem gleichen Dach befand!"

„Was für ein Idiot ich war", sagte Hersheimer wütend.

„Das konnten Sie wirklich nicht wissen", tröstete Tuppence. „Oder?" Sie wandte sich an Sir James.

„Ich möchte Ihnen raten, sich nicht zu beunruhigen", erklärte dieser freundlich. „Sie wissen doch, daß es sinnlos ist, sich über Dinge aufzuregen, die nicht zu ändern sind."

„Die Frage ist nur, was nun zu tun ist", meinte Tuppence, die wie immer zum Handeln drängte.

Sir James zuckte die Schultern. „Sie könnten durch eine Anzeige nach der Schwester forschen. Ich muß zugeben, daß meine Hoffnung auf ein günstiges Ergebnis nicht sehr groß ist. Im übrigen läßt sich nichts unternehmen."

„Nichts?" fragte Tuppence. „Und – Tommy?"

„Da können wir nur das Beste hoffen." Sir James ergriff Tuppences Hand. „Sie lassen es mich wissen, sobald irgend etwas Neues eintritt? Briefe werden mir nachgeschickt."

Tuppence sah ihn fassungslos an. „Fahren Sie denn weg?"

„Haben Sie das vergessen? Nach Schottland."

„Ja, aber ich dachte doch. . ." Das Mädchen zögerte.

Sir James zuckte die Schultern. „Mein liebes Fräulein, ich fürchte, mehr kann ich nicht tun. Alle unsere Fährten haben ins Nichts geführt. Sollte sich eine neue Situation ergeben, werde ich Sie gern in jeder mir nur möglichen Weise beraten."

„Sie haben wohl recht. Ich danke Ihnen, daß Sie versucht haben, uns zu helfen. Auf Wiedersehen."

Hersheimer wandte sich zum Wagen. In Sir James' kühle Augen trat ein flüchtiger Ausdruck des Mitleids.

„Seien Sie nicht traurig, Miss Tuppence. Denken Sie daran, daß auch im Urlaub nicht immer die ganze Zeit mit Vergnügungen ausgefüllt ist."

Es lag in seinem Tonfall etwas, das Tuppence veranlaßte, jäh zu ihm aufzublicken.

„Nein, mehr sage ich nicht. Denken Sie daran: Erzählen Sie niemals alles, was Sie wissen – nicht einmal dem Menschen, den Sie am besten kennen. Auf Wiedersehen."

Er entfernte sich. Tuppence blickte ihm nach. Allmählich begann sie, Sir James' Methoden zu begreifen. Schon einmal hatte er ihr, ebenso beiläufig, einen Fingerzeig gegeben. War auch dies einer?

Hersheimer unterbrach ihre Gedanken. „Wollen wir ein wenig im Park spazierenfahren?"

„Ja, warum nicht."

Eine Weile fuhren sie schweigend unter den Bäumen dahin. Es war ein prächtiger Tag. Der Fahrtwind munterte Tuppence auf.

„Was glauben Sie – werde ich Jane je wiederfinden?"
Hersheimers Stimme klang sehr mutlos. Tuppence sah
ihn erstaunt an. „Ja, die Sache setzt mir sehr zu. Sir James
war so ganz ohne Hoffnung . . . Ich mag ihn ja nicht besonders, irgendwie passen wir nicht zueinander, aber er ist
wohl sehr tüchtig."

„Er hat doch vorgeschlagen, der Schwester wegen eine
Anzeige aufzugeben", erinnerte sie ihn.

„Ja. Aber es klang nicht zuversichtlich. Vielleicht ist es
das beste, nach Amerika zurückzureisen."

„Aber nein! Wir müssen doch Tommy finden!"

„Den habe ich tatsächlich im Augenblick vergessen",
erklärte Hersheimer zerknirscht. „Aber seit ich diese
Reise angetreten habe, ist soviel Unwahrscheinliches
geschehen. Man bewegt sich wie in einem Traum. Hören
Sie, Miss Tuppence, ich hätte Sie gern etwas gefragt."

„Und das wäre?"

„Sie und Beresford . . . Wie steht es da?"

„Ich verstehe Sie nicht", antwortete Tuppence kühl und
fügte inkonsequent hinzu: „Und im übrigen irren Sie
sich!"

„Besteht keine . . . keine nähere Beziehung zwischen
Ihnen?"

„Sehe ich aus wie ein Mädchen, das sich in alle Männer,
denen es begegnet, immer gleich verliebt?"

„Das nicht. Aber Sie sehen aus wie eins, in das sich
immer gleich die Männer verlieben!"

„Ach was!" erwiderte Tuppence ziemlich verblüfft.

„Nehmen wir an, wir finden Beresford nie, und . . . Wie
wäre es denn mit Heiraten?" bohrte Hersheimer weiter.
„Haben Sie sich jemals mit der Frage befaßt?"

„Natürlich habe ich die Absicht, eines Tages zu heiraten. Das heißt, wenn . . . wenn ich einen finde, der so reich
ist, daß es sich wirklich lohnt."

„Wie haben Sie sich denn das im einzelnen vorgestellt?"

„Sie meinen, wie er aussehen soll?"

119

„Nein – ich meine das Vermögen, das Einkommen."

„Ach, das habe ich mir nicht so genau überlegt."

„Wie wäre es mit mir –?"

„Mit Ihnen?"

„Warum denn nicht?"

„O nein! Das könnte ich nicht!"

„Warum nicht?"

„Es wäre so ganz und gar nicht anständig gehandelt."

„Das kann ich nicht einsehen. Ich nehme ganz einfach Ihre Herausforderung an. Das ist alles. Ich bewundere Sie grenzenlos, Miss Tuppence, mehr als jedes andere Mädchen. Nur ein Wort, und wir fahren zu einem Juwelier und besorgen uns die Ringe."

„Ich kann nicht", stieß Tuppence hervor.

„Wegen Beresford?"

„Nein, nein, nein!"

„Sie können doch unmöglich mehr Dollar erwarten, als ich habe."

„Ach, darum geht es auch nicht", rief Tuppence und lachte nervös. „Ich ... ich glaube, es geht nicht."

„Ich wäre Ihnen dankbar, Sie überlegten es sich bis morgen."

„Es hat keinen Zweck."

„Trotzdem finde ich, wir sollten es offen lassen."

„Also gut", antwortete Tuppence besänftigend.

Sie schwiegen beide, bis sie das *Ritz* erreichten.

Tuppence ging hinauf in ihr Zimmer. Nach dem Gespräch mit Hersheimer fühlte sie sich am Ende ihrer Kräfte. Er war so mit Energie geladen ... Sie setzte sich vor ihren Spiegel und betrachtete sich einige Minuten lang. Da fiel ihr Blick auf ein kleines Foto von Tommy, das in einem armseligen Rahmen auf ihrem Toilettentisch stand. Einen Augenblick lang kämpfte sie um ihre Selbstbeherrschung, dann brach sie in Schluchzen aus.

„Oh, Tommy, Tommy", rief sie, „ich liebe dich – und ich werde dich nie wiedersehen ..."

120

Nach fünf Minuten richtete sich Tuppence wieder auf, schneuzte sich und strich ihr Haar zurück.

„Erledigt", erklärte sie energisch. „Sehen wir den Tatsachen ins Gesicht. Ich scheine mich in einen dummen Jungen verliebt zu haben, dem ich sicher völlig gleichgültig bin." Hier hielt sie inne. „Ich weiß wirklich nicht, was ich Hersheimer sagen soll; er wird darauf bestehen, daß ich ihm einen Grund nenne... Ich frage mich nur, ob er eigentlich in diesem Safe etwas gefunden hat."

Tuppences Gedanken schlugen nun eine andere Richtung ein. Sie ließ nochmals die Ereignisse der letzten Nacht an sich vorüberziehen. Sir James' rätselhafte Worte schienen alles in neue Zusammenhänge zu rücken. Plötzlich sprang sie auf – die Farbe wich aus ihrem Gesicht. Es war ungeheuerlich – und doch war damit alles erklärt...

Sie setzte sich und schrieb einige Zeilen, bei denen sie sich jedes einzelne Wort genau überlegte. Schließlich nickte sie zufrieden und steckte das Schreiben in einen Umschlag, den sie an Hersheimer adressierte. Sie ging den Gang entlang, bis zu seinem Wohnzimmer und klopfte an die Tür. Wie erwartet, war kein Mensch im Zimmer. Da legte sie den Brief auf den Tisch. Als sie zu ihrer eigenen Tür zurückkehrte, stand ein Page davor. „Ein Telegramm für Sie."

Tuppence riß es auf. Es war von Tommy!

16

Aus einer Finsternis, die von Blitzen durchzuckt war, fanden Tommys Sinne allmählich wieder ins Leben zurück. Mühsam öffnete er die Augen. Das war doch nicht sein Schlafzimmer im *Ritz*? Und was war mit seinem Kopf?

„Er kommt zu sich", bemerkte eine Stimme. Tommy

erkannte sie sogleich als die des bärtigen Mannes mit dem deutschen Akzent und blieb regungslos liegen. Mühsam versuchte er, sich klarzuwerden, was geschehen war. Offensichtlich hatte sich jemand an ihn herangeschlichen, während er an der Tür lauschte ... Nun wußten sie, daß er ein Spion war ... Zweifellos befand er sich in einer üblen Klemme. Niemand wußte, wo er war ...

„Verdammt!" rief er, und dieses Mal gelang es ihm, sich aufzurichten.

Sogleich setzte der Mann ihm ein Glas an die Lippen. Dazu sagte er: „Trinken!" Tommy gehorchte. Das Getränk war so stark, daß es ihm fast den Atem raubte, aber sein Kopf wurde klar.

Er lag auf einer Couch in dem Zimmer, in dem die Versammlung stattgefunden hatte. Auf der einen Seite stand der Deutsche, auf der anderen der Hausmeister. Die anderen standen in einiger Entfernung etwas abseits. Tommy jedoch vermißte ein Gesicht. Der Mann, den man als Nummer eins bezeichnet hatte, war nicht mehr da.

„Sie haben Glück, junger Freund, daß Ihr Schädel so dick ist. Der gute Conrad hat einen harten Schlag." Der Mann nickte dem üblen Hausmeister zu, der grinste. „Haben Sie noch etwas zu sagen, bevor Sie erledigt werden?"

„Allerdings. Und zwar sehr viel!"

„Wollen Sie leugnen, daß Sie an der Tür lauschten?"

„Keineswegs. Ich möchte mich dafür entschuldigen – Ihre Unterhaltung war so interessant, daß ich meine Skrupel überwand."

„Wie sind Sie hereingekommen?"

„Der gute Conrad hat mich eingelassen."

Conrad brummte, aber es klang recht schwach. Als der Mann mit dem Bart sich ihm heftig zuwandte, erklärte er mürrisch: „Er hat das Losungswort gesagt. Wie konnte ich ..."

„Ja", stimmte Tommy ihm zu. „Dem armen Kerl kön-

122

nen Sie die Schuld dafür nicht geben. Aber seiner Vertrauensseligkeit verdanke ich das Vergnügen, Sie zu sehen."

Es machte Tommy Spaß, daß seine Worte bei seinen Zuhörern einige Erregung hervorriefen.

„Tote können nicht reden", erklärte der Bärtige.

„So", erwiderte Tommy, „aber ich bin noch nicht tot."

„Es ist bald soweit, mein junger Freund", erwiderte der Sprecher. Die anderen stimmten ihm zu.

Tommys Herz schlug schneller, äußerlich blieb er jedoch ruhig. „Warum haben Sie mich denn nicht gleich umgebracht?" Der Bärtige zögerte, und Tommy nutzte seinen Vorteil. „Weil Sie nicht wußten, wieviel ich wußte – und wo ich mein Wissen her hatte, nicht wahr? Wenn Sie mich jetzt töten, werden Sie es nie erfahren."

Nun vermochte Boris seine Erregung nicht mehr zu unterdrücken. „Verdammter Hund! Gemeiner Spitzel!" schrie er. „Mit dir machen wir kurzen Prozeß! Gleich umlegen!"

Tommy zuckte die Schultern. „Sie sollten sich das alles genau überlegen. Wie bin ich denn hier hereingekommen! Was hat der alte Conrad gesagt: mit Ihrem eigenen Losungswort! Wie bin ich dazu gekommen? Sie nehmen doch wohl nicht an, daß ich zufällig vor Ihre Tür geraten bin und das erstbeste gesagt habe, was mir einfiel?"

Tommy war mit den letzten Worten seiner kleinen Rede sehr zufrieden. Er bedauerte nur, daß Tuppence sie nicht hören konnte.

„Stimmt", sagte plötzlich der Mann im schäbigen Anzug, „man hat uns verraten!"

Es folgte ein drohendes Gemurmel. Tommy lächelte die Männer aufmunternd an.

„Sehen Sie! Wie können Sie aber hoffen, Erfolg zu haben, wenn Sie dabei so unüberlegt vorgehen?"

„Sie werden uns sagen, wer uns verraten hat", sagte der Bärtige. „Boris kennt sehr wirksame Methoden, um einen Menschen zum Sprechen zu bringen."

„Unsinn!" rief Tommy verächtlich und kämpfte dabei ein sehr unangenehmes Gefühl in der Magengegend nieder. „Sie werden mich weder foltern noch töten."

„Und warum nicht?" fragte Boris.

„Weil Sie damit sozusagen die Gans schlachten, die Ihnen die goldenen Eier legt."

Es folgte eine kurze Pause. Die anderen fühlten sich ihrer Sache nicht mehr so sicher. Der Mann im schäbigen Anzug sah Tommy forschend an.

„Der macht uns was vor, Boris", erklärte er schließlich.

Tommy hätte ihn erschlagen können. Durchschaute ihn der Mann wirklich?

Der Bärtige schien auch unsicherer geworden. „Was wollen Sie damit sagen?" fragte er Tommy.

„Ich weiß etwas, das mich in die Lage versetzt, einen Kompromiß vorzuschlagen."

„Einen Kompromiß?" Der bärtige Mann sah ihn scharf an.

„Ja – einen Kompromiß. Mein Leben und meine Freiheit gegen . . ." Er hielt inne.

„Wogegen?"

Langsam fuhr Tommy fort: „Gegen die Papiere, die Danvers auf der *Lusitania* bei sich trug."

Seine Worte schlugen ein wie eine Bombe. Wer noch saß, war aufgesprungen. Der Bärtige beugte sich über Tommy.

„Tatsächlich? Sie haben sie also?"

Mit bewunderungswürdiger Ruhe schüttelte Tommy den Kopf. „Keineswegs."

„Dann also . . ., dann also . . ." Zorn und Verblüffung erstickten seine Worte.

Tommy sah sich in der Runde um. Niemand schien daran zu zweifeln, daß seine Behauptungen mehr als nur Bluff waren. „Ich weiß zwar nicht, wo die Papiere sind – aber ich glaube, daß ich sie finden könnte. Ich habe eine Theorie . . ."

124

„Pah!"

Tommy hob die Hand. „Ich nenne es eine Theorie – aber ich bin der Tatsachen, die ihr zugrunde liegen, ziemlich sicher. Es handelt sich um Dinge, die nur mir allein bekannt sind. Und was hätten Sie dabei zu verlieren? Wenn ich die Papiere bringe, geben Sie mir zum Tausch Leben und Freiheit. Ist das kein Geschäft?"

„Und wenn wir es ablehnen?"

Tommy ließ sich wieder auf die Couch zurücksinken. „Der Neunundzwanzigste", erklärte er, „ist keine vierzehn Tage mehr entfernt."

Einen Augenblick lang zauderte der Bärtige. Dann machte er Conrad ein Zeichen. „Führ ihn in das andere Zimmer!"

Fünf Minuten hindurch saß Tommy auf dem Bett in dem schäbigen Zimmer. Er hatte alles auf eine Karte gesetzt. Wozu würden sie sich entschließen?

Endlich öffnete sich die Tür, und man befahl Conrad schroff, mit Tommy wieder hereinzukommen.

Der Bärtige saß wieder am Tisch. Er gab Tommy ein Zeichen, sich ihm gegenüber niederzulassen.

„Wir nehmen Ihr Angebot an", erklärte er, „aber unter bestimmten Bedingungen. Die Papiere müssen uns ausgehändigt werden, bevor wir Sie freigeben."

„Wie soll ich die Papiere suchen, wenn Sie mich anketten?"

„Was erwarten Sie denn?"

„Es muß mir die Freiheit gelassen werden, der Sache auf meine Art nachzugehen."

Der Bärtige lachte auf. „Glauben Sie, wir sind kleine Kinder, daß wir Sie einfach laufenlassen?"

„Nein. Wie wäre es denn, wenn Sie mir Conrad mitgeben? Er ist zuverlässig und mit den Fäusten ziemlich schnell."

„Wir ziehen es vor", erklärte der Bärtige, „daß Sie hierbleiben. Einer von uns wird Ihre Anweisungen ausfüh-

125

ren. Ergeben sich Schwierigkeiten, können Sie weitere Instruktionen geben."

Tommy war der Sache müde: „Belassen wir es also dabei. Eins ist aber wichtig: Ich muß mit dem Mädchen sprechen."

„Mit welchem Mädchen?"

„Natürlich mit Jane Finn."

Der andere betrachtete ihn eine Weile neugierig und sagte dann langsam: „Wissen Sie nicht, daß sie nichts erzählen kann?"

Tommys Herz schlug ein wenig schneller. „Ich werde sie nicht bitten, mir irgend etwas zu erzählen", antwortete er ruhig. „Das heißt, nicht mit Worten."

„Warum wollen Sie sie dann aber aufsuchen?"

Tommy machte eine Pause. „Um ihr Gesicht zu sehen."

„Und Sie glauben, daß Sie daraus irgend etwas erfahren können?" Er lachte kurz und unangenehm auf. Mehr denn je hatte Tommy das Gefühl, daß irgendein Umstand ins Spiel gekommen war, von dem er nichts verstand. Der Bärtige betrachtete ihn forschend. „Ich frage mich, ob Sie überhaupt so viel wissen, wie wir annahmen", sagte er leise.

Tommy war verwirrt. Was hatte er falsch gemacht?

„Ich habe nicht behauptet, in alle Einzelheiten Ihres Unternehmens eingeweiht zu sein. Aber ich habe gleichfalls etwas in der Tasche, von dem *Sie* nichts ahnen. Danvers war ein verdammt tüchtiger Bursche..." Er brach ab, als hätte er bereits zuviel gesagt.

Das Gesicht des Bärtigen hatte ein wenig von seiner Verschlossenheit verloren. „Danvers", murmelte er. „Ach so..." Er hielt eine Weile inne und machte dann Conrad ein Zeichen. „Führ ihn ab. Nach oben – du weißt schon."

„Einen Augenblick", rief Tommy. „Was ist mit dem Mädchen?"

„Das läßt sich vielleicht einrichten."

„Es muß sein."

„Es gibt nur eine Person, die das entscheiden kann."
„Wer?" fragte Tommy. Aber er kannte die Antwort
schon.

„Mr. Brown."

Oben auf dem Gang öffnete Conrad eine Tür, und
Tommy trat in ein kleines Zimmer. Conrad entzündete
eine zischende Gaslampe und verschwand. Tommy hörte,
wie sich der Schlüssel im Schloß drehte.

Das Zimmer war klein, und Tommy hatte das Gefühl,
von jeder Luftzufuhr abgeschnitten zu sein. Dann
bemerkte er, daß es keine Fenster gab. Die Wände waren
entsetzlich schmutzig. Vier Bilder hingen dort, Szenen
aus *Faust*: Margarete mit ihrem Schmuckkästchen, die
Kirchenszene, Auerbachs Keller und Faust mit Mephisto.
Bei seinem Anblick kehrten Tommys Gedanken wieder
zu Mr. Brown zurück. In dieser stickigen Kammer kam
ihm dessen unheimliche Macht sehr viel realer vor. Er
fühlte sich wie in einer Gruft...

Das Geräusch des Schlüssels, der sich im Schloß
drehte, weckte Tommy. Er blinzelte zur Decke empor und
fragte sich, wo er eigentlich sei. Dann erinnerte er sich und
blickte auf seine Uhr. Es war acht.

Die Tür wurde geöffnet. Einen Augenblick später trat
ein Mädchen ein. Es trug ein Tablett, das es auf dem Tisch
absetzte.

Im schwachen Licht der Gaslampe stellte Tommy fest,
daß es das schönste Mädchen war, das er jemals gesehen
hatte. Das Haar war von einer satten braunen Farbe. Das
Gesicht glich, wie ihm schien, einer Heckenrose. Die
Augen waren haselnußbraun, mit goldenem Schimmer.

„Sind Sie Jane Finn?" fragte er atemlos.

Das Mädchen schüttelte den Kopf. „Mein Name ist
Annette, Monsieur." Sie sprach ein weiches, etwas gebro-
chenes Englisch.

„Ach!" sagte Tommy einigermaßen überrascht. *„Fran-
çaise?"*

127

„*Oui*, Monsieur. Monsieur *parle français*?"

„Nicht sehr fließend. Was ist das? Frühstück?"

Das Mädchen nickte. Tommy betrachtete das Tablett. Das Frühstück bestand aus etwas Brot, Margarine und einer Kanne Kaffee.

„Das Leben hier hält den Vergleich mit dem *Ritz* nicht ganz aus", bemerkte er seufzend. „Aber ich bin dankbar, überhaupt etwas zu bekommen." Er zog einen Stuhl heran, und das Mädchen wandte sich wieder zur Tür. „Warten Sie einen Augenblick", rief Tommy. „Annette, was tun Sie denn hier in diesem Haus?"

„Ich bin angestellt, Monsieur."

„Ach so", antwortete Tommy. „Wissen Sie noch, was ich Sie gefragt habe? Haben Sie je diesen Namen gehört?"

„Ich habe schon jemand von Jane Finn reden hören."

„Sie wissen nicht, wo sie ist?"

Annette schüttelte den Kopf.

„Sie lebt nicht hier in diesem Haus?"

„Aber nein, Monsieur! Ich muß jetzt gehen."

Sie eilte hinaus. Der Schlüssel drehte sich im Schloß.

Ich frage mich, wer das ist, den sie mit „jemand" bezeichnet, überlegte Tommy, als er eine Scheibe Brot abschnitt. *Wenn ich Glück habe, könnte mir das Mädchen helfen, hier herauszukommen. Es sieht nicht so aus, als gehörte es zur Bande.*

Um ein Uhr erschien Annette wieder mit dem Tablett, von Conrad begleitet.

„Guten Morgen", sagte Tommy freundlich. „Von Seife scheinen Sie nicht viel zu halten."

Conrad brummte mißvergnügt.

„Schlagfertigkeit ist nicht gerade Ihre Stärke, nicht wahr? Nun ja, man kann nicht gleichzeitig schön und klug sein. Was haben wir denn zu essen? Gulasch – der Duft der Zwiebel ist unverkennbar."

„Reden Sie nur", brummte der Mann. „Ihnen bleibt ja nicht mehr viel Zeit dazu."

Diese Bemerkung klang nicht gerade sehr ermutigend, aber Tommy überhörte sie.

Um acht Uhr vernahm er das vertraute Geräusch des Schlüssels. Das Mädchen war allein.

„Schließen Sie bitte die Tür", sagte Tommy. „Ich möchte mit Ihnen sprechen."

Sie tat es.

„Hören Sie, Annette, ich möchte, daß Sie mir helfen, hier herauszukommen."

Sie schüttelte den Kopf. „Unmöglich! Unten im ersten Stock sind drei Männer."

„Ach!" Tommy war auch für diese Information dankbar. „Aber Sie würden mir helfen, falls Sie es könnten?"

„Nein, Monsieur."

„Und warum nicht?"

Das Mädchen zögerte. „Es sind meine eigenen Leute! Und Sie haben ihnen nachspioniert."

„Es ist eine üble Bande, Annette. Wenn Sie mir helfen, befreie ich Sie von diesen Kerlen."

Aber das Mädchen schüttelte den Kopf. „Das wage ich nicht, Monsieur. Ich habe Angst vor ihnen."

„Würden Sie auch nichts tun, um einem anderen Mädchen zu helfen?" rief Tommy. „Sie ist etwa ebenso alt wie Sie. Wollen Sie sie wirklich nicht aus ihren Klauen befreien?"

„Sie meinen Jane Finn?"

„Ja."

„Und nach ihr haben Sie hier gesucht? Ja?"

„Ja."

Das Mädchen fuhr sich mit der Hand über die Stirn. „Jane Finn. Immer höre ich diesen Namen."

Tommy trat erregt auf sie zu. „Sie müssen irgend etwas wissen!"

Aber das Mädchen wandte sich jäh ab.

„Ich weiß nichts – ich kenne nur den Namen." Sie ging

129

auf die Tür zu. Plötzlich stieß sie einen Schrei aus. Tommy sah sie überrascht an. Sie hatte das Bild von Faust und Mephisto erblickt, das er am Abend zuvor gegen die Wand gelehnt hatte, um es gegebenenfalls als Waffe zu benützen. Für den Bruchteil einer Sekunde sah er einen Ausdruck des Entsetzens in ihren Augen. Doch ebenso rätselhaft wich er gleich darauf einem Blick der Erleichterung. Danach ging sie ohne jedes weitere Wort aus dem Zimmer. Tommy war ihr Verhalten unerklärlich. Hatte sie sich eingebildet, daß er die Absicht hätte, sie damit anzugreifen? Wohl kaum. Er hängte das Bild wieder an die Wand.

Drei weitere Tage verstrichen in zermürbendem Nichtstun. Tommy spürte, wie alles an seinen Nerven zerrte. Er sah niemanden außer Conrad und Annette, und das Mädchen redete kaum ein Wort. Eine Art dunklen Argwohns schwelte in ihren Augen. Tommy hatte das Gefühl, allmählich verrückt zu werden. Von Conrad erfuhr er nur, daß sie auf den Befehl Mr. Browns warteten.

Der Abend des dritten Tages brachte ein rauhes Erwachen. Es war kaum sieben Uhr, als er laute Schritte draußen auf dem Gang vernahm. Einen Augenblick später wurde die Tür aufgestoßen. Conrad trat ein. In seiner Begleitung befand sich die üble Nummer vierzehn. Bei ihrem Anblick sank Tommy der Mut.

„Guten Abend, Chef", rief der Mann mit einem höhnischen Grinsen. „Hast du die Stricke, Kumpel?"

Schweigend holte Conrad einen dünnen Strick hervor. Einen Augenblick später fesselte Nummer vierzehn Tommy, während Conrad ihn festhielt.

„Hast wohl schon gedacht, du hättest uns eins ausgewischt? Mit dem, was du weißt und was du nicht weißt? Alles Schwindel!"

Offenbar hatte der allmächtige Mr. Brown ihn durchschaut. Plötzlich jedoch kam Tommy ein Gedanke. „Aber wozu die Stricke? Warum schneidet mir dieser freundliche Herr nicht gleich die Kehle durch?"

„Unsinn", erklärte Nummer vierzehn unerwartet. „Hältst uns wohl für solche Anfänger? Wir haben den Wagen für morgen früh bestellt, bis dahin wollen wir nichts mehr riskieren."

Die beiden Männer verschwanden, und die Tür fiel ins Schloß. Tommy blieb seinen Gedanken überlassen. Sie waren keineswegs erfreulich.

Es mochte etwa eine Stunde verstrichen sein, als er hörte, wie der Schlüssel leise im Schloß umgedreht wurde. Es war Annette. Tommys Herz schlug ein wenig schneller.

Plötzlich vernahm er Conrads Stimme: „Komm raus, Annette. Er will heute abend kein Essen haben."

„*Oui, oui, je sais bien*. Aber ich muß das andere Tablett holen. Wir brauchen das Geschirr."

„Dann beeil dich", brummte Conrad.

Ohne Tommy anzusehen, trat Annette an den Tisch und ergriff das Tablett. Sie hob eine Hand und drehte das Licht aus.

„Verdammt noch mal", Conrad war in die Tür getreten, „warum machst du das?"

„Ich drehe es immer aus. Soll ich es wieder anzünden, Monsieur Conrad?"

„Nein, komm jetzt raus."

„*Le beau petit monsieur*", rief Annette und blieb in der Dunkelheit am Bett stehen. „Er ist wie ein zusammenge-schnürtes Huhn!" Tommy fühlte zu seinem Erstaunen ihre Hand leicht über seine Fesseln streichen, und etwas Kaltes wurde ihm in die Hand gedrückt.

Die Tür schloß sich hinter ihnen. Tommy hörte Conrad sagen: „Schließ ab, und gib mir den Schlüssel."

Die Schritte erstarben. Tommy lag wie erstarrt vor Verwunderung da. Der Gegenstand, den Annette ihm in die Hand gedrückt hatte, war ein kleines Taschenmesser. Sie hatte es vermieden, ihn anzusehen, und daraus schloß er, daß das Zimmer beobachtet wurde. Auch der Umstand,

131

daß sie das Licht abgedreht hatte, ließ darauf schließen. Irgendwo in der Wand mußte sich ein Guckloch befinden. Nun dachte er auch daran, daß sie sich ihm gegenüber stets sehr zurückhaltend benommen hatte. Hatte er irgend etwas gesagt, wodurch er sich hätte verraten können? Kaum.

Vorsichtig versuchte er, mit der Schneide auf dem Strick an seinen Händen hin und her zu fahren. Es war eine mühselige Angelegenheit. Kaum waren seine Hände frei, war alles andere nur noch ein Kinderspiel. Fünf Minuten später richtete er sich mit einiger Mühe auf; denn seine Glieder waren noch verkrampft. Er dachte nach. Conrad hatte den Schlüssel an sich genommen, so daß er von Annette kaum noch Hilfe erwarten konnte. Der einzige Ausgang aus diesem Zimmer war die Tür, und so mußte er warten, bis die beiden Männer kamen, um ihn zu holen. Er tastete sich bis zu dem Bild und nahm es wieder vom Haken. Jetzt blieb ihm nichts anderes mehr zu tun, als zu warten.

Langsam verstrich die Nacht. Tommy durchlebte eine Ewigkeit, aber schließlich hörte er die Schritte. Aufrecht stand er da, holte tief Atem und hielt das Bild fest.

Die Tür wurde geöffnet. Ein schwaches Licht fiel von außen ein. Conrad ging sogleich zur Gaslampe, um sie anzuzünden. Tommy bedauerte, daß er es war, der als erster eintrat. Es wäre ihm ein Vergnügen gewesen, mit Conrad zuerst abzurechnen. Nummer vierzehn folgte. Als er über die Schwelle trat, ließ Tommy das Bild auf seinen Kopf niedersausen. Nummer vierzehn stürzte unter einem gewaltigen Krachen und dem Klirren splitternden Glases zu Boden. Sogleich war Tommy hinausgesprungen und hatte die Tür hinter sich zugezogen. Der Schlüssel steckte. Er drehte ihn um und zog ihn in dem Augenblick heraus, als Conrad von innen mit einem Schwall von Schimpfworten gegen die Tür rannte.

Tommy zögerte. Er hörte jemanden auf dem unteren

Gang. Dann erklang die Stimme des Bärtigen von unten heraus. „Was ist los, Conrad?"

Tommy fühlte eine Hand in der seinen. Neben ihm stand Annette. Sie deutete auf eine wacklige Stiege, die zu irgendwelchen Speicherräumen hinaufführte. Einen Augenblick später standen sie in einer staubigen Dachstube. Das Mädchen legte den Finger auf die Lippen und lauschte.

Das Hämmern und Schlagen gegen die Tür donnerte durchs Haus. Der Bärtige und noch ein anderer versuchten, die Tür einzudrücken. Annette erklärte flüsternd: „Sie glauben, daß Sie noch drin sind! Sie können nicht verstehen, was Conrad sagt. Die Tür ist zu dick."

„Ich dachte, man könnte hören, was im Zimmer vorgeht?"

„Es gibt ein Guckloch vom anderen Zimmer aus. Das war klug, daß Sie das erraten haben. Daran werden sie aber nicht denken – denn jetzt wollen sie ja nichts als ins Zimmer hinein."

„Ja, aber hören Sie..."

„Überlassen Sie alles mir." Zu seiner Verwunderung sah Tommy, daß sie lange Schnüre an einen Pfosten und an einen Krug band. „Haben Sie den Schlüssel zur Tür?"

„Ja."

„Geben Sie ihn mir!" Er reichte ihn ihr. „Ich gehe jetzt hinunter. Glauben Sie, daß Sie sich hinter der Stiege hinablassen können, damit man Sie nicht sieht?"

Tommy nickte.

„Es steht ein großer Schrank tief im Schatten auf dem Treppenabsatz. Treten Sie hinter ihn. Nehmen Sie das Ende der Schnur in Ihre Hand. Wenn ich die anderen herausgelassen habe, ziehen Sie!"

Bevor er Zeit fand, sie noch irgend etwas zu fragen, war sie leichtfüßig die Stiege hinabgeeilt und stürzte laut schreiend unter die anderen: „Mein Gott! Was ist denn los?"

133

Fluchend wandte sich der Bärtige ihr zu. „Mach, daß du wegkommst! Geh in dein Zimmer!"

Vorsichtig ließ sich Tommy inzwischen hinter der Stiege hinab. Hinter dem Schrank kauerte er sich hin.

„Ach!" Annette schien über etwas zu stolpern. Sie beugte sich nieder. „Mein Gott! Da ist ja der Schlüssel!"

Der Bärtige entriß ihn ihr und schloß die Tür auf. Schimpfend kam Conrad herausgestolpert. „Wo ist er? Habt ihr ihn?"

„Wir haben niemanden gesehen", erwiderte der Bärtige.

Dann erbleichte er. „Wen meinst du denn?"

„Er ist entkommen!"

„Unmöglich. Er hätte an uns vorbei gemußt."

In diesem Augenblick zog Tommy an der Schnur. In der Dachstube oben zerschellte der Krug. Die Männer drängten die schwankende Stiege hinauf.

Wie ein Blitz sprang Tommy aus seinem Versteck und stürzte die Treppe hinunter. Unten in der Diele war niemand.

Plötzlich hörte er oben einen Schrei und einen Ausruf des Bärtigen und dann Annettes klare hohe Stimme: „Er ist entkommen! Und wie schnell!"

Tommy stand noch immer wie angewurzelt da. War das für ihn eine Aufforderung zu gehen?

Dann drangen, noch lauter, die Worte zu ihm: „Es ist ein schreckliches Haus! Ich will zu Marguerite zurück. Zu Marguerite, zu Marguerite!"

Tommy war bis zur Treppe zurückgelaufen. Wollte sie, daß er ging und sie zurückließ! Aber warum? Dann sank ihm der Mut. Conrad kam die Treppe herabgestürzt.

Tommy stoppte ihn durch eine rechte Gerade, sprang zur Haustür und schlug sie hinter sich zu. Der Platz lag verödet. Vor dem Haus stand der Lieferwagen eines Bäckers. Der Fahrer versuchte, Tommy den Weg abzuschneiden. Wieder schoß Tommys Rechte vor, und der Fahrer ging zu Boden.

Tommy machte, daß er davonkam. Es war höchste Zeit. Die Eingangstür wurde aufgerissen, und es folgte ein Kugelregen. Er hatte Glück, keine Kugel traf. Dann war er um die nächste Ecke.

Lange saß Tommy in einem türkischen Bad, um wieder er selbst zu werden. Als er ans Tageslicht trat, war er fähig, neue Pläne zu schmieden.

Zunächst einmal mußte er ordentlich essen. Er trat in ein ABC-Lokal und bestellte Eier mit Speck und Kaffee. Während er aß, las er die Morgenzeitung. Plötzlich durchfuhr es ihn. Da war ein Artikel über Kramenin, der als der „geheimnisvolle Mann hinter dem Bolschewismus" eingetroffen sei. In der Mitte der Seite war sein Bild.

„Das ist also Nummer eins", sagte Tommy. „Kein Zweifel." Er bezahlte sein Frühstück und begab sich nach Whitehall. Dort sandte er eine Nachricht mit seinem Namen nach oben, es sei dringend. Einige Minuten später stand er dem Mann gegenüber, der dort nicht unter dem Namen „Carter" bekannt war. Seine Stirn war gerunzelt.

„Hören Sie, es geht nicht, daß Sie herkommen und nach mir fragen. Ich dachte, das hätte ich Ihnen deutlich klargemacht."

„Gewiß, Sir. Ich halte aber diese Angelegenheit für so wichtig, daß keine Zeit zu verlieren ist."

So kurz und gedrängt wie nur möglich schilderte er ihm seine Erlebnisse während der letzten Tage.

Als er etwa bis zur Mitte seines Berichtes gekommen war, unterbrach ihn Mr. Carter und gab einige geheimnisvolle Anweisungen. Er nickte energisch, als Tommy geendet hatte.

„Ganz richtig. Hier ist jeder Augenblick von Bedeutung. Ich fürchte, daß wir ohnehin zu spät kommen. Dennoch könnten sie etwas hinterlassen haben, was uns als Hinweis dienen kann. Sie sagen, Sie hätten in Nummer eins Kramenin erkannt? Wir brauchen dringend etwas gegen ihn. Wie steht es mit den anderen? Sie sagen, zwei Gesichter wären Ihnen bekannt gewesen? Und einer sei ein Arbeiter? Sehen Sie sich diese Bilder an, ob Sie sie darauf erkennen."

Kurz darauf hielt Tommy ein Bild hoch. Mr. Carter verriet einige Überraschung. „Westway? Schau an! Wir hatten einen Verdacht, waren aber nicht sicher. Was den anderen anbelangt, glaube ich, eine Ahnung zu haben." Er reichte Tommy noch ein Bild und lächelte bei dem Ausruf des anderen. „Ich habe also recht. Ein Ire. Nach außen hin ein Verfechter des Unionsgedankens. Natürlich alles Tarnung. Auch das vermuteten wir, hatten aber keine Beweise. Ja, das haben Sie ausgezeichnet gemacht, junger Mann. Sie sagen, der neunundzwanzigste sei das Datum? Na gut, damit bleibt uns noch etwas Zeit – wenn auch nicht sehr viel . . ."

„Aber . . ." Tommy zögerte.

Mr. Carter erriet seine Gedanken. „Wenn der Vertragsentwurf auftauchen sollte, sieht es übel aus. Ja, bitte? Der Wagen? Kommen Sie, Beresford, jetzt sehen wir uns mal das Haus an."

Zwei Polizisten standen vor dem Haus in Soho Wache. Ein Inspektor berichtete Mr. Carter mit leiser Stimme. Der wandte sich an Tommy. „Die Vögel sind ausgeflogen – wie zu erwarten war. Nun, sehen wir einmal nach."

Tommy kamen seine Erlebnisse wie ein Traum vor. Alles war noch so, wie er es gesehen hatte. Die Gefängniskammer mit den seltsamen Bildern, der zerbrochene Krug in der Dachstube und der Versammlungsraum mit dem langen Tisch. Nirgends waren Papiere zu finden. Von Annette fehlte jede Spur.

„Was Sie mir von diesem Mädchen erzählten, erscheint mir höchst rätselhaft", sagte Mr. Carter. „Sie meinen, daß sie aus freien Stücken zurückging?"

„Ich kann nicht glauben, daß sie wirklich eine von ihnen ist, Sir, sie . . . sie schien mir anders zu sein."

„Sah wohl gut aus?" meinte Mr. Carter mit einem Lächeln.

Tommy gestand Annettes Schönheit verlegen ein.

„Sind Sie eigentlich bereits mit Miss Tuppence in Verbindung getreten?" fragte Mr. Carter. „Sie hat mich Ihretwegen mit Briefen bombardiert."

„Tuppence? Ist sie zur Polizei gegangen?"

Mr. Carter schüttelte den Kopf.

„Dann verstehe ich nicht, wieso sie mich durchschaut haben..."

17

Tommy war dabei, einen besonders delikaten Bissen zum Munde zu führen, als er Hersheimer entdeckte, der gerade eintrat. Tommy winkte ihm fröhlich mit der Speisekarte zu.

Als Hersheimer Tommy erblickte, sah er höchst verblüfft aus. Er kam auf Tommy zu und schüttelte seine Hand mit großer Begeisterung.

„Na, so was!" rief er. „Wir hatten Sie fast schon abgeschrieben! Noch ein paar Tage, und wir hätten für Sie ein feierliches Requiem abgehalten."

„Sie dachten, ich sei tot? Glaubte das Tuppence auch?"

„Ja, das glaubte sie."

„Wo ist sie eigentlich? Am Empfang sagte man mir, sie sei gerade weggefahren."

„Wahrscheinlich macht sie Besorgungen. Ich habe sie vor etwa einer Stunde hier vorm *Ritz* abgesetzt. Aber sagen Sie, was haben Sie die ganze Zeit über angestellt?"

„Wollen Sie mit mir essen?" fragte Tommy. „Es wird eine lange Geschichte."

Hersheimer zog einen Stuhl heran und winkte einem

Kellner, dem er seine Wünsche herunterrasselte. Dann wandte er sich Tommy zu. „Schießen Sie los! Sie haben wohl einige Abenteuer hinter sich!"

„Ein paar", erwiderte Tommy und stürzte sich in seinen Bericht.

Hersheimer lauschte ihm wie gebannt. Er aß nur die Hälfte von dem, was ihm vorgesetzt wurde. Schließlich stieß er einen tiefen Seufzer aus.

„Eins zu null für Sie! Klingt wie ein Groschenroman!"

„Und wie steht es hier?" fragte Tommy und streckte die Hand nach einem Pfirsich aus.

„Na ja, wir hatten ja auch einige Abenteuer zu bestehen."

Nun war er an der Reihe. Er begann mit seiner erfolglosen Erkundung in Bournemouth und endete mit den sensationellen Ereignissen der letzten Nacht.

„Aber wer hat sie denn umgebracht?" fragte Tommy.

„Der Arzt hat sich eingeredet, sie selber", antwortete Hersheimer ohne jeden weiteren Kommentar.

„Und Sir James? Was glaubte er?"

„Als großes Gestirn am Juristenhimmel ist er selbstverständlich verschlossen wie eine Auster." Dann ging Hersheimer im einzelnen auf die Ereignisse des Morgens ein.

„Das Gedächtnis verloren, sagen Sie?" fragte Tommy. „Deshalb haben die Burschen so seltsam reagiert! Na, das war ja ein ganz hübscher Schnitzer."

„Sie haben keine Anhaltspunkte, wo Jane ist?"

Tommy schüttelte den Kopf. „Leider nicht."

Es folgte ein kurzes Schweigen, nach dem Tommy wieder auf Mrs. Vandemeyers Tod zu sprechen kam. „Es besteht kein Zweifel darüber, daß es das Schlafmittel war?"

„Belassen wir es dabei. Wir wollen uns nicht noch mit einer Obduktion und dergleichen befassen. Aber ich glaube, Tuppence und ich und sogar Sir James haben alle den gleichen Verdacht."

138

„Mr. Brown?" meinte Tommy.

„Aber sicher."

„Mr. Brown hat doch keine Flügel! Wie soll er denn hineingekommen sein und wieder hinaus?"

„Wie wäre es mit einer Art Fernhypnose oder wie man das nennt? Gibt es hypnotische Einflüsse, die einen Menschen wie Mrs. Vandemeyer zwingen konnten, Selbstmord zu begehen?"

Tommy sah ihn verblüfft an. „Welch eine Idee, Hersheimer! Aber damit kann ich nichts anfangen. Ich glaube, die jungen Detektive müssen sich wieder an die Arbeit machen. Wenn wir nur Tuppence erreichen könnten! Das *Ritz* würde eine aufsehenerregende Wiedersehensszene erleben."

Als sie beim Portier nachfragten, erfuhren sie, daß Tuppence noch nicht zurückgekehrt sei.

„Trotzdem werde ich mich einmal oben umsehen", sagte Hersheimer. „Vielleicht sitzt sie im Wohnzimmer." Er entfernte sich.

Plötzlich tauchte ein Page vor Tommy auf. „Die junge Dame ist mit dem Zug abgereist, Sir", murmelte er verlegen.

„Wie bitte?" Tommy fuhr herum.

„Das Taxi, Sir! Ich habe gehört, daß sie zum Charing-Cross-Bahnhof wollte." Tommys Augen weiteten sich vor Verwunderung. Kühner geworden, fuhr der Junge fort: „Ich habe mir gleich gedacht, daß sie verreisen würde, als sie um das Kursbuch bat."

„Das Kursbuch? Wann hat sie denn das haben wollen?"

„Als ich ihr das Telegramm brachte, Sir."

„Wann war das?"

„Etwa gegen halb eins, Sir."

„Erzähl mir genau, was vor sich ging!"

„Jawohl, Sir. Ich bringe das Kursbuch rauf, und sie sagt, ich soll warten, und sieht etwas nach. Dann sieht sie auf die Uhr und ruft: ‚Schnell, ein Taxi!' und setzt sich den

Hut auf, und schon ist sie unten. Na, und dann nichts wie rein ins Taxi."

Der Junge hielt inne. In diesem Augenblick trat Hersheimer zu ihnen. Er hielt einen geöffneten Brief in der Hand.

„Hören Sie, Hersheimer!" Tommy wandte sich ihm zu. „Tuppence hat sich selbständig gemacht und irgendeine Spur aufgenommen." Der Page verschwand.

„Ist doch unmöglich!"

„Sie ist in einem Taxi zum Charing Cross gefahren, Hals über Kopf, nachdem sie ein Telegramm bekommen hatte." Tommys Blick fiel auf den Brief in Hersheimers Hand. „Hat sie Ihnen eine Nachricht dagelassen?"

Er streckte seine Hand nach dem Brief aus, aber Hersheimer steckte ihn in die Tasche. Er schien ein wenig betreten.

„Das hat nichts damit zu tun. Es handelt sich um etwas anderes."

„Ach so?" Tommy sah ein wenig verwundert aus.

„Hören Sie", sagte Hersheimer unvermittelt, „ich sage Ihnen wohl besser alles. Ich habe Miss Tuppence heute früh gebeten, mich zu heiraten."

Tommy fühlte sich wie vor den Kopf geschlagen.

„Ich habe ihr, bevor ich den Antrag machte, gesagt, daß ich nicht die Absicht hätte, zwischen Sie zu treten."

„Tuppence und ich", erwiderte Tommy, „sind seit Jahren gute Freunde. Nichts weiter." Er zündete sich eine Zigarette an, aber seine Hand zitterte dabei. „Tuppence hat immer gesagt, daß sie eigentlich einen Mann sucht, der..." Er unterbrach sich jäh und errötete.

„Ach, es sind wohl die Dollar, die Sie meinen. Miss Tuppence hat mir gleich reinen Wein eingeschenkt. Wir werden sicher sehr gut miteinander auskommen."

Tommy sagte nichts. Tuppence und Hersheimer! Ja, warum nicht? Hatte sie nicht ganz offen ihre Absicht kundgetan, eine Geldheirat zu machen? Er war von einem bitteren Zorn erfüllt. Ein *anständiges* Mädchen würde niemals nur um des Geldes willen heiraten! Widerwärtig . . .

Hersheimers Stimme unterbrach seine Gedanken. „Ja, wir müßten eigentlich gut miteinander auskommen. Ich habe gehört, daß ein Mädchen einen das erstemal stets abweist – das ist wohl hier Tradition."

„Abweist? Sagten Sie: *abweist*?"

„Sie hat ohne jede Begründung ,nein' gesagt. Aber sie wird sich's schon noch überlegen."

Tommy fragte ungeniert: „Was hat sie geschrieben?"

Hersheimer reichte ihm den Brief. Es war Tuppences vertraute Schulmädchenschrift:

Es ist immer besser, etwas schwarz auf weiß zu haben. Ich kann mich ganz einfach nicht mit Heiratsplänen befassen, solange Tommy nicht gefunden ist. Verschieben wir es also bis dahin. Stets Ihre Tuppence

Tommy reichte ihm mit leuchtenden Augen das Schreiben zurück. Seine Gefühle schlugen nun ins Gegenteil um. Kein Mädchen auf der ganzen Welt ließ sich mit Tuppence vergleichen. Wenn er sie wiedersähe . . . Und damit war er mit seinen Gedanken wieder am Anfang angelangt.

„Ganz wie Sie sagen", erklärte er und riß sich zusammen, „nicht die leiseste Andeutung, was sie vorhat. He, Henry!"

Der Junge kam sogleich herbei. Tommy holte fünf Shilling aus der Tasche. „Entsinnst du dich, was die junge Dame mit dem Telegramm gemacht hat?"

„Sie knüllte es zusammen und warf es in den Kamin. Dabei rief sie ,Hopp!', Sir."

„Sehr anschaulich, Henry", sagte Tommy. „Da hast du deine fünf Shilling. Kommen Sie, Hersheimer. Wir müssen das Telegramm finden."

Sie eilten nach oben. Tuppence hatte den Schlüssel in ihrer Tür stecken lassen. Das Zimmer war so, wie sie es verlassen hatte. Im Kamin lag ein zerknülltes Stück Papier. Tommy strich es glatt und las das Telegramm.

SOFORT KOMMEN, MOAT HOUSE, EBURY, YORKSHIRE, VIEL GESCHEHEN - TOMMY.

Bestürzt sahen sie einander an. Hersheimer sprach zuerst. „Und Sie haben es nicht aufgegeben?"

„Natürlich nicht! Was hat es also zu bedeuten?"

„Ich fürchte, das Schlimmste", antwortete Hersheimer. „Sie haben sie in eine Falle gelockt."

„Mein Gott! Was tun wir jetzt?"

„Wir dürfen keine Zeit verlieren. Ein Glück, daß sie das Telegramm nicht mitgenommen hat. Das Kursbuch!"

Tommy schlug nach. „Da ist es. Ebury, Yorkshire. Von King's Cross aus oder von St. Pancras. (Der Junge muß sich geirrt haben. Es war King's Cross und nicht Charing Cross.) Zwölf Uhr fünfzig, das ist der Zug, den sie genommen hat; der Zwei-Uhr-zehn-Zug ist schon abgefahren; drei Uhr zwanzig fährt der nächste – und dazu noch ein sehr langsamer."

„Wie wäre es mit dem Wagen?"

„Lassen Sie ihn, wenn Sie wollen, nachkommen, aber wir nehmen besser den Zug. Es kommt vor allem darauf an, nicht die Ruhe zu verlieren."

Hersheimer stöhnte.

Tommy nickte, in Gedanken vertieft. Ein wenig später sagte er: „Warum sind sie so an ihr interessiert?"

„Bitte? Ich verstehe nicht ganz."

„Ich glaube nicht, daß sie ihr etwas antun", erklärte Tommy. „Solange sie in ihrer Hand ist, sitzen sie am längeren Hebel. Klar?"

„Völlig", antwortete Hersheimer nachdenklich.

„Im übrigen", fügte Tommy noch hinzu, „habe ich großes Vertrauen zu Tuppence."

142

Die Reise war sehr ermüdend; der Zug hielt oft, und die Wagen waren überfüllt. Ebury war ein veröderter Bahnhof, auf dem nur ein einsamer Gepäckträger wartete. An ihn wandte sich Tommy: „Können Sie mir sagen, wie ich zum *Moat House* komme?"

„Ein hübsches Stück Weg bis dahin. Sie meinen doch das große Haus am Strand?"

Tommy nickte. „Erinnern Sie sich an eine junge Dame, die mit einem früheren Zug hier eingetroffen ist, zwölf Uhr fünfzig aus London? Wahrscheinlich hat sie auch nach dem Weg zum *Moat House* gefragt."

Er beschrieb Tuppence, aber der Träger schüttelte den Kopf.

Tommy fühlte sich völlig niedergeschlagen. Er war überzeugt, daß ihr Unternehmen erfolglos bleiben würde. Der Feind hatte einen Vorsprung von mehr als drei Stunden.

Der Weg, den der Gepäckträger beschrieben hatte, schien kein Ende zu nehmen. Einmal schlugen sie sogar die verkehrte Richtung ein. Es war schon sieben Uhr vorbei, als ein kleiner Junge ihnen sagte, *Moat House* befände sich gleich um die nächste Ecke.

Ein rostiges Eisentor, das sich knarrend in seinen Angeln drehte; eine von Unkraut überwachsene Anfahrt. Nach einer Biegung sahen sie das Haus. Es wirkte öde und unbewohnt. Die Läden waren geschlossen, die Stufen mit Moos überwachsen.

Hersheimer zog am rostigen Klingelknauf. Ein mißtönendes Läuten erklang und hallte in der Weite des Hauses wider. Aber niemand kam. Sie gingen um das Haus herum. Stille überall. Der Ort wirkte völlig verlassen.

„Nichts zu machen", erklärte Hersheimer.

Langsam kehrten sie zum Tor zurück.

„Hier muß doch ein Dorf in der Nähe sein", fuhr der junge Amerikaner fort. „Wir sollten uns dort einmal erkundigen."

143

„Ja, kein schlechter Gedanke."

Sie kamen bald zu dem kleinen Dorf. Am Ortsrand trafen sie einen Arbeiter, der einen Sack trug; Tommy fragte ihn.

„*Moat House?* Es steht leer. Seit Jahren schon. Mrs. Sweeney hat den Schlüssel, wenn sie es besichtigen wollen – sie wohnt gleich neben der Post."

Tommy bedankte sich. Bald hatten sie das Postamt gefunden, zu dem auch ein Schokoladengeschäft gehörte. Sie klopften an die Tür. Eine saubere, dralle Frau öffnete ihnen. Sie brachte sogleich den Schlüssel.

„Ich bezweifle allerdings, daß Ihnen das Haus gefallen wird, Sir. Es ist äußerst baufällig. Es regnet durchs Dach. Man bräuchte viel Geld, um es in Ordnung zu bringen."

„Danke", erwiderte Tommy zuversichtlich. „Aber Häuser sind heute schwer zu kriegen."

„Das kann man wohl sagen", stimmte die Frau ihm zu. „Entschuldigen Sie, Sir, es wird zu dunkel, um viel vom Haus zu sehen. Wollen Sie nicht lieber bis morgen warten?"

„Wir sehen es uns heute abend auf jeden Fall ein wenig an. Wir wären schon früher hier gewesen, hatten uns aber verlaufen. Wo kann man denn übernachten?"

Mrs. Sweeney sah ein wenig unsicher aus. „*Yorkshire Arms* – aber das ist für Sie wohl nicht besonders geeignet."

„Es wird genügen. Es ist nicht etwa eine junge Dame bei Ihnen gewesen und hat nach dem Schlüssel gefragt?"

Die Frau verneinte.

Sie kehrten zum *Moat House* zurück. Als die Eingangstür in ihren Angeln knarrend nach innen aufging, zündete Hersheimer ein Streichholz an und betrachtete aufmerksam den Fußboden. Dann schüttelte er den Kopf. „Ich möchte wetten, daß auf diesem Weg niemand hereingekommen ist. Sehen Sie mal den Staub an. Nicht eine Fußspur."

Sie wanderten durch das verödete Haus. Überall das

144

gleiche. Dicke Staubschichten, die schon seit langem dort lagen.

„Merkwürdig", sagte Hersheimer. „Ich glaube nicht, daß Tuppence jemals in diesem Haus war."

„Wir sehen es uns morgen noch einmal an", erklärte Tommy. „Vielleicht bemerken wir bei Tageslicht mehr."

Am nächsten Tag nahmen sie die Suche wieder auf, mußten jedoch erneut feststellen, daß das Haus offensichtlich seit langem nicht mehr betreten worden war. Als sie zum Gartentor zurückkehrten, stieß Tommy einen Schrei aus, beugte sich nieder und hob etwas auf, das zwischen den Blättern gelegen hatte. Es war eine kleine goldene Brosche.

„Die gehört Tuppence!"

„Bestimmt?"

„Aber ja! Ich habe sie oft an Tuppence gesehen."

„Ich glaube, das wäre klar. Bis hierher ist sie in jedem Fall gekommen. Wir machen das Gasthaus zu unserem Hauptquartier, irgend jemand muß sie doch gesehen haben!"

Fast jeden Tag nahmen sie eine neue Spur auf. Hersheimer war wie ein Hund, den man auf eine Fährte gesetzt hat. Bei dem geringsten Verdacht machte er sich an die Verfolgung. Jedem Wagen, der an jenem schicksalhaften Tag durch das Dorf gekommen war, spürte er nach. Er ließ sich nicht abweisen und betrat einen Landsitz nach dem anderen, um die Eigentümer der Wagen einem strengen Verhör zu unterwerfen. Dabei war er mit seinen Entschuldigungen ebenso eifrig wie mit seinen Fragen, und selten mißlang es ihm, seine empörten Opfer zu besänftigen; als aber ein Tag nach dem anderen verstrichen war, sahen sie sich ihrem Ziel noch genauso fern wie vorher. Die Entführung war offenbar so gut vorbereitet gewesen, daß sich Tuppence tatsächlich in Luft aufgelöst zu haben schien.

Und nun begann noch etwas anderes Tommy zu bedrücken.

„Wissen Sie, wie lange wir schon hier sind?" fragte er eines Morgens, als sie beim Frühstück saßen. „Eine Woche! Und der nächste Sonntag ist der Neunundzwanzigste!"

„Auch das noch!" sagte Hersheimer nachdenklich. „Den Neunundzwanzigsten hatte ich schon fast vergessen."

„Ich habe allmählich das Gefühl, daß wir einen großen Fehler begangen haben. Wir haben Zeit vergeudet und sind keineswegs weitergekommen."

„Ganz Ihrer Meinung. Hören wir auf!"

„Und was wollen Sie machen?"

„Was wir vor einer Woche schon hätten tun sollen. Ich übergebe die ganze Sache der Polizei."

„Sie haben recht. Ich wünschte auch, wir wären gleich hingegangen."

„Besser spät als nie. Scotland Yard wird wissen, was zu tun ist. Auf die Dauer ist der Fachmann dem Amateur eben doch überlegen. Kommen Sie mit?"

Tommy schüttelte den Kopf. „Wozu? Einer genügt. Ich kann ebensogut hierbleiben und noch ein wenig länger herumsuchen."

„Also leben Sie wohl. Ich bin bald zurück. Ich werde Scotland Yard bitten, die besten Köpfe auszusuchen."

Die Ereignisse aber sollten nicht nach Hersheimers Plänen verlaufen. Später am Tag erhielt Tommy ein Telegramm:

KOMMEN SIE NACH MANCHESTER MIDLAND HOTEL. NACHRICHT. HERSHEIMER.

Am Abend des gleichen Tages stieg Tommy um sieben Uhr dreißig aus einem langsamen Bummelzug. Am Bahnsteig erwartete ihn Hersheimer.

„Ich habe mir schon gedacht, daß Sie mit diesem Zug kommen."

„Was ist los? Ist Tuppence gefunden?"

„Nein. Aber folgendes habe ich in London vorgefunden. Es war gerade eingetroffen."

Tommys Augen weiteten sich, als er las:

JANE FINN GEFUNDEN. SOFORT NACH MANCHESTER KOMMEN, MIDLAND HOTEL.
EDGERTON.

Hersheimer nahm das Telegramm wieder an sich. „Seltsam", sagte er nachdenklich. „Ich dachte, dieser Anwalt hätte die Sache aufgegeben!"

18

„Mein Zug ist vor einer halben Stunde eingetroffen", erklärte Hersheimer, als er mit Tommy den Bahnhof verließ. „Ich hatte, bevor ich aus London abreiste, damit gerechnet, daß Sie mit diesem Zug kommen würden, und Sir James entsprechend telegrafiert. Er hat Zimmer für uns bestellt und wird um acht Uhr mit uns essen."

„Sie hatten wirklich angenommen, daß er sich für den Fall nicht mehr interessiert?"

„Nach dem, was er sagte, mußte man das annehmen. Aber er wollte sich wohl nur nicht festlegen."

„Vielleicht", meinte Tommy nachdenklich.

Pünktlich um acht kam Sir James. Hersheimer stellte Tommy vor. Sir James drückte ihm herzlich die Hand.

„Ich freue mich, Ihre Bekanntschaft zu machen, Mr. Beresford. Ich habe von Miss Tuppence schon viel über Sie gehört."

Hersheimer überfiel Sir James mit einem Schwall neugieriger Fragen.

Sir James strich sich über das Kinn und lächelte. Schließlich sagte er: „Nun, sie ist jedenfalls gefunden. Und das ist die Hauptsache, nicht wahr?"

„Gewiß. Aber wie sind Sie ihr auf die Spur gekommen? Miss Tuppence und ich glaubten, Sie wollten die Sache ganz aufgeben."

„Ach! Das haben Sie also geglaubt? Was Sie nicht sagen!"

„Aber wo ist sie denn?" fragte Hersheimer. „Ich dachte, Sie brächten sie mit."

„Das war nicht möglich", erwiderte Sir James ernst.

„Wieso?"

„Weil die junge Dame einen Verkehrsunfall hatte und am Kopf leicht verletzt wurde. Man hat sie in ein Krankenhaus gebracht, und als sie dort wieder zu sich kam, hat sie als ihren Namen Jane Finn angegeben. Als ich das erfuhr, habe ich sie in das Haus eines Arztes bringen lassen – ein Freund von mir – und Ihnen telegrafiert. Sie hat dann wieder das Bewußtsein verloren und seitdem nichts mehr gesagt."

„Aber sie ist doch nicht ernsthaft verletzt?"

„Eine leichte Quetschung und ein paar Fleischwunden; vom ärztlichen Standpunkt aus nur ganz leichte Verletzungen, die im allgemeinen kaum einen solchen Zustand hervorrufen können. Dieser Zustand ist also wahrscheinlich dem seelischen Schock zuzuschreiben, den sie erlitt, als sie plötzlich ihr Gedächtnis wiedergewann."

„Ja, hat sie denn ihr Gedächtnis wieder?"

Sir James trommelte ungeduldig auf den Tisch. „Zweifellos, Mr. Hersheimer, da sie ja fähig war, ihren wirklichen Namen anzugeben."

„Und Sie waren zufällig dort?" rief Tommy. „Das alles kommt mir wie ein Märchen vor."

Aber Sir James war viel zu vorsichtig, um sich darüber auszulassen. „Ein Zusammentreffen von Zufällen berührt einen stets sonderbar."

148

Nichtsdestoweniger war Tommy nun sicher, daß Sir James' Anwesenheit in Manchester kein Zufall war. Er hatte keineswegs den Fall aufgegeben, wie Hersheimer angenommen hatte, sondern mit Hilfe seiner Verbindungen das vermißte Mädchen aufgespürt. Das einzige, was Tommy merkwürdig vorkam, war, daß er alles so geheimhielt. Aber er sagte sich, daß dies eine Eigenart vieler Juristen sei.

„Nach dem Essen", verkündete Hersheimer, „gehe ich gleich Jane aufsuchen."

„Das dürfte unmöglich sein, fürchte ich", antwortete Sir James. „Es ist kaum anzunehmen, daß man im Haus eines Arztes Besucher zu dieser Zeit einläßt. Ich würde vorschlagen, morgen früh gegen zehn Uhr hinzugehen."

Hersheimer errötete. Sir James hatte etwas an sich, was ihn stets zum Widerspruch reizte. Die beiden waren in vieler Hinsicht Gegensätze. „Trotzdem werde ich heute abend noch hingehen und sehen, ob es mir nicht gelingt, ihre blödsinnigen Bestimmungen zu durchbrechen."

„Völlig nutzlos, Mr. Hersheimer."

Die Worte kamen wie aus einer Pistole geschossen, und Tommy blickte überrascht auf. Hersheimer war nervös und erregt. Die Hand, mit der er sein Glas hob, zitterte ein wenig, aber seine Augen begegneten Sir James voller Trotz. Einen Augenblick lang schien die latente Feindseligkeit zwischen den beiden offen ausbrechen zu wollen, aber schließlich senkte Hersheimer doch den Blick und gab nach. „Also gut. Einstweilen spielen ja wohl Sie hier den Chef."

„Danke. Sagen wir also, gegen zehn Uhr." Völlig beherrscht wandte er sich dann Tommy zu. „Ich muß schon sagen, Mr. Beresford, daß es für mich eine große Überraschung war, Sie hier zu sehen. Ihre Freunde waren in großer Sorge, weil man seit einigen Tagen nichts mehr von Ihnen gehört hatte, und Miss Tuppence glaubte, Sie wären in Schwierigkeiten geraten."

„Das war ich auch, Sir!" Tommy grinste in der Erinnerung an seine Erlebnisse.

Durch Fragen von Sir James ermuntert, gab er einen kurzen Bericht über seine Abenteuer. Der Anwalt betrachtete ihn mit erneutem Interesse, und als Tommy geendet hatte, sagte er ernst: „Sie haben großen Scharfsinn bewiesen und Ihre Rolle glänzend gespielt."

Tommy errötete. „Ohne das Mädchen wäre ich nicht weggekommen, Sir."

„Gewiß." Sir James lächelte ein wenig. „Sie hatten das Glück, daß sie, wie soll ich sagen, eine Schwäche für Sie hatte." Tommy wollte schon widersprechen, aber Sir James fuhr fort: „Es ist doch wohl kein Zweifel daran, daß sie zur Bande gehört?"

„Das fürchte ich auch, Sir."

Sir James nickte bedächtig. „Was hatte sie gesagt? Man solle sie wieder zu Marguerite schaffen?"

„Ja, Sir. Ich glaube, sie meinte Mrs. Vandemeyer."

„Die hat immer nur mit Rita Vandemeyer unterschrieben. Alle ihre Freunde nannten sie Rita. Aber ich nehme an, daß das Mädchen sie aus besonderem Grund bei ihrem eigentlichen Namen nannte. Und in dem Augenblick, in dem sie nach ihr rief, war Mrs. Vandemeyer schon tot oder lag bereits im Sterben! Seltsam! Ein paar Punkte erscheinen mir noch immer recht dunkel – zum Beispiel der plötzliche Wechsel ihrer Haltung Ihnen gegenüber. Übrigens – das Haus ist doch wohl durchsucht worden?"

„Ja, Sir, aber sie waren schon alle weg."

„Natürlich", sagte Sir James trocken.

„Und nicht eine Spur, nicht ein Anhaltspunkt."

„Meinen Sie . . ." Der Anwalt trommelte nachdenklich auf den Tisch.

Bei seinem Tonfall blickte Tommy auf. Hatte er etwas entdeckt, wofür sie blind gewesen waren? Impulsiv rief er: „Wären Sie nur dagewesen, Sir, und mit uns durchs Haus gegangen!"

„Ja, wäre ich nur dagewesen!" Ein Weile saß er schweigend da. „Und was haben Sie seitdem unternommen?"

Einen Augenblick lang sah Tommy ihn verwundert an. Dann dämmerte ihm, daß der Anwalt von seinen Sorgen um Tuppence nichts wissen konnte.

„Tuppence ist verschwunden", sagte Hersheimer.

„Wann?"

„Vor einer Woche."

„Wie?"

Sir James schoß seine Fragen heraus. Tommy und Hersheimer berichteten von ihrer vergeblichen Suche.

Sir James ging sofort auf den Kern der Sache los. „Ein Telegramm mit Ihrem Namen? Unsere Gegner wußten natürlich schon einiges von Ihnen beiden. Sie waren aber nicht sicher, wieviel Sie in diesem Haus erfahren hatten. Die Entführung von Miss Tuppence ist der Gegenzug, um Ihrer Flucht entgegenzuwirken. Wenn nötig, können Sie Ihnen den Mund versiegeln durch die Drohung, daß . . ."

Tommy nickte. „Das denke ich auch, Sir."

Sir James betrachtete ihn aufmerksam. „Seltsam ist aber, daß man im Anfang Ihrer Gefangenschaft offenbar nichts von Ihnen wußte. Sind Sie sicher, daß Sie sich nicht doch irgendwie verraten haben?"

Tommy schüttelte den Kopf.

Hersheimer sagte: „Ich nehme an, daß ihnen jemand etwas hinterbracht hat – und das nicht vor Sonntag nachmittag."

„Ja, aber wer?"

„Natürlich der allmächtige und allwissende Mr. Brown."

Es lag leiser Spott in seiner Stimme, und Sir James streifte ihn mit einem scharfen Blick.

„Sie glauben wohl nicht an ihn, Mr. Hersheimer?"

„Nein, Sir", entgegnete der junge Amerikaner mit Nachdruck. „Jedenfalls nicht an das Individuum Brown. Meiner Ansicht nach ist das nichts weiter als ein Deckname. Der eigentliche Kopf ist sicher Kramenin. Das ist eine

151

undurchsichtige Figur, die ihre Finger in allen möglichen Affären hat, in den verschiedensten Ländern – zumindest wäre ihm das zuzutrauen."

„Da bin ich ganz anderer Meinung", widersprach ihm Sir James schroff. „Mr. Brown gibt es." Er wandte sich an Tommy. „Haben Sie zufällig darauf geachtet, wo das Telegramm aufgegeben wurde?"

„Nein, Sir, das habe ich allerdings nicht."

„Haben Sie es bei sich?"

„Ich habe es oben, Sir. In meinem Gepäck."

„Ich würde es mir gern einmal ansehen. Es eilt nicht. Eine Woche haben wir ja bereits verloren." Tommy ließ den Kopf hängen. „Ein Tag mehr oder weniger macht da auch nichts mehr. Wir befassen uns zunächst einmal mit Jane Finn. Danach machen wir uns an die Arbeit, Miss Tuppence zu suchen. Ich glaube nicht, daß sie sich in unmittelbarer Gefahr befindet. Das heißt, solange die anderen nicht wissen, daß wir Jane Finn in unseren Händen haben und sie ihr Gedächtnis wiedergewonnen hat. Wir müssen das um jeden Preis geheimhalten. Ist das klar?"

Um zehn Uhr am nächsten Vormittag fanden sich die beiden jungen Leute an dem verabredeten Ort ein. Sir James gesellte sich zu ihnen. Er war der einzige, der ruhig wirkte. Er stellte sie dem Arzt vor. „Mr. Hersheimer – Mr. Beresford – Dr. Roylance. Wie geht es unserer Patientin?"

„Zufriedenstellend. Sie hat offensichtlich keinen Begriff davon, wieviel Zeit verstrichen ist. Heute morgen hat sie gefragt, wie viele von der *Lusitania* gerettet wurden. Ob es schon in der Zeitung gestanden hätte und dergleichen. Aber damit mußte man rechnen. Irgend etwas scheint sie noch zu bedrücken."

„Ich glaube, daß wir sie von ihrer Angst befreien können. Dürfen wir hinaufgehen?"

„Natürlich."

Tommys Herz schlug schneller, als sie dem Arzt nach oben folgten. Jane Finn! Endlich! Wenn nur Tuppence jetzt da wäre, um das triumphierende Ende ihres gemeinsamen Abenteuers mitzuerleben!

Der Arzt öffnete eine Tür, und sie traten ein. Auf dem weißen Bett, den Kopf verbunden, lag ein Mädchen. Irgendwie erschien Tommy das alles völlig unwirklich.

Das Mädchen sah mit verwunderten Augen von einem zum anderen. Als erster sprach Sir James.

„Miss Finn", erklärte er, „das ist Ihr Vetter, Mr. Julius P. Hersheimer."

Eine leichte Röte stieg in das Gesicht des Mädchens, als Hersheimer ihre Hand ergriff. „Wie geht es denn, Jane, meine kleine Kusine?" fragte er. Tommy hörte das Zittern aus seiner Stimme heraus.

„Bist du wirklich Onkel Hirams Sohn?" fragte sie erstaunt.

Ihre Stimme mit dem leichten Akzent des Westens war eigenartig faszinierend. Tommy kam sie einen Augenblick bekannt vor, doch er schob diesen Eindruck als völlig unmöglich beiseite.

„Aber sicher!"

„Wir haben immer in der Zeitung von Onkel Hiram gelesen", fuhr das Mädchen mit der leisen, sanften Stimme fort. „Aber ich hätte nie geglaubt, dir eines Tages zu begegnen. Mutter bildete sich immer ein, daß Onkel Hiram ihr nie verzeihen würde."

„Mein Alter *war* auch so", gab Hersheimer zu. „Aber die junge Generation ist doch ein wenig anders. Ich jedenfalls habe nichts für solche Familienfehden übrig. Als der Krieg vorbei war, versuchte ich sofort, dich aufzufinden."

Ein Schatten fuhr über das Gesicht des Mädchens. „Man hat mir so Entsetzliches erzählt: Ich hätte mein Gedächtnis verloren, und es gäbe Jahre, von denen ich vielleicht niemals mehr etwas wissen werde – verlorene Jahre..."

„Und dir selber ist das gar nicht bewußt geworden?"

„Aber nein. Ich habe den Eindruck, als sei kaum Zeit vergangen, seit wir in die Rettungsboote getrieben wurden. Ich sehe alles noch ganz deutlich vor mir!" Schaudernd schloß sie die Augen.

Hersheimer blickte zu Sir James hinüber; der nickte. „Mach dir keine Sorgen mehr. Es lohnt sich nicht. Und nun hör einmal zu, Jane, wir würden gern etwas von dir erfahren. Da war doch ein Mann an Bord, der wichtige Papiere bei sich führte. In politischen Kreisen dieses Landes ist man der Ansicht, er hätte sie dir gegeben. Stimmt das?"

Das Mädchen zögerte, und ihr Blick streifte die beiden anderen. Hersheimer verstand.

„Mr. Beresford ist von der britischen Regierung damit beauftragt, diese Papiere herzuschaffen. Sir James Peel Edgerton ist Mitglied des Parlaments und könnte, wenn er wollte, im Kabinett sitzen. Ihm verdanken wir es, daß wir dich gefunden haben. Du kannst uns also die ganze Geschichte erzählen. Hat Danvers dir die Papiere gegeben?"

„Ja. Er sagte, sie wären bei mir besser aufgehoben, da man Frauen und Kinder zuerst retten würde."

„Genau, was wir uns gedacht haben", sagte Sir James.

„Sie seien sehr wichtig – sie könnten für die Alliierten von größter Bedeutung sein. Aber wenn der Krieg beendet ist, dann ist das alles heute doch unwesentlich."

„Ich fürchte, daß sich die Geschichte wiederholt, Jane. Erst herrschte dieser Papiere wegen große Aufregung, dann schlief alles ein, und nun beginnt die ganze Sache wieder von vorn – allerdings aus völlig anderen Gründen. Könntest du uns die Papiere übergeben?"

„Ich habe sie ja gar nicht."

„Du hast sie nicht?" fragte Hersheimer gedehnt.

„Nein – ich habe sie versteckt."

„Versteckt?"

154

„Ja. Ich wurde so unruhig. Man schien mich zu beobachten. Und da bekam ich Angst." Sie hob die Hand zum Kopf. „Es ist das letzte, dessen ich mich entsinne, bevor ich im Krankenhaus aufwachte . . ."

„Weiter", sagte Sir James mit seiner ruhigen, durchdringenden Stimme. „Woran erinnern Sie sich noch?"

„Es war in Holyhead. Das war die Reiseroute – ich erinnere mich nicht, warum . . ."

„Das ist ja auch unwichtig. Weiter."

„In der allgemeinen Verwirrung stahl ich mich davon. Niemand sah mich. Ich nahm einen Wagen. Ich sagte dem Fahrer, er solle ein Stück außerhalb der Stadt fahren. Ich paßte auf, als wir auf die Landstraße hinauskamen. Es folgte uns kein anderer Wagen. Ich sah einen Weg von der Straße abzweigen. Da sagte ich dem Mann, er solle auf mich warten." Sie hielt inne und fuhr dann fort. „Der Weg führte zu einer Steilküste, und von dort lief ein Pfad zwischen großen gelben Stechginsterbüschen zum Meer hinab. Ich sah mich nach allen Seiten um. Niemand war in der Nähe. Genau in der Höhe meines Kopfes befand sich ein Loch im Felsen. Es war ziemlich klein – ich konnte gerade mit meiner Hand hineinlangen, aber die Höhlung war sehr tief. Ich nahm das in Öltuch eingeschlagene Päckchen, das ich um den Hals hängen hatte, und schob es hinein. Dann brach ich einen Ginsterzweig ab und stopfte das Loch damit zu; so konnte man nicht erkennen, daß dort überhaupt ein Spalt war. Dann merkte ich mir genau die Stelle. Es lag dort ein seltsamer Felsblock im Weg – sah aus wie ein sitzender Hund. Ich fuhr wieder zur Stadt. Ich erwischte gerade noch den Zug. Ich schämte mich ein wenig darüber, daß ich mir vielleicht alles mögliche einbildete, aber dann sah ich, wie der Mann, der mir gegenübersaß, einer Frau neben mir zuzwinkerte, und wieder hatte ich Angst und war froh, die Papiere in Sicherheit zu wissen. Dann sagte die Frau, ich hätte etwas fallen lassen; als ich mich niederbeugte, um danach zu suchen, erhielt ich

155

einen Schlag – da." Sie berührte mit der Hand den Hinterkopf. „An mehr erinnere ich mich nicht, bis ich im Krankenhaus erwachte."

Es folgte eine Pause.

„Ich danke Ihnen, Miss Finn", sagte Sir James. „Ich
hoffe nur, daß wir Sie nicht allzusehr ermüdet haben."

„Ach, das macht nichts. Ich habe ein wenig Kopfschmer-
zen, aber im übrigen fühle ich mich ganz wohl."

Hersheimer gab ihr die Hand. „Auf bald, Jane. Ich
werde mich nun um diese Papiere kümmern, bin aber
bald zurück und bringe dich dann nach London. Und
dann sollst du endlich so leben, wie du es verdienst. Wir
werden in die Staaten zurückkehren! Beeil dich also und
werde gesund."

19

Auf der Straße hielten sie kurz Kriegsrat. Sir James hatte
seine Uhr aus der Tasche gezogen.

„Der Zug zur Fähre nach Holyhead hält um zwölf Uhr
vierzehn in Chester. Wenn Sie gleich aufbrechen, können
Sie meiner Ansicht nach noch den Anschluß erreichen."

Tommy blickte verwundert auf. „Müssen wir uns denn
so beeilen, Sir? Heute ist doch erst der Vierundzwanzig-
ste."

„Ich halte es immer für gut, eine Sache, die getan werden muß, gleich zu tun", mischte sich Hersheimer ein.
„Wir gehen sofort zum Bahnhof."

Sir James furchte ein wenig die Stirn. „Ich würde gerne
mitkommen, aber ich muß leider um zwei Uhr eine Rede
halten."

Hersheimer schien eher erleichtert. „Ich glaube, dieser
Teil der Angelegenheit ist wohl nicht weiter schwierig. Wir

müssen nichts weiter als ein bißchen suchen – ganz, wie wir es als Kinder getan haben."

„Man soll niemals seinen Gegner unterschätzen." Der Ernst seiner Stimme beeindruckte Tommy, übte jedoch auf Hersheimer nur geringe Wirkung aus. „Sie meinen, Mr. Brown könnte erscheinen und ein wenig mitspielen? Na, wenn er es tut, bin ich bereit, ihn gebührend zu empfangen." Er schlug sich auf die Tasche. „Ich habe eine Pistole bei mir. Dieser kleine Willi begleitet mich immer." Er zog eine gefährlich aussehende Pistole hervor und streichelte sie, bevor er sie zurücksteckte. „Auf dieser Reise aber werden wir den kleinen Willi nicht brauchen. Niemand kann uns schließlich an Mr. Brown verpfeifen."

Der Anwalt zuckte mit den Schultern. „Es war auch niemand da, der es ihm hätte verpfeifen können, daß Mrs. Vandemeyer ihn verraten wollte. Und doch ist Mrs. Vandemeyer gestorben, ohne das entscheidende Wort zu sprechen." Damit war Hersheimer zum Schweigen gebracht. Sir James fügte etwas weniger ernst hinzu: „Ich möchte Sie ja nur warnen. Auf Wiedersehen. Wenn Grund zur Annahme besteht, daß man Sie beschattet und Ihnen die Papiere abnehmen könnte, vernichten Sie sie." Er reichte beiden die Hand.

Zehn Minuten später saßen sie in einem Abteil erster Klasse, auf dem Weg nach Chester.

Lange Zeit sprach keiner ein Wort. Als schließlich Hersheimer das Schweigen brach, machte er eine völlig unerwartete Bemerkung. „Sagen Sie mal, haben Sie sich jemals eines Mädchengesichts wegen zum Narren gemacht?"

„Ich wüßte nicht. Wieso?"

„Weil ich mich während der letzten beiden Monate Janes wegen wie ein sentimentaler Idiot aufgeführt habe! Als ich zum erstenmal ihr Bild erblickte, machte mein Herz sämtliche Saltos, von denen man in Romanen liest. Ich schämte mich, es zugeben zu müssen, aber ich kam

157

mit dem festen Entschluß nach Europa, sie zu finden und sie als Mrs. Hersheimer nach Hause zu führen!"

„Ach so!" rief Tommy überrascht.

Hersheimer schlug die Beine übereinander. „Das beweist nur, wie dämlich sich ein Mensch benehmen kann! Ein Blick auf das Mädchen selber – und ich war geheilt! Sie ähnelt so gar nicht dem Foto, das ich von ihr hatte. Gewiß ist sie hübsch. Ich habe sie ja auch gleich erkannt. Wäre ich ihr in einer Menschenmenge begegnet, hätte ich gesagt: ‚Das Gesicht kommt mir bekannt vor.' Aber auf diesem Bild war noch etwas anderes" – Hersheimer seufzte auf – „Na, unsere romantischen Gefühle sind ziemlich komisch!"

„Das kann man wohl sagen", erwiderte Tommy, „vor allem, wenn einer, in ein Mädchen verliebt, hierherkommt und innerhalb von vierzehn Tagen einer anderen einen Antrag macht."

Hersheimer brachte den Anstand auf, etwas verlegen zu tun. „Verstehen Sie, ich hatte das Gefühl, ich würde Jane niemals finden, war der Sache ein wenig müde und dachte, es wäre alles im Grunde genommen ein großer Blödsinn. Die Franzosen zum Beispiel sind in ihrer Art, das Leben zu betrachten, sehr viel vernünftiger. Sie halten romantische Gefühle und Ehe auseinander..."

Tommy schoß das Blut ins Gesicht. „Verdammt. Wenn es das ist..."

Aber Hersheimer unterbrach ihn gleich.

„Halt, nur nicht so eilig. Ich meine nicht, was Sie meinen! Ich möchte behaupten, daß die Amerikaner im allgemeinen eine viel strengere Moralauffassung haben als sogar Sie. Ich meinte nur, daß die Franzosen eine Ehe eben geschäftsmäßiger betrachten. Aber vielleicht stimmt's auch gar nicht."

„Wenn Sie mich fragen", erwiderte Tommy, „so sind wir heute alle viel zu nüchtern und geschäftsmäßig. Die Mädchen sind am schlimmsten!"

158

„Nun kühlen Sie sich mal etwas ab, mein Freund. Sie sollten sich nicht so heißreden."

Tommy fand Zeit genug, sich abzukühlen, bevor sie nach Holyhead gelangten, und er hatte wieder sein altes, lustiges Gesicht, als sie am Bestimmungsort ausstiegen.

Nachdem sie sich eine Karte besorgt hatten, waren sie sich bald über die Richtung im klaren und konnten nun ein Taxi besteigen und zur Trearddur Bay fahren. Sie sagten dem Chauffeur, er solle langsam fahren, um nicht den kleinen Weg zu verfehlen. Bald nachdem sie die Stadt hinter sich gelassen hatten, entdeckten sie ihn; Tommy ließ den Wagen halten und fragte leichthin, ob der Pfad zum Meer hinabführe. Der Fahrer bejahte, und so bezahlte er ihn und gab ihm ein reichliches Trinkgeld.

Einen Augenblick später brummte der Wagen langsam wieder nach Holyhead zurück.

„Hoffentlich ist es der richtige?" meinte Tommy zweifelnd. „Es gibt hier sicher zahllose solche Pfade."

„Ich glaube schon, daß er's ist. Hier wächst auch viel Ginster. Erinnern Sie sich, was Jane sagte?"

Tommy betrachtete das dichte Gebüsch mit seinen goldgelben Blüten, das den Pfad auf beiden Seiten einengte, und war nun auch überzeugt. Hintereinander stiegen sie zum Strand hinab, Hersheimer voran. Zweimal wandte Tommy unruhig den Kopf zurück. Hersheimer blickte sich nach ihm um.

„Was ist?"

„Ich weiß nicht . . . Ich habe so ein komisches Gefühl. Ich bilde mir ein, daß uns jemand folgt."

„Unmöglich. Dann müßten wir ihn doch sehen!"

Tommy mußte das zugeben. Trotzdem vergrößerte sich seine Unruhe. Er konnte nicht anders, er glaubte nun einmal an die Überlegenheit ihres Gegners.

„Mir wäre es nur lieb, wenn sich der Kerl zeigte", erklärte Hersheimer. „Mein kleiner Willi sehnt sich geradezu nach Taten."

„Tragen Sie den immer bei sich?"

„Man weiß nie, was einem zustößt."

Tommy schwieg. Immerhin schien ihm der kleine Willi die Gefährdung durch Mr. Brown ein wenig abzuschwächen.

Der Pfad lief nun quer zur Steilküste und parallel zum Strand. Plötzlich blieb Hersheimer stehen, so daß Tommy gegen ihn rannte. „Sehen Sie mal!"

Tommy blickte über seine Schulter. Halb auf dem Pfad lag ein großer Felsblock, der zweifellos einem sitzenden Hund ähnelte. „Na ja. Ist doch genau das, was wir erwarteten."

Hersheimer schüttelte den Kopf „Natürlich haben wir es erwartet – aber trotzdem verblüfft es einen doch."

Tommy, dessen Ruhe ein bißchen erzwungen war, wurde ungeduldig. „Weiter. Wo ist denn nun das Loch?"

Sie musterten die Felswand eingehend, und Tommy meinte: „Nach all den Jahren wird der Ginsterzweig nicht mehr da sein."

„Da haben Sie wohl recht."

Plötzlich deutete Tommy auf einen Punkt: „Was ist das für ein Spalt?"

„Das ist er – bestimmt!"

Tommy betrachtete die Felswand und wurde plötzlich sehr aufgeregt. „Das ist unmöglich!" rief er. „Fünf Jahre! Man stelle sich das vor! Jungen, die nach Vogelnestern suchen, Ausflügler, Tausende von Menschen, die hier vorbeikommen . . . Es kann gar nicht da sein! Es widerspricht jeder vernünftigen Überlegung."

„Jetzt sind Sie endlich ein bißchen durcheinander", erklärte Hersheimer. „So, und nun sehen wir mal!" Er drang mit seiner Hand in den Spalt ein und verzog dabei ein wenig das Gesicht. „Ist schon verdammt eng. Janes Hand muß ein paar Nummern kleiner sein als meine. Ich fühle gar nichts – nein, was ist denn das? Mein Gott!" Und strahlend hielt er ein kleines ausgeblichenes Päckchen in

160

die Höhe. „Da haben wir's ja! In Öltuch. Halten Sie mal, bis ich mein Taschenmesser gefunden habe."

Das Unglaubliche war Tatsache geworden: Tommy hielt das kostbare Päckchen in den Händen.

„Ist doch seltsam", murmelte er leise, „man sollte meinen, die Nähte wären bereits verrottet! Aber sie sehen aus wie neu."

Vorsichtig schnitten sie die Naht auf und rissen die Ölseide auseinander. Drinnen lag ein kleiner, zusammengefalteter Bogen Papier. Der Bogen war leer! Verblüfft sahen sie einander an.

„Was bedeutet denn nun das wieder?" stieß Hersheimer hervor. „Wollte Danvers nur eine falsche Spur legen?"

Tommy schüttelte den Kopf. Diese Erklärung gefiel ihm nicht. Plötzlich hellte sich sein Gesicht auf. „Ich hab's! Geheimschrift! Unsichtbar!"

„Meinen Sie?"

„Es lohnt sich jedenfalls ein Versuch. Probieren wir's mal mit Erhitzung – das ist ja wohl die übliche Methode. Suchen wir ein paar Stückchen Holz. Wir machen ein Feuer."

Kurze Zeit darauf züngelte ein kleines Feuer aus Zweigen und trockenem Laub auf. Tommy hielt den Bogen darüber. Das Papier kräuselte sich ein wenig durch die Hitze. Plötzlich packte Hersheimer Tommys Arm und deutete auf Stellen auf dem Bogen, an denen in einer leicht braunen Tönung Buchstaben sichtbar wurden.

„Teufel! Wir haben es!"

Tommy hielt das Papier noch eine Weile über das Feuer. Einen Augenblick später stieß er einen Schrei aus. Quer über das Papier stand in deutlichen Druckbuchstaben geschrieben:

MIT DEN BESTEN EMPFEHLUNGEN VON MR. BROWN.

20

Sie waren wie vor den Kopf geschlagen. Tommy nahm die Niederlage mit Fassung hin. Aber nicht Hersheimer.

„Wie in aller Welt hat er denn das angestellt? Das möchte ich wissen!"

Tommy schüttelte den Kopf: „Daher sahen die Nähte auch so neu aus. Wir hätten es uns denken können..."

„Ach, zum Teufel mit den Nähten! Wie hat er es überhaupt erfahren? Meinen Sie, es könnte in Janes Zimmer ein Mikrophon eingebaut sein? So etwas muß es doch sein!"

Aber Tommy war zu nüchtern, um sich mit einer solchen Erklärung anfreunden zu können. „Niemand hat im voraus wissen können, daß sie in dieses Haus kommen würde – noch weniger gerade in dieses Zimmer."

„Das stimmt. Dann gehört vielleicht eine der Schwestern zur Bande und hat an der Tür gelauscht. Wäre das nicht eine Möglichkeit?"

„Es ist ja nun auch egal", sagte Tommy entmutigt. „Er kann es schon vor Monaten erfahren und sich die Papiere geholt haben... Aber nein! Man hätte sie sogleich veröffentlicht."

„Bestimmt! Irgend jemand ist uns heute um etwa eine Stunde zuvorgekommen. Aber wie?"

„Wenn nur Edgerton hier wäre", sagte Tommy.

„Warum? Es war schon passiert, ehe wir herkamen."

„Ja –" Tommy zögerte. Er vermochte sein Gefühl nicht recht zu erklären – diese völlig unlogische Vorstellung, daß Edgertons Anwesenheit die Situation verändert hätte. So sagte er nur: „Jedenfalls haben wir verloren. Jetzt bleibt mir nur noch eins, so bald wie möglich nach London zurückzukehren. Ich muß Mr. Carter warnen. Es handelt sich jetzt vielleicht nur noch um Stunden, bis die Bombe platzt."

Es war eine unangenehme Aufgabe, aber Tommy hatte nicht die Absicht, sich ihr zu entziehen. So nahm er den Mitternachtszug nach London. Hersheimer sollte die Nacht über in Holyhead bleiben.

Eine halbe Stunde nach seiner Ankunft stand Tommy bleich und übermüdet vor seinem Auftraggeber.

„Ich habe Ihnen Schlechtes zu berichten, Sir!"

„Sie wollen damit sagen, daß der Vertrag . . ."

„Sich in Mr. Browns Händen befindet, Sir."

Carter verzog keine Miene. „Na ja", sagte er nach einer Weile, „ich bin immerhin froh, daß ich es jetzt mit Sicherheit weiß."

Tommy schwieg. Er sah sehr niedergeschlagen aus.

„Nehmen Sie es sich nicht so zu Herzen, mein Freund! Sie haben Ihr Bestes getan!"

„Ich danke Ihnen, Sir."

„Ich mache mir selber sehr große Vorwürfe", fuhr Carter fort, „seit ich die andere Nachricht erhalten habe."

Sein Tonfall ließ Tommy aufhorchen. „Ist denn noch etwas, Sir?"

„Ich fürchte, ja!" Mr. Carter streckte seine Hand nach einem Bogen Papier aus, der auf seinem Schreibtisch lag.

„Tuppence –?"

„Lesen Sie selber."

Die mit der Maschine geschriebenen Zeilen tanzten vor Tommys Augen. Die Beschreibung eines grünen, kleinen Hutes, eines Mantels mit einem Taschentuch in der Tasche, das die Initialen P. L. C. trug. Fragend und beunruhigt sah er Mr. Carter an.

„An der Küste von Yorkshire, in der Nähe von Ebury angetrieben. Es sieht sehr nach einem Verbrechen aus."

„Mein Gott!" stöhnte Tommy. „Diese Schurken – ich werde nicht ruhen, bis ich mit ihnen abgerechnet habe. Ich werde sie zur Strecke bringen! Ich werde . . ."

„Ich weiß, was Sie empfinden, mein armer Junge. Aber es nützt ja nichts. Es mag hart klingen, aber ich kann

Ihnen eines raten: Finden Sie sich mit dem Verlust ab. Die Zeit ist barmherzig. Sie werden vergessen."

„Tuppence vergessen? Niemals!"

„Das glauben Sie jetzt. Die ganze Sache tut mir außerordentlich leid – wirklich sehr leid."

Tommy riß sich jäh zusammen. „Ich nehme Ihre Zeit zu sehr in Anspruch, Sir", brachte er mit Mühe hervor. „Sie haben keine Veranlassung, sich Vorwürfe zu machen. Wir waren eben zu jung und zu unerfahren."

Im *Ritz* packte Tommy seine wenigen Habseligkeiten, aber mit seinen Gedanken war er ganz woanders. Er war völlig verwirrt, daß das Schicksal mit solcher Härte in sein sonst so alltägliches Leben eingegriffen hatte. Wieviel Spaß hatten sie miteinander gehabt – Tuppence und er. Und jetzt – nein, er konnte es nicht glauben ...

Man brachte ihm ein Schreiben – freundliche Worte des Mitgefühls von Edgerton, der die Nachricht in der Zeitung gelesen hatte. Die Überschrift hatte gelautet: EHEMALIGE ANGEHÖRIGE DES WEIBLICHEN HILFSDIENSTES WAHRSCHEINLICH ERTRUNKEN. Der Brief endete mit dem Angebot eines Postens auf einer Ranch in Argentinien, an der Sir James beteiligt war.

„Nett von ihm", murmelte Tommy, während er das Schreiben fallen ließ.

Die Tür wurde aufgerissen, und Hersheimer stürmte herein. Er hielt eine Zeitung in der Hand. „Na hören Sie! Was saugen die sich denn da über Tuppence aus den Fingern?"

„Es ist wahr."

„Wollen Sie damit sagen, die hätten sie erledigt?"

„Als sie den Vertrag in Händen hatten, war sie für sie wohl nichts mehr wert, und sie hatten Angst, sie laufenzulassen."

„Da soll doch der Teufel!" rief Hersheimer. „Das mutige Mädchen und ..."

164

Jäh sprang Tommy auf. Es war ihm plötzlich alles uner-
träglich geworden. „Machen Sie, daß Sie wegkommen!
Ihnen ist es im Grunde doch ganz gleich! In Ihrer verdammten kaltblütigen Art wollten Sie sie zwar heiraten –
aber ich habe sie *geliebt*! Ich hätte ohne ein Wort der
Widerrede mit angesehen, wenn sie Sie geheiratet hätte,
weil Sie ihr das Leben bieten konnten, das sie verdient –
während ich ja nur ein armer Teufel bin. Aber nicht, weil
sie mir gleichgültig war!"

„Nun hören Sie mal zu", begann Hersheimer.

„Gehen Sie zum Teufel! Kümmern Sie sich um Ihre
Kusine! Tuppence ist *mein* Mädchen! Ich habe sie immer
schon geliebt, schon als wir als Kinder miteinander spielten! Dann in Schwesterntracht..."

Hersheimer unterbrach ihn. „Schwesterntracht! Bei
Gott, ich muß ja nach Colney Hatch. Ich hätte darauf
schwören können, daß ich Jane auch schon in Schwesterntracht gesehen habe. Aber das schien mir ganz unmöglich! Aber jetzt weiß ich es! Sie war es, die ich damals in
dem Sanatorium in Bournemouth mit Whittington sprechen sah. Da war sie keine Patientin, sondern eine Schwester!"

„Wahrscheinlich hat sie von Anfang an mit den anderen
unter einer Decke gesteckt", rief Tommy zornig. „Es
würde mich nicht wundern, wenn sie Danvers die Papiere
gestohlen hat."

„Hol's der Teufel!" schrie Hersheimer. „Sie ist meine
Kusine!"

„Mir ist es ganz gleich, wer oder was sie ist! Verschwinden Sie endlich!" schrie Tommy.

Die beiden jungen Männer waren nah daran, mit den
Fäusten aufeinander loszugehen. Plötzlich jedoch, wie
durch Zauberei, verebbte Hersheimers Zorn.

„Schon gut. Ich mache Ihnen keine Vorwürfe. Es ist gut,
daß Sie es gesagt haben. Ich bin doch wirklich einer der
größten Idioten, die frei herumlaufen. Beruhigen Sie

165

sich" – Tommy hatte eine ungeduldige Handbewegung gemacht –, „ich gehe gleich zum Bahnhof der North Western Railway, falls Sie das interessiert."

„Interessiert mich ganz und gar nicht!" brummte Tommy. Als sich die Tür hinter Hersheimer schloß, trat Tommy wieder an seinen Koffer.

Wohin sollte er fahren? Er hatte keine Pläne, abgesehen von seiner Entschlossenheit, seine Rechnung mit Mr. Brown zu begleichen. Noch einmal las er Sir James' Brief und schüttelte den Kopf.

„Ich muß ihm wohl antworten." Er trat an den Schreibtisch. Es fand sich dort zwar eine Unmenge Umschläge, jedoch kein Schreibpapier. Da fiel ihm ein, daß in Hersheimers Wohnzimmer ein ansehnlicher Vorrat Briefbogen lag.

Es war niemand im Zimmer. Tommy trat an den Schreibtisch und öffnete die Mittelschublade. Eine Fotografie, die mit dem Bild nach oben achtlos hineingeworfen war, fesselte seinen Blick. Er stand wie angewurzelt.

Wie in aller Welt kam ein Bild der kleinen Französin Annette in Hersheimers Schreibtisch?

21

Der Premierminister trommelte nervös auf die Schreibtischplatte. Sein Gesicht war abgespannt und voller Sorge. „Ich verstehe nicht ganz", sagte er. „Wollen Sie wirklich damit sagen, daß die Lage doch nicht ganz so schlimm ist?"

„Unser junger Mann scheint dieser Ansicht zu sein."

„Zeigen Sie den Brief noch mal!" Dann las er:

Sehr geehrter Mr. Carter,
es ist etwas geschehen, was mir wieder Auftrieb gegeben
hat. Natürlich ist es möglich, daß ich mich blamiere, aber
ich glaube es nicht. Wenn meine Vermutungen richtig
sind, war die Sache mit dem Mädchen in Manchester
Schwindel. Die Geschichte war inszeniert, um bei uns den
Eindruck hervorzurufen, das Spiel sei verloren – und
daher glaube ich, daß wir unserem Ziel sehr nahe waren.

Ich glaube heute zu wissen, wer die wirkliche Jane Finn
ist, und ich habe sogar eine Ahnung, wo sich die Papiere
befinden. Letzteres ist natürlich nur eine Vermutung.
Aber ich habe das Gefühl, daß sie sich bewahrheiten wird.
Auf jeden Fall habe ich meine Vermutung zu Papier
gebracht, das ich Ihnen in dem versiegelten Umschlag
übergebe; ich bitte Sie, ihn erst im allerletzten Augenblick, also um Mitternacht des Achtundzwanzigsten, zu
öffnen. Sie werden gleich verstehen, warum. Ich bin zu
der Ansicht gekommen, daß Tuppences aufgefundene
Sachen ebenfalls nur einen Zug in diesem falschen Spiel
darstellen; sie ist ebensowenig ertrunken wie ich. Ich sage
mir folgendes: Ihre letzte Chance liegt darin, Jane Finn
entweichen zu lassen – in der Hoffnung, daß sie den Verlust ihres Gedächtnisses nur simuliert hat und daß sie,
einmal freigelassen, sogleich das Versteck aufsuchen
wird. Selbstverständlich riskieren sie damit außerordentlich viel – aber es liegt ihnen ja alles daran, diesen Vertrag
in die Hände zu bekommen. Wenn sie aber wissen, daß
wir die Papiere haben, ist das Leben beider Mädchen keinen Pfifferling mehr wert. Ich muß also versuchen, Tuppence zu finden, bevor Jane entweichen kann.

Ich hätte gern eine Kopie jenes Telegramms, das Tuppence ins *Ritz* geschickt wurde. Sir James sagte, Sie könnten es mir beschaffen. Noch etwas – lassen Sie bitte das
Haus in Soho Tag und Nacht überwachen.

Ihr

Thomas Beresford

„Und der beigelegte Umschlag?" fragte der Premierminister.

„Im Banksafe. Ich will nichts mehr riskieren."

„Glauben Sie nicht", der Premierminister zögerte einen Augenblick, „es wäre besser, diesen Umschlag jetzt zu öffnen? Wir sollten uns doch dieses Dokument sogleich beschaffen, das heißt, vorausgesetzt, daß die Vermutung des jungen Mannes zutrifft. Die Tatsache, daß wir es getan haben, können wir ja ohne weiteres verheimlichen."

„Dessen bin ich nicht so sicher. Wir müssen mit Spitzeln rechnen. Sobald es bekannt ist, würde ich nicht so viel für das Leben der beiden Mädchen geben", er schnipste mit den Fingern. „Nein, Beresford hat mir sein Vertrauen geschenkt, ich kann ihn nicht hintergehen."

„Gut, dann belassen wir es dabei. Was ist denn mit diesem Beresford?"

„Er wirkt wie ein ganz alltäglicher, gutgewachsener, etwas eigensinniger junger Mann. Er hat wenig Phantasie und ist daher schwer zu täuschen. Er ist ungeheuer zäh, und hat er erst einmal etwas gepackt, läßt er es nicht mehr los. Die junge Dame ist da ganz anders. Mehr Intuition und weniger Nüchternheit. Sie ergänzen sich ausgezeichnet. Eine Mischung von Temperament und Zuverlässigkeit."

„Er scheint sehr zuversichtlich."

„Ja, und das ist es gerade, was mich hoffen läßt. Er gehört zu den Leuten, die sich selber gegenüber voller Mißtrauen sind und einer Sache sehr sicher sein müssen, bevor sie überhaupt eine Ansicht äußern."

„Und der junge Mann wird also diesen raffinierten Verbrecher zu Fall bringen?"

„Ja, das will er... Aber manchmal glaube ich, hinter ihm einen Schatten aufragen zu sehen – Peel Edgerton."

„Peel Edgerton?"

„Ja, hier hat er sicher seine Hand im Spiel. So ist er – arbeitet verschwiegen und unauffällig. Übrigens schickte

168

er mir neulich einen Ausschnitt aus einer amerikanischen Zeitung. Es war da von der Leiche eines Mannes die Rede, die vor etwa drei Wochen in der Hafengegend New Yorks gefunden wurde. Er bat mich, jede nur mögliche Information darüber einzuholen."

„Na und?"

„Ich bekam nicht viel zusammen. Ein junger Mensch von etwa fünfunddreißig Jahren – ärmlich gekleidet –, das Gesicht übel zugerichtet. Er wurde niemals identifiziert."

„Und Sie glauben, daß die beiden Angelegenheiten miteinander zusammenhängen?"

„Ich glaube schon. Natürlich kann ich mich irren."

Es folgte eine Pause, nach der Mr. Carter fortfuhr: „Ich habe ihn gebeten herzukommen. Selbstverständlich werden wir nichts aus ihm herausholen, was er uns nicht zu sagen wünscht. Aber zweifellos könnte er den einen oder anderen Punkt in Beresfords Brief ein wenig erhellen. Ach, da ist er ja schon!"

Die beiden Männer erhoben sich, um den Ankömmling zu begrüßen.

„Wir haben einen Brief vom jungen Beresford erhalten", erklärte Mr. Carter und ging damit gleich auf den Kern der Sache los. „Ich nehme an, daß Sie Beresford gesehen haben?"

„Er hat mich angerufen", erwiderte der Anwalt.

„Dürfen wir wissen, was zwischen Ihnen besprochen wurde?"

„Natürlich! Er dankte mir für einen gewissen Brief, den ich ihm geschrieben hatte – ich hatte ihm darin eine Stellung angeboten. Dann erinnerte er mich an etwas, das ich ihm damals in Manchester über das falsche Telegramm gesagt hatte, wodurch Miss Cowley weggelockt wurde. Ich fragte ihn darauf, ob irgend etwas Ungewöhnliches geschehen sei. Und da teilte er mir mit, daß er im Schreibtisch in Mr. Hersheimers Zimmer eine Fotografie ent-

169

deckt hätte." Der Anwalt machte eine Pause und fuhr dann fort: „Meine Frage, ob die Fotografie den Namen und die Adresse eines Fotografen in Kalifornien aufwiese, bejahte er. Dann erzählte er mir etwas, wovon ich nichts wußte. Diese Fotografie stellte die Französin Annette dar, die ihm das Leben gerettet hatte."

„Bitte?"

„Ja, die Französin. Ich fragte ihn darauf einigermaßen neugierig, was er denn mit der Fotografie gemacht hätte. Er antwortete, er habe sie zurückgelegt." Wieder machte der Anwalt eine Pause. „Das war sehr richtig. Dieser junge Mensch versteht seine Sache. Seine Entdeckung war wirklich von höchster Bedeutung. Von dem Augenblick an, in dem sich herausstellte, daß das Mädchen in Manchester ein Bluff war, sah alles anders aus. Der junge Beresford wußte das sehr genau, ich brauchte es ihm nicht erst zu sagen. Er glaubte nun auch, daß Miss Cowley noch am Leben sei. Ich erwiderte ihm, nachdem ich mir das Für und Wider überlegt hatte, daß in der Tat sehr viel dafür spräche. Damit kamen wir wieder auf das Telegramm zurück."

„Und weiter?"

„Ich riet ihm, sich von Ihnen eine Kopie besorgen zu lassen. Mir war der Gedanke gekommen, daß man möglicherweise manche Wörter ausradiert und verändert haben könnte – nachdem Miss Cowley das Telegrammformular zerknüllt und weggeworfen hatte –, mit der ausdrücklichen Absicht, etwaige Verfolger auf eine falsche Spur zu locken."

Carter nickte. Er zog ein Stück Papier aus der Tasche und las laut vor:

„SOFORT KOMMEN, ASTLEY PRIORS, GATEHOUSE, KENT, VIEL GESCHEHEN – TOMMY."

„Sehr einfach", sagte Sir James, „und sehr gerissen. Nur ein paar Wörter verändert – und schon war alles geschafft. Doch ein wichtiger Hinweis wurde dabei übersehen."

„Und der war?"

„Die Behauptung des Hotelpagen, daß Miss Cowley zum Charing-Cross-Bahnhof gefahren sei."

„Und wo befindet sich nun der junge Beresford?"

„Falls ich mich nicht sehr irre, in Gatehouse, Kent."

Mr. Carter sah ihn seltsam an. „Ich wundere mich, daß Sie nicht auch dort sind!"

„Ach, ich habe alle Hände voll zu tun."

„Ich dachte, Sie hätten sich etwas Urlaub genommen?"

„Oh, genauer gesagt, ich bin dabei, einen Prozeß auszuarbeiten. Haben Sie übrigens noch irgendwelche Nachrichten über jenen unbekannten Amerikaner erhalten?"

„Leider nicht. Ist es wichtig, seine Identität festzustellen?"

„Ich weiß, wer es ist", erklärte Sir James. „Ich kann es nur noch nicht beweisen."

Die beiden anderen stellten keine Frage mehr. Sie spürten, daß es vergebliche Mühe bedeutet hätte.

„Aber eines verstehe ich nicht", sagte der Premierminister plötzlich, „wie ist denn diese Fotografie in Mr. Hersheimers Schublade geraten?"

„Vielleicht war sie immer drin", meinte der Anwalt.

„Und was ist mit dem falschen Inspektor? Inspektor Brown?"

„Ach, der!" meinte Sir James nachdenklich. Dann erhob er sich. „Ich will Sie nicht länger aufhalten. Außerdem muß ich mich wieder mit meinem Fall befassen."

Zwei Tage später kehrte Hersheimer aus Manchester zurück. Auf seinem Tisch lag eine Mitteilung von Tommy:

171

Lieber Hersheimer,

es tut mir leid, daß ich neulich meine Beherrschung verloren habe. Falls ich Sie nicht wiedersehen sollte, leben Sie wohl. Man hat mir einen Posten in Argentinien angeboten, und ich werde ihn wohl annehmen.

Ihr

Tommy Beresford

Ein seltsames Lächeln spielte einen Augenblick um Hersheimers Mund. Er warf den Brief in den Papierkorb. „Verdammter Idiot!" murmelte er.

22

Nachdem Tommy Sir James angerufen hatte, begab er sich zunächst zu den *South Audley Mansions*. Er traf Albert an, der sich seinen beruflichen Pflichten widmete. Als er sich als Freund von Tuppence vorstellte, war Albert sofort zugänglich. „Hier ist es in letzter Zeit sehr still gewesen", erzählte er. „Ich hoffe, daß es dem Fräulein gut geht."

„Das ist es ja gerade, Albert. Sie ist verschwunden."

„Sie wollen damit doch nicht sagen, daß sie den Verbrechern in die Hände gefallen ist?"

„Genau das."

„Und Sie glauben, Sir, daß die sie umgebracht haben?"

„Ich hoffe nicht. Aber sag mal, hast du zufällig eine Tante, Großmutter oder Verwandte, die schwer erkrankt ist –?"

Langsam breitete sich ein Grinsen über Alberts Gesicht. „Klar, Sir. Meiner armen Tante auf dem Land geht es schon lange schlecht, sie fragt immer nach mir."

Tommy nickte. „Kannst du dies an zuständiger Stelle ebenfalls behaupten und in etwa einer Stunde am Charing-Cross-Bahnhof mit mir zusammentreffen?"

„Ich werde da sein, Sir."

Wie Tommy gedacht hatte, erwies sich der getreue Albert als ein wertvoller Verbündeter. Beide stiegen im Gasthaus von Gatehouse ab. Albert fiel die Aufgabe zu, Informationen einzuholen. Das war nicht allzu schwierig. *Astley Priors* war der Besitz eines gewissen Dr. Adams. Der Arzt, so erklärte der Wirt, übe seine Praxis nicht mehr aus und hätte sich zurückgezogen, nähme jedoch einige Privatpatienten auf. Verrückte. Er war im Dorf sehr beliebt und stiftete für alle möglichen Sportvereine. Ob er schon lange hier wohne? Oh, ungefähr zehn Jahre. Er sei wissenschaftlich sehr interessiert. Es kämen oft Professoren oder so was aus der Stadt zu ihm. Auf jeden Fall ein Haus, in dem es recht lebhaft zuginge, ständig voller Gäste.

Angesichts einer solchen Geschwätzigkeit hatte Tommy gewisse Zweifel. War es möglich, daß dieser freundliche, allgemein bekannte und geschätzte Mann in Wirklichkeit ein gefährlicher Verbrecher war? Das Leben dieses Arztes schien kein Geheimnis zu bergen. Wie, wenn nun alles ein Irrtum war? Dann entsann er sich der Privatpatienten ... Vorsichtig erkundigte er sich, ob sich unter ihnen auch eine junge Dame befände, wobei er Tuppence beschrieb. Doch die Patienten schienen nicht näher bekannt zu sein. Man sähe sie nur selten. Eine vorsichtige Beschreibung Annettes erwies sich ebenfalls als nutzlos.

Astley Priors war ein hübsches Haus aus roten Ziegeln. Zahlreiche Bäume schützten es vor jedem Einblick.

Am ersten Abend erkundeten Tommy und Albert die Umgebung. Ohne Störung gelangten sie bis zu einem Gebüsch in der Nähe des Hauses.

Die Jalousien der Speisezimmerfenster waren noch hochgezogen. Um den Tisch saß eine größere Gesellschaft. Es sah aus wie eine ganz normale gesellige Runde. Durch das offene Fenster hörte man Fetzen der Unterhaltung. Es handelte sich um eine leidenschaftliche Diskussion über die Kricketmannschaften der Grafschaft.

Wieder spürte Tommy ein Gefühl der Unsicherheit. War er wieder auf eine falsche Fährte geraten? Der Herr mit Brille und blondem Bart am einen Ende des Tisches wirkte besonders vertrauenswürdig.

In dieser Nacht schlief Tommy sehr schlecht. Am folgenden Morgen hatte der unermüdliche Albert bereits eine Freundschaft mit dem Lehrling des Gemüsehändlers geschlossen und seinen Platz eingenommen, um die Köchin von *Astley Priors* auszuhorchen. Er kehrte mit der Nachricht zurück, sie sei zweifellos „eine von den Verbrechern". Aber Tommy mißtraute Alberts lebhafter Phantasie. In der Tat vermochte er nichts vorzubringen, was seine Behauptung hätte stützen können.

Am nächsten Tag übernahm Albert noch einmal die Vertretung des Gemüsehändlerburschen, sehr zu dessen finanziellem Vorteil. Von seinem zweiten Ausflug brachte er eine vielversprechende Nachricht mit. Es wohne tatsächlich eine junge Französin im Haus. Tommy schob alle seine Zweifel beiseite. Das war die Bestätigung seiner Theorie. Doch die Zeit drängte. Es war der Siebenundzwanzigste. Schon waren allerlei Gerüchte in Umlauf. Einige Zeitungen griffen sie auf. Behauptungen über bevorstehende Unruhen wurden laut. Aber niemand wußte Näheres. Die Regierung nahm keine Stellung.

Das Ganze ist das Unternehmen eines einzigen Mannes, sagte sich Tommy. Jetzt kommt es nur darauf an, ihn in die Hand zu bekommen.

Daß er Mr. Carter gebeten hatte, den versiegelten Umschlag nicht zu öffnen, war zum Teil auf diese ehrgeizigen Pläne zurückzuführen. Der Vertragsentwurf war Tommys Köder. Ab und zu bekam er selber Angst vor seiner eigenen Courage. Wie konnte er zu glauben wagen, daß er das entdeckt hätte, was so viele klügere und tüchtigere Männer übersehen hatten? Dennoch klammerte er sich eigensinnig an seinen Plan.

An diesem Abend drangen er und Albert nochmals in

174

den Garten von *Astley Priors* ein. Tommy hatte dabei die Absicht, in das Haus zu gelangen. Als sie sich ihm vorsichtig näherten, hielt Tommy jäh den Atem an. Im zweiten Stockwerk warf jemand, der zwischen dem Fenster und dem Licht stand, einen Schatten auf den Vorhang. Es war eine Silhouette, die Tommy überall erkannt hätte: Tuppence!

Er ergriff Albert an der Schulter. „Bleib hier! Wenn ich zu singen beginne, beobachte das Fenster."

Er kehrte eilig auf den Anfahrtsweg zurück und begann mit tiefer Stimme, wobei er im Gehen etwas unsicher hin und her schwankte, ein kleines Lied zu singen, das Tuppence kannte. Als sie noch im Lazarett gewesen war, hatte es zu ihren Lieblingsschlagern gehört. Er zweifelte nicht, daß sie es sofort erkennen und daraus ihre Schlüsse ziehen würde. Tommy war völlig unmusikalisch. Der Lärm, den er verursachte, war erschreckend.

Es dauerte nicht lange, bis ein untadeliger Diener, begleitet von einem ebenso untadeligen Butler, aus der Haustür trat. Der Diener stellte Tommy zur Rede. Aber der sang fröhlich weiter. Der Butler ergriff ihn an dem einen und der Diener am anderen Arm. So führten sie ihn die Auffahrt entlang und bis vor das Tor. Es war ein gelungener Auftritt, an dem alles echt wirkte. Jeder hätte geschworen, der Diener sei ein echter Diener und der Butler ein echter Butler. Aber der Diener war niemand anders als Whittington.

Tommy kehrte ins Gasthaus zurück und wartete auf Albert. Schließlich erschien er.

„Was ist?" rief Tommy.

„Alles in Ordnung. Während die beiden sie hinausführten, wurde das Fenster geöffnet und etwas hinausgeworfen." Er reichte Tommy ein Stück Papier. „Es war um einen Briefbeschwerer gewickelt."

Auf dem Papier standen nur drei Worte: Morgen gleiche Zeit.

„Großartig!" rief Tommy. „Jetzt kommen wir in Fahrt!"

„Ich schrieb auch eine Nachricht auf ein Stück Papier, wickelte es um einen Stein und warf ihn zum Fenster hinein", fuhr Albert fort.

Tommy stöhnte. „Das kann uns teuer zu stehen kommen!"

„Ich schrieb, wir wohnten im Gasthaus. Wenn sie weg könnte, sollte sie hinkommen und wie ein Frosch quaken."

„Auf jeden Fall wird sie wissen, daß du es warst", erklärte Tommy mit einem Seufzer der Erleichterung. „Deine Phantasie geht immer mit dir durch, Albert. Würdest du ein Froschquaken erkennen, wenn du es hörtest?"

Albert sah ziemlich niedergeschlagen aus.

„Kopf hoch! Es ist ja nichts Schlimmes geschehen. Dieser Diener ist ein alter Bekannter – ich wette, er wußte, wer ich war, obwohl er es nicht zu erkennen gab. Es gehört nicht zu ihren Spielregeln, Argwohn zu verraten. Deswegen haben wir es bisher auch nicht so schwer gehabt. Sie wollen mich nicht völlig entmutigen. Andererseits wollen sie es mir auch nicht zu leicht machen. Ich bin ein Steinchen in ihrem Spiel. Sie wissen nur nicht, daß ich das weiß."

Tommy ging ziemlich guter Dinge schlafen. Für den folgenden Abend hatte er einen genauen Plan ausgearbeitet. Er war sicher, daß die Bewohner von *Astley Priors* ihn bis zu einem gewissen Punkt nicht stören würden. Tommy jedoch hatte die Absicht, ihnen über diesen Punkt hinaus eine hübsche Überraschung zu bereiten.

Gegen zwölf Uhr wurde er aus seiner Ruhe aufgescheucht. Man sagte ihm, es erwartete ihn jemand unten an der Theke. Der Betreffende war ein ziemlich grobschlächtiger Fuhrmann.

„Nun, was gibt es?" fragte Tommy.

„Könnte dies für Sie sein, Sir?" Der Fuhrmann hielt ihm ein schmutziges, zusammengefaltetes Stück Papier hin, auf dem stand: Bringen Sie dies dem Herrn im Gasthaus bei *Astley Priors*. Er wird Ihnen zehn Shilling geben.

Es war Tuppences Handschrift. Tommy freute sich über ihre Geistesgegenwart. Offenbar hatte sie daran gedacht, daß er unter falschem Namen im Gasthaus wohnen konnte. Eilig holte er einen Zehnshillingschein hervor, und der Mann gab seinen Schatz heraus. Tommy entfaltete den Bogen.

Lieber Tommy,
ich weiß, daß Du es warst. Komm nicht morgen abend! Sie werden Dir auflauern. Heute früh schafft man uns weg. Ich hörte etwas von Wales – Holyhead, glaube ich. Wenn ich Gelegenheit dazu habe, lasse ich dies unterwegs fallen. Annette hat mir erzählt, wie Du entkommen bist. Kopf hoch.

Twopence

Holyhead? Bedeutete dies, daß vielleicht doch . . . Tommy war verwirrt. Nochmals las er nun den Brief Wort für Wort.

Plötzlich rief Tommy: „Ich bin ein Idiot!" Nachdenklich strich er den Bogen glatt. „Aber das ist jemand anders auch! Und endlich weiß ich, wer es ist!"

23

In seiner Zimmerflucht im *Claridge* lehnte sich Kramenin auf seiner Couch zurück und diktierte seinem Sekretär. Plötzlich summte das Telefon; der Sekretär nahm den Hörer ab, sagte ein paar Worte und wandte sich dann an seinen Chef: „Unten ist jemand, der Sie sprechen möchte."

„Wer ist es?"

„Julius P. Hersheimer."

„Hersheimer", wiederholte Kramenin nachdenklich. „Den Namen habe ich schon mal gehört."

„Sein Vater war ein amerikanischer Stahlkönig", erklärte der Sekretär. „Dieser junge Mann muß ein vielfacher Millionär sein."

Die Augen des anderen verengten sich. „Gehen Sie mal runter, und stellen Sie fest, was er will."

Der Sekretär gehorchte und schloß geräuschlos die Tür hinter sich. Nach einigen Minuten kam er wieder.

„Er lehnt es ab, über sein Anliegen zu sprechen. Es sei eine persönliche Angelegenheit."

„Ein vielfacher Millionär", murmelte Kramenin. „Führen Sie ihn herauf."

Wieder verließ der Sekretär das Zimmer und kam in Hersheimers Begleitung zurück.

„Monsieur Kramenin?" fragte der unvermittelt.

Kramenin musterte ihn.

„Ich freue mich, Sie kennenzulernen", sagte der Amerikaner. „Ich hätte mich gern mit Ihnen über ein paar sehr wichtige Fragen unterhalten, falls ich Sie unter vier Augen sprechen dürfte."

„Bitte", sagte Kramenin leise zu dem Sekretär. „Sie hätten vielleicht nichts dagegen, sich in das nächste Zimmer zurückzuziehen."

„Das nächste Zimmer genügt nicht", unterbrach ihn Hersheimer. „Ich kenne diese fürstlichen Zimmerfluchten – und ich wünsche, daß außer Ihnen und mir sich kein Mensch in diesen Räumen aufhält. Schicken Sie ihn runter in einen Laden, kann sich ja Erdnüsse kaufen gehen."

Obwohl Kramenin diese unbekümmerte Art nicht besonders zuzusagen schien, hatte ihn jetzt offensichtlich Neugier gepackt. „Wird Ihre Angelegenheit viel Zeit in Anspruch nehmen?"

„Wenn Sie sich für sie interessieren, kann darüber eine ganze Nacht vergehen."

„Gut." Er wandte sich wieder dem Sekretär zu. „Gehen
Sie ins Theater, wenn Sie mögen – nehmen Sie sich diesen
Abend frei!"

„Ich danke Ihnen, Exzellenz!" Der Sekretär ging hinaus.
Hersheimer stand an der Tür und beobachtete seinen
Rückzug. Schließlich kehrte er mit einem Seufzer der
Befriedigung an seinen Platz in der Mitte des Zimmers
zurück.

„Vielleicht wären Sie nun so freundlich, Mr. Hersheimer, zur Sache zu kommen?"

„Ja – das ist gleich getan", sagte Hersheimer gedehnt.
Und wie mit einem Schlag veränderte sich sein Verhalten.
„Hände hoch! Oder ich schieße!"

Einen Augenblick lang starrte Kramenin wie benommen auf die Pistole und warf dann in einer fast komisch
anmutenden Hast die Hände hoch. In dieser Sekunde war
sich Hersheimer klar über ihn geworden. Der Mann, mit
dem er es hier zu tun hatte, war ein Feigling – alles andere
würde also leicht sein.

„Das ist Gewalt!" rief Kramenin hysterisch. „Wollen Sie
mich etwa töten?"

„Nur wenn Sie weiter so laut schreien! Und versuchen
Sie nicht, zur Klingel zu schleichen! So, das ist schon
besser."

„Was wollen Sie denn? Vergessen Sie nicht, daß mein
Leben von weittragender Bedeutung ist. Man hat mich
vielleicht verleumdet . . ."

„Hören Sie auf", unterbrach ihn Hersheimer, „Sie brauchen sich keine Sorgen zu machen. Ich habe nicht die
Absicht, Sie umzubringen – das heißt, wenn sie vernünftig
sind."

„Was wollen Sie denn? Geld?"

„Nein – Jane Finn!"

„Jane Finn? Ich habe nie von ihr gehört."

„Sie sind ein schamloser Lügner! Sie wissen ganz
genau, wen ich meine."

179

„Ich sage Ihnen, ich habe nie von dem Mädchen gehört."

„Und *ich* sage Ihnen, daß mein kleiner Willi hier nur darauf brennt, losgehen zu dürfen!"

Kramenin spürte die Entschlossenheit in dieser Stimme und sagte leise: „Nun, angenommen ich wüßte, wen Sie meinen – was weiter?"

„Sie werden mir sofort mitteilen, wo sie sich aufhält."

Kramenin schüttelte den Kopf. „Das wage ich nicht."

„Angst, was? Vor Mister Brown? So, das hören Sie nicht gern? Es gibt ihn also. Ich zweifelte schon daran. Sie erstarren vor Angst, wenn Sie nur seinen Namen hören!"

„Ich habe ihn gesehen. Ich habe mit ihm gesprochen. Ich habe es erst hinterher gewußt. Er war mit anderen zusammen. Und ich würde ihn nicht wiedererkennen! Wer ist er wirklich? Ich weiß es nicht. Aber eines weiß ich – er ist ein Mann, vor dem man sich fürchten muß."

„Er wird es nie erfahren", erwiderte Hersheimer.

„Er weiß alles – und schlägt blitzschnell zu."

„Sie wollen also nicht tun, was ich von Ihnen verlange?"

„Unmöglich."

„Schade um Sie. Aber der Welt wird es wohl zum Vorteil gereichen." Er hob die Pistole.

„Halt!" rief Kramenin. „Sie können mich doch nicht einfach erschießen!"

„Doch, doch. Ich habe gehört, daß Sie Ihrerseits das Leben anderer Leute nicht besonders hochachten. Ich habe Ihnen die Gelegenheit geboten, Ihre Haut zu retten, und die haben Sie nicht wahrgenommen."

„Dann würden mich die anderen umbringen."

„Es liegt ganz bei Ihnen, von wem Sie sich lieber umbringen lassen wollen. Im Augenblick haben Sie es mit dem kleinen Willi zu tun. Der kann Sie nicht verfehlen. Ob auch Mister Brown Sie nicht verfehlen wird, steht zumindest nicht fest. Es ist nicht ganz so sicher wie diese Kugel. An Ihrer Stelle würde ich die kleine Chance wahrnehmen."

„Wenn Sie mich erschießen, werden Sie aufgehängt."

„Da irren Sie. Sie vergesen meine Dollar! Zahllose Anwälte werden sich der Sache annehmen und ein paar bekannte Ärzte verpflichten, und am Ende wird man feststellen, daß in meinem Kopf nicht alles in Ordnung war. Ich glaube, ein paar Monate stiller Zurückgezogenheit kann ich schon auf mich nehmen, um die Welt von Ihnen zu befreien."

Kramenin glaubte ihm, denn er glaubte an die Macht des Geldes. Auch er selber hatte sich schon freigekauft – und sich andererseits von anderen bestechen lassen. Dieser energische junge Amerikaner mit dem drohenden Unterton in der Stimme hatte ihn in der Hand.

„Ich zähle bis fünf", fuhr Hersheimer fort, „und wenn ich bis vier gezählt habe, brauchen Sie sich um Mr. Brown keine Sorgen mehr zu machen. Vielleicht wird er Ihnen Blumen zur Beerdigung schicken. Ich fange an. Eins – zwei – drei –"

Kramenin unterbrach ihn mit einem Schrei: „Ich tue, was Sie wollen!"

„Ich dachte mir schon, daß Sie vernünftig sind. Wo ist das Mädchen?"

„In Gatehouse, in Kent. *Astley Priors* heißt der Besitz."

„Wird sie dort gefangengehalten?"

„Sie darf das Haus nicht verlassen – aber es besteht keine unmittelbare Gefahr für sie. Die Arme hat ihr Gedächtnis verloren."

„Das war für Sie und Ihre Freunde wohl sehr unangenehm. Und was ist mit dem anderen Mädchen, das Sie vor einer Woche weggelockt haben?"

„Das ist auch dort."

„Ausgezeichnet. Übrigens eine wunderbare Nacht für die Fahrt!"

„Was wollen Sie damit sagen? Ich denke nicht daran, mitzufahren."

„Nun regen Sie sich nicht auf. Sie müssen doch einsehen, daß ich kein solches Kind bin, Sie nun hier zu lassen. Als erstes würden Sie doch Ihre Freunde anrufen! Nicht wahr?" Er beobachtete, wie sich das Gesicht des anderen veränderte. „Sehen Sie, Sie hatten sich doch alles schon so schön gedacht. Nein, Sie kommen mit. Ist nebenan Ihr Schlafzimmer? Gehen Sie nur vor. Der kleine Willi und ich folgen Ihnen. Ziehen Sie sich einen Mantel an. Ein herrlicher Mantel. Nun wären wir soweit. Draußen wartet mein Wagen. Und vergessen Sie nicht, daß ich Ihnen dicht auf den Fersen bin. Ich kann Sie ebensogut durch meine Manteltasche hindurch niederschießen. Ein Wort oder nur ein Blick dem Hauspersonal gegenüber, und Sie haben keine Sorgen mehr!"

Nebeneinander gingen sie die Treppe hinunter und hinaus zum Wagen. Kramenin bebte vor Zorn. Sie waren von lieriertem Hotelpersonal umgeben. Kramenin wollte schon schreien, aber im letzten Moment verließ ihn der Mut. Der Amerikaner schien ein Mann zu sein, der Wort hielt.

Als sie zum Wagen gelangten, stieß Hersheimer einen Seufzer der Erleichterung aus: Sie hatten die Gefahrenzone hinter sich. „Steigen Sie ein", befahl er. Dann fing er einen Seitenblick Kramenins auf. „Nein, der Fahrer wird Ihnen nicht helfen. Ein zuverlässiger Mann. George!"

„Jawohl, Sir?" Der Fahrer wandte den Kopf.

„Ich möchte nach Gatehouse in Kent. Kennen Sie den Weg?"

„Ja, Sir, es ist eine Fahrt von etwa anderthalb Stunden."

Hersheimer lehnte sich bequem neben seinem Opfer zurück. Er hielt die Hand in der Manteltasche.

„Da war einmal ein Mann in Arizona, den ich niedergeschossen habe –", begann er in höflichem Plauderton.

Am Ende der einstündigen Fahrt war der unglückliche Kramenin mehr tot als lebendig. Der Erzählung von dem

Mann in Arizona folgte ein ebenso haarsträubender Bericht aus San Franzisko und eine Episode aus den Rokkies. Hersheimers Fabuliertalent war beträchtlich, und seine Geschichten waren aufregend, wenn auch nicht wahr.

Der Fahrer verlangsamte die Geschwindigkeit und rief über seine Schulter, sie führen jetzt in Gatehouse ein. Hersheimer bat Kramenin, ihnen den Weg zu zeigen. Er hatte die Absicht, gleich vor dem Haus vorzufahren. Dort sollte Kramenin nach den beiden Mädchen fragen. Hersheimer erklärte ihm, daß der kleine Willi keinerlei Fehlschlag dulde. Inzwischen war Kramenin wie Wachs in seiner Hand.

Der Wagen hielt vor dem überdachten Eingang. Der Fahrer wandte sich um, als wartete er auf weitere Anweisungen. „Wenden Sie erst den Wagen, George. Dann klingeln Sie und setzen sich wieder ans Steuer. Lassen Sie den Motor laufen, und halten Sie sich bereit, auf ein Wort von mir wie der Blitz davonzujagen."

Der Diener öffnete die Tür. Kramenin fühlte die Mündung der Pistole auf seinen Rippen.

„Los!" zischte Hersheimer. „Und seien Sie vorsichtig."

Kramenin nickte. Seine Stimme war unsicher: „Ich bin es – Kramenin. Bringen Sie sofort das Mädchen runter. Es ist keine Zeit zu verlieren!"

Whittington stieß einen Ruf des Erstaunens aus, als er den anderen erblickte. „Sie! Sie wissen doch sicher, daß der Plan..."

Kramenin unterbrach ihn. „Man hat uns verraten! Wir müssen unsere Pläne ändern! Das Mädchen! Und zwar sofort! Es ist unsere einzige Chance."

Whittington zögerte, aber nur einen Augenblick. „Haben Sie Befehle – von *ihm*?"

„Natürlich! Wäre ich sonst hier? Schnell! Die andere Gans kann auch gleich mitkommen."

Whittington wandte sich um und lief ins Haus. Die

Minuten, die verstrichen, waren eine Folter. Dann erschienen zwei Gestalten, die sich hastig ihre Mäntel umwarfen, auf den Stufen und wurden in den Wagen gedrängt. Die kleinere von beiden versuchte, ein wenig Widerstand zu leisten, wurde jedoch von Whittington höchst unehrerbietig hineingeschoben. Hersheimer beugte sich vor, und dabei fiel das Licht aus der offenen Tür auf sein Gesicht. Ein anderer Mann auf den Stufen hinter Whittington stieß einen Ruf der Überraschung aus. Das Geheimnis war gelüftet. Mit einem Satz schoß der Wagen davon. Der Mann auf den Stufen fluchte. Seine Hand griff in die Tasche. Ein Aufblitzen und ein Einschlag. Die Kugel war dicht neben dem größeren Mädchen vorbeigegangen.

„Runter, Jane!" rief Hersheimer. „Flach auf den Boden des Wagens!" Energisch stieß er sie nach unten, stand dann auf, zielte bedächtig und feuerte.

„Haben Sie ihn getroffen?" rief Tuppence.

„Klar. Beinschuß! Wie geht's Ihnen, Tuppence?"

„Gut! Wo ist Tommy? Und wer ist das?" Sie deutete auf den zitternden Kramenin.

„Tommy ist vielleicht schon unterwegs nach Argentinien. Ich glaube, er dachte, sie sähen das Gras von unten wachsen. Nur langsam durch das Tor, George! Gut. Die brauchen mindestens fünf Minuten, um uns nahezukommen. Natürlich werden sie telefonieren. Passen Sie also auf, ob uns nicht unterwegs Fallen gestellt werden – und nehmen Sie nicht den direkten Weg. Wer das ist, fragten Sie, Tuppence? Darf ich Ihnen Mr. Kramenin vorstellen. Ich habe ihn dazu überredet, seiner Gesundheit wegen mitzufahren."

Kramenin schwieg, noch immer bleich vor Entsetzen.

„Aber was hat sie denn bewogen, uns gehen zu lassen?" fragte Tuppence argwöhnisch.

„Unser guter Kramenin hat sie so herzlich gebeten, daß sie es ihm einfach nicht abschlagen konnten."

Das war zuviel für Kramenin. „Verflucht! Nun wissen

sie, daß ich sie verraten habe. Mein Leben ist in diesem Land keine Stunde mehr sicher."

„Richtig. Und ich möchte Ihnen raten, sofort in ein anderes zu verschwinden."

„Dann lassen Sie mich doch gehen. Ich habe getan, was Sie verlangten. Warum geben Sie mich nicht frei?"

„Ich dachte, es wäre Ihnen lieber, ich brächte Sie nach London zurück."

„Vielleicht gelangen Sie niemals nach London", zischte der andere. „Lassen Sie mich hier aussteigen."

„Halten Sie an, George. Wenn wir uns je wiedersehen sollten, Mr. Kramenin . . ."

Bevor Hersheimer ausgeredet hatte und der Wagen ganz zum Stehen kam, war der Russe schon hinausgesprungen und in der Dunkelheit verschwunden.

„Doch sehr ungeduldig", meinte Hersheimer, als der Wagen wieder Geschwindigkeit aufnahm. „Und denkt nicht einmal daran, sich von den Damen zu verabschieden. Jane, jetzt kannst du dich wieder auf den Sitz setzen."

Das Mädchen öffnete zum erstenmal den Mund. „Wie hat man ihn denn dazu überreden können?"

Hersheimer streichelte seine Pistole. „Das verdanken wir dem kleinen Willi!"

„Großartig!" rief das Mädchen. Es sah Hersheimer bewundernd an.

„Annette und ich wußten ja nicht, was mit uns geschehen würde", sagte Tuppence. „Der alte Whittington hatte uns nur hinausgehetzt. Wir kamen uns vor wie Kälber, die zur Schlachtbank sollen."

„Annette?" meinte Hersheimer. „So nennen Sie sie?"

„Ja, so heißt sie doch." Tuppence sah ihn groß an.

„Unsinn! Vielleicht glaubt sie das, weil sie ihr Gedächtnis verloren hat! Aber sie ist die echte Jane Finn!"

„Was?"

Mit einem häßlichen Geräusch bohrte sich plötzlich eine Kugel in das Polster hinter ihrem Kopf.

185

„Runter mit euch!" schrie Hersheimer. „Ein Hinterhalt! Geben Sie Gas, George!"

Der Wagen schoß davon. Drei weitere Schüsse jagten hinter ihnen her, verfehlten jedoch ihr Ziel. Hersheimer stand fast aufrecht im Wagen und beugte sich nun nach hinten.

„Nichts, worauf man schießen könnte", erklärte er verbissen. „Aber wir werden wohl bald wieder so ein kleines Feuerwerk haben. Au!" Er berührte mit der Hand eine Wange.

„Verletzt?" fragte Annette besorgt.

„Nur gestreift."

Das Mädchen sprang auf. „Laßt mich raus! Nur mich wollen sie haben. Niemand soll meinetwegen ums Leben kommen!"

Sie tastete schon nach dem Türgriff.

Hersheimer packte sie an beiden Armen und sah sie an. Sie hatte ohne jede Spur eines ausländischen Akzents gesprochen.

„Setz dich, Mädchen", sagte er freundlich. „Ich glaube, dein Gedächtnis ist übrigens ganz in Ordnung. Hast sie die ganze Zeit schön an der Nase herumgeführt, was?"

Das Mädchen nickte. Plötzlich brach sie in Tränen aus.

„Schon gut, schon gut – bleib nur ruhig sitzen. Wir lassen dich nicht im Stich."

Noch schluchzend stieß das Mädchen undeutlich hervor: „Sie sind von daheim. Das höre ich an Ihrer Stimme. Ich habe solche Sehnsucht nach zu Hause."

„Natürlich. Ich bin doch dein Vetter – Julius Hersheimer. Ich bin nach Europa gekommen, um dich zu finden – und du hast mich ganz schön herumjagen lassen."

Der Wagen verlangsamte seine Fahrt. George sagte über seine Schulter hinweg: „Eine Kreuzung, Sir. Ich bin mir über den Weg nicht ganz im klaren."

Der Wagen fuhr langsamer, bis er fast stillstand. In diesem Augenblick schwang sich eine Gestalt von hinten in den Wagen und landete mit dem Kopf zuerst zwischen ihnen.

„Verzeihung", sagte Tommy, nachdem er sich aufgerichtet hatte.

Ein Schwall von Worten ergoß sich über ihn, und er bemühte sich, eine Frage nach der anderen zu beantworten: „Ich stand im Gebüsch neben der Anfahrt. Bin hinten aufgesprungen. Ihr fuhrt so schnell, daß ich mich nicht früher bemerkbar machen konnte. Ich hatte alle Mühe, mich festzuhalten! Und nun, Mädchen, raus mit euch!"

„Wieso raus?"

„Ja. Ein Stückchen weiter, die Straße entlang, liegt ein Bahnhof. Der Zug kommt in drei Minuten. Ihr bekommt ihn noch, wenn ihr euch beeilt."

„Was, zum Teufel, haben Sie denn vor?" fragte Hersheimer. „Glauben Sie denn, Sie können so die Spur verwischen?"

„Sie und ich werden den Wagen auch nicht verlassen. Nur die Mädchen!"

„Sie sind wohl völlig verrückt, Beresford. Sehen Sie mich doch nicht so an! Sie können die Mädchen nicht allein gehen lassen. Das wäre ja das Ende!"

Tommy wandte sich Tuppence zu. „Sofort raus, Tuppence! Nimm die andere mit, und tu genau, was ich dir sage. Niemand kann dir etwas anhaben. Du bist in Sicherheit. Nimm den Zug nach London. Geh gleich zu Sir James Peel Edgerton. Mr. Carter lebt ja außerhalb der Stadt. Aber bei Sir James bist du gut aufgehoben."

„Verdammt!" rief Hersheimer. „Jane, du bleibst hier!"

Mit einer jähen Bewegung entriß Tommy Hersheimer die Pistole und richtete sie auf ihn.

„Glaubt ihr mir jetzt? Steigt aus und tut, was ich sage, oder ich schieße!"

Tuppence sprang hinaus und zog die widerstrebende Jane mit sich. „Komm nur mit, es ist schon gut. Wenn

Tommy einer Sache sicher ist, dann stimmt es. Schnell! Sonst verpassen wir den Zug."

Hersheimer versuchte, seinem unterdrückten Zorn Luft zu machen. „Was zum Teufel . . ."

Tommy unterbrach ihn. „Still! Jetzt habe ich Ihnen einiges zu sagen, Mr. Hersheimer."

24

Sie kamen gerade in dem Augenblick auf den Bahnsteig gestürzt, als der Zug anhielt. Tuppence riß die Tür eines Abteils erster Klasse auf, und die beiden Mädchen sanken atemlos auf die Polster nieder.

Ein Mann blickte hinein und ging dann zum nächsten Wagen weiter. Nervös war Jane aufgefahren. „Glaubst du, daß es einer von ihnen ist?" stieß sie hervor.

Tuppence schüttelte den Kopf. „Nein!" Sie nahm Janes Hand. „Tommy hätte nicht behauptet, wir seien in Sicherheit, wenn er seiner Sache nicht völlig sicher wäre."

„Aber er kennt sie nicht so wie ich!" Das Mädchen erschauerte. „Fünf Jahre. Fünf lange Jahre! Manchmal glaubte ich, ich würde verrückt."

„Vergiß es. Es ist ja jetzt vorbei!"

„Wirklich?"

Der Zug war angefahren und brauste bald durch die Nacht. Plötzlich fuhr Jane Finn auf. „Was war das? Ich habe ein Gesicht gesehen – an unserem Fenster."

„Aber nein, da ist doch nichts. Sieh mal." Tuppence war ans Fenster getreten und ließ es herab.

Jane schien das Gefühl zu haben, daß eine Erklärung notwendig sei. „Ich benehme mich wohl wie ein erschrecktes Kaninchen, aber ich kann nicht anders. Wenn sie mich jetzt kriegen, würden sie . . ."

„Lehn dich zurück und denk nicht mehr an sie", flehte Tuppence. „Du kannst dich darauf verlassen, daß Tommy uns auf den richtigen Weg geschickt hat."

„Mein Vetter war aber ganz anderer Meinung."

„Stimmt", erwiderte Tuppence ein wenig verlegen.

„Woran denkst du?" fragte Jane scharf.

„Warum?"

„Deine Stimme klang so seltsam!"

„Ich dachte tatsächlich an etwas", sagte Tuppence. „Aber ich möchte es dir nicht sagen – noch nicht. Es ist nur so ein Gedanke, der mir schon vor langer Zeit einmal gekommen ist. Tommy denkt wohl dasselbe – jedenfalls glaube ich es mit ziemlicher Sicherheit. Ruh dich jetzt aus, und denk möglichst an gar nichts!"

„Ich will es versuchen."

Tuppence saß aufrecht da – die Haltung eines wachsamen Terriers. Obwohl sie sich dagegen wehrte, war sie nervös. Ihre Augen wechselten ständig von einem Fenster zum anderen. Sie merkte sich die Lage der Notbremse. Was sie eigentlich befürchtete, hätte sie kaum zu sagen gewußt. Aber in ihren Gedanken war sie weit von der Zuversicht entfernt, die ihre Worte vortäuschten. Nicht daß sie Tommy nicht glaubte, doch es kamen ihr immer wieder Zweifel, ob ein so aufrechter und anständiger Mensch wie er jemals der Gewandtheit und Entschlossenheit ihres Gegners gewachsen sein könnte.

Als der Zug schließlich auf dem Bahnhof Charing Cross einlief, fuhr Jane Finn jäh auf. „Sind wir da? Ich dachte, wir würden niemals ankommen!"

„Ach, ich glaubte schon, daß wir es bis London schaffen würden. Sollte es irgendwelche Schwierigkeiten geben, so wäre dies der Augenblick, in dem wir sie erwarten müßten. Schnell, steig aus. Wir springen in ein Taxi."

Einen Augenblick später verließen sie den Bahnsteig, bezahlten den Fahrpreis nach und stiegen in ein Taxi.

„King's Cross", rief Tuppence. Dann fuhr sie zusammen. Ein Mann blickte zum Fenster hinein, gerade als der Wagen anfuhr. Sie war beinahe sicher, daß es der gleiche Mann war, der in den nächsten Wagen hinter ihnen gestiegen war. Sie hatte das entsetzliche Gefühl, von allen Seiten eingekreist zu werden.

„Verstehst du", erklärte sie Jane, „wir locken sie so auf eine falsche Fährte. Nun werden sie annehmen, daß wir zu Mr. Carter fahren. Sein Landhaus liegt irgendwo nördlich von London."

Als sie durch Holborn fuhren, gerieten sie in eine Verkehrsstockung. Darauf hatte Tuppence gewartet. „Schnell", flüsterte sie. „Öffne die rechte Tür!"

Die beiden Mädchen standen mitten im Verkehr. Zwei Minuten später saßen sie in einem anderen Taxi und fuhren in umgekehrter Richtung, dieses Mal direkt zur Carlton House Terrace.

„Damit sollten wir ihnen eins ausgewischt haben", sagte Tuppence mit großer Befriedigung. „Ich kann mir nicht helfen, aber ich finde mich wirklich sehr tüchtig. Der andere Taxifahrer wird ja toben! Aber ich habe mir seine Nummer aufgeschrieben, und morgen schicke ich ihm das Geld durch die Post, um ihn nicht zu prellen. Was schlingert denn der Wagen so – oh!" Ein schepperndes Geräusch und ein dumpfer Schlag. Ein anderes Taxi war mit ihnen zusammengestoßen.

Im nächsten Augenblick stand Tuppence auf dem Bürgersteig. Ein Polizist näherte sich. Bevor er noch da war, hatte Tuppence dem Fahrer fünf Shilling gegeben, und sie und Jane tauchten in der Menge unter.

„Nun sind es nur noch ein paar Schritte", sagte Tuppence atemlos.

„Glaubst du, daß dieser Zusammenstoß zufällig oder beabsichtigt war?"

„Ich weiß es nicht. Beides ist möglich."

Rasch eilten die beiden Mädchen weiter.

„Vielleicht bilde ich mir es nur ein", sagte Tuppence

plötzlich, „aber ich habe das Gefühl, als ob jemand hinter uns her wäre."

„Beeilen wir uns!" murmelte die andere. „Oh, schnell!"

Sie waren nun an der Ecke von Carlton House Terrace angelangt und faßten schon wieder Mut. Plötzlich trat ihnen ein großer, offenbar betrunkener Mann in den Weg. „Guten Abend, meine Damen", lallte er. „Wohin so schnell?"

„Lassen Sie uns vorbei", rief Tuppence heftig.

„Nur ein Wort mit Ihrer hübschen kleinen Freundin." Er streckte unsicher eine Hand aus und packte Jane an der Schulter. Tuppence hörte andere Schritte hinter sich. Sie nahm sich nicht die Zeit, festzustellen, ob es Freunde oder Feinde waren. Sie senkte den Kopf und wiederholte ein Manöver aus den Tagen ihrer Kindheit, indem sie ihrem Angreifer gegen den Bauch rannte. Der Erfolg war überwältigend. Der Mann setzte sich ziemlich jäh auf den Bürgersteig. Tuppence und Jane machten, daß sie weiterkamen. Das Haus, das sie suchten, lag noch ein Stück entfernt. Andere Schritte waren nun hinter ihnen zu hören. Als sie an die Tür von Sir James gelangten, keuchten sie vom schnellen Lauf. Tuppence läutete, und Jane hämmerte mit dem Klopfer.

Der Mann, der sie aufgehalten hatte, war nun bis an die unterste Stufe gelangt. Einen Augenblick zögerte er. Da öffnete sich auch schon die Tür. Zusammen taumelten sie in die Diele. Sir James trat gerade aus der Bibliothek. „Hallo! Was ist denn los?"

Er kam auf sie zu und legte seinen Arm um Jane. Er stützte sie, als sie in die Bibliothek gingen, und ließ sie sich auf die Couch legen. Aus einer Karaffe auf dem Tisch schenkte er etwas Kognak in ein Glas und bat sie, ihn zu trinken. Mit einem Seufzer richtete sie sich auf, ihre Augen waren noch immer wild und verängstigt.

„Es ist ja gut. Sie brauchen nichts mehr zu befürchten, mein Kind. Sie sind in Sicherheit."

Ihr Atem ging nun regelmäßiger, und die Farbe kehrte in ihre Wangen zurück. Sir James sah Tuppence fragend an. „Sie sind also ebensowenig tot, Miss Tuppence, wie Ihr Freund Tommy!"

„Die jungen Abenteurer sind nicht umzubringen!"

„Es sieht wirklich so aus", antwortete Sir James trocken. „Ist meine Vermutung begründet, daß das Unternehmen mit Erfolg geendet hat und daß dies hier" – er wandte sich zu dem Mädchen auf der Couch – „Miss Jane Finn ist?"

Jane richtete sich auf. „Ja, ich bin Jane Finn. Und ich habe Ihnen viel zu erzählen."

„Erst wenn Sie wieder zu Kräften gekommen sind . . ."

„Aber nein – jetzt!" Sie hob ein wenig die Stimme. „Ich fühle mich sicherer, wenn ich alles gesagt habe."

„Wie Sie wollen." Der Anwalt ließ sich in einem großen Sessel nieder.

Mit leiser Stimme begann nun Jane, ihre Geschichte zu erzählen. „Ich kam mit der *Lusitania* herüber, um eine Stellung in Paris anzunehmen. Ich hatte Französisch als Hauptfach, und meine Lehrerin erzählte mir, daß man in einem Lazarett in Paris Hilfskräfte suchte. Ich hatte keine Familie mehr, und so fiel es mir leicht, diesen Schritt zu tun. Als die *Lusitania* torpediert wurde, trat ein Mann auf mich zu. Er erklärte mir, er hätte Papiere bei sich, die für die Alliierten von größter Wichtigkeit seien, und bat mich, sie an mich zu nehmen. Ich sollte auf eine Anzeige in der *Times* achten. Erschiene sie nicht, sollte ich die Papiere dem amerikanischen Botschafter übergeben.

Alles, was dann folgte, erscheint mir wie ein Alptraum. Ich erlebe es manchmal in meinen Träumen. Ich will diesen Teil auch nur ganz schnell streifen. Mr. Danvers hatte mir gesagt, ich sollte mich vorsehen. Es könne sein, daß er schon seit New York beschattet werde. Zunächst hegte ich keinen Argwohn, aber auf dem Schiff nach Holyhead begann ich unruhig zu werden. Da war eine Frau, die sich mit mir anzufreunden suchte – eine gewisse Mrs. Vandemeyer. Die ganze Zeit jedoch verließ mich nicht das Gefühl, daß sie etwas an sich hatte, was mir unangenehm war; und auf dem irischen Schiff sah ich, wie sie sich mit einigen seltsamen Männern unterhielt. Ich war sicher, daß sie von mir redeten. Ich entsann mich auch, daß sie auf der *Lusitania* ganz in meiner Nähe gestanden hatte, als Mr. Danvers mir das Päckchen gab. Ich bekam Angst, wußte aber nicht recht, was ich tun sollte.

Jäh durchfuhr mich der Gedanke, zunächst einmal in Holyhead zu bleiben und nicht am gleichen Tag nach London weiterzureisen, aber dann sah ich ein, daß dies noch törichter wäre. Um ganz vorsichtig zu sein, hatte ich bereits das Päckchen im Öltuch aufgerissen, unbeschriebene Bogen mit den anderen ausgetauscht und es dann wieder zugenäht. Wenn es also jemandem gelang, es mir abzunehmen, würde es nichts ausmachen.

Was ich nun mit den echten Papieren anfangen sollte, machte mir unendliche Sorge. Schließlich glättete ich sie – es waren nur zwei Bogen – und legte sie zwischen zwei Anzeigenseiten einer Zeitschrift. Die beiden Seiten der Zeitschrift klebte ich am Rand mit etwas Klebstoff zusammen. Dann steckte ich die Zeitschrift nachlässig in die eine Tasche meines Mantels.

In Holyhead versuchte ich, mich in der Eisenbahn zu anderen Menschen zu setzen, schließlich sah ich mich doch wieder mit Mrs. Vandemeyer in einem Abteil zusammen. Ich tröstete mich mit dem Gedanken, daß ja noch andere Menschen im Abteil seien. Mir gegenüber saßen ein sehr nett aussehender Mann und seine Frau. So fühlte ich mich einigermaßen beruhigt, bis wir kurz vor London waren. Ich hatte mich zurückgelehnt und die Augen geschlossen. Ich nehme an, sie glaubten, ich schliefe, aber meine Augen waren nicht ganz geschlossen, und so sah ich plötzlich, wie der nett aussehende Mann etwas aus seiner Reisetasche nahm und es Mrs. Vandemeyer reichte, und dabei zwinkerte er ihr zu . . .

Ich kann Ihnen nicht sagen, wie dieses Zwinkern auf mich wirkte; es war, als wäre ich innerlich völlig erstarrt. Vielleicht bemerkten sie etwas – ich weiß es nicht –, jedenfalls sagte Mrs. Vandemeyer plötzlich: „Jetzt!' und warf mir etwas über Nase und Mund. Ich versuchte noch zu schreien, aber im gleichen Augenblick traf mich ein schwerer Schlag auf den Hinterkopf..."

Sie erschauerte. Sir James murmelte einige Worte. Nach einer kurzen Weile fuhr sie fort: „Ich wußte nicht, wie lange es dauerte, bis ich wieder zu Bewußtsein kam. Ich fühlte mich sehr elend. Ich lag auf einem schmutzigen Bett, das durch einen Wandschirm von dem übrigen Raum getrennt war, aber ich hörte eine Unterhaltung, die Mrs. Vandemeyer mit einem Unbekannten führte. Anfangs begriff ich nicht viel davon. Als ich schließlich zu verstehen begann, um was es ging, war ich entsetzt. Ein Wunder, daß ich nicht aufschrie.

Sie hatten die Papiere nicht gefunden – nur das Päckchen im Öltuch und die unbeschriebenen Blätter – und waren rasend. Sie wußten nicht, ob ich die Papiere ausgetauscht oder Danvers nur eine Attrappe bei sich getragen hatte, während das richtige Papier auf einem anderen Weg befördert wurde. Sie sprachen davon" – sie schloß ihre Augen –, „mich zu foltern, um es herauszufinden!

Niemals zuvor hatte ich gewußt, was Furcht war. Einmal traten sie zu mir und sahen mich an. Ich gab vor, noch bewußtlos zu sein. Doch sie entfernten sich wieder. Ich begann fieberhaft zu überlegen. Was konnte ich tun?

Plötzlich kam mir der Gedanke, vorzugeben, daß ich das Gedächtnis verloren hätte. Diese Dinge hatten mich immer sehr interessiert, und ich hatte ziemlich viel darüber gelesen. Ich wußte gut darüber Bescheid. Wenn es mir gelang, diesen Schwindel eine Weile aufrechtzuerhalten, konnte mich das vielleicht retten. Ich tat einen tiefen Atemzug, öffnete meine Augen und begann Französisch zu reden...

Sogleich kam Mrs. Vandemeyer um den Wandschirm und trat zu mir. Sie hatte ein so böses Gesicht, daß mir fast das Bewußtsein noch einmal schwand, aber ich lächelte sie nur unsicher an und fragte auf französisch, wo ich sei.

Sie rief den Mann herbei, mit dem sie geredet hatte. Er stand neben dem Wandschirm, aber sein Gesicht war im Schatten. Er sprach französisch mit mir. Seine Stimme klang ruhig, aber irgendwie erschreckte er mich noch mehr. Wieder fragte ich, wo ich sei, und fuhr dann fort, ich *müßte* mich unbedingt an etwas erinnern – *müßte* mich erinnern –, nur sei mir im Augenblick alles entfallen.

Plötzlich packte er mein Handgelenk und begann, es zu drehen. Es war ein entsetzlicher Schmerz. Ich weiß nicht, wie lange ich es ausgehalten hätte, aber glücklicherweise fiel ich in Ohnmacht. Das letzte, was ich hörte, waren seine Worte: ,Das ist kein Bluff! Außerdem würde ein Mädchen in ihrem Alter nicht genug davon wissen.'

Als ich zu mir kam, war Mrs. Vandemeyer ganz reizend. Wahrscheinlich hatte sie ihre Anweisungen. Sie sprach französisch mit mir. Ich hätte einen schweren Schock erlitten und wäre sehr krank. Bald würde ich mich erholen. Ich gab vor, noch ziemlich benommen zu sein, und murmelte etwas von dem Arzt, der mir am Handgelenk so weh getan hätte. Sie sah sehr erleichtert aus, als ich das sagte.

Im Laufe der Zeit ließ sie mich zuweilen ganz allein im Zimmer. Schließlich stand ich sogar auf, ging ein wenig im Zimmer umher und sah mir alles genau an. Das Zimmer war schmutzig. Fenster gab es nicht. Ich nahm an, daß die Tür abgeschlossen sei, versuchte aber nicht, es festzustellen. An der Wand hingen ein paar beschädigte, verwahrloste Bilder, die Szenen aus dem *Faust* darstellten."

Janes Zuhörer stießen einen Ruf der Überraschung aus. Das Mädchen nickte.

„Ja – es war das Haus in Soho, in dem auch Mr. Beresford gefangen war. Natürlich wußte ich damals nicht, wo ich war – nicht einmal, daß ich mich in London befand.

195

Immerhin war es eine gewisse Erleichterung, daß ich fest-
stellte, daß mein Mantel achtlos über die Rückenlehne
eines Stuhles geworfen war. Und in der Tasche steckte
noch immer die zusammengerollte Zeitschrift!

Hätte ich nur gewußt, ob ich beobachtet wurde oder
nicht! Ich betrachtete sehr genau die Wände. Es schien
kein Guckloch zu geben – und dennoch hatte ich das vage
Gefühl, es sei eines da. Plötzlich setzte ich mich auf die
Tischkante, verbarg mein Gesicht in den Händen und
schluchzte laut ‚Mon Dieu! Mon Dieu!‘ Ich habe ein ungewöhnliches gutes Gehör, und gleich darauf hörte ich das
Rauschen eines Kleides und ein leichtes Knarren. Das
genügte mir. Ich wurde also beobachtet!

Ich legte mich wieder aufs Bett, und nach einiger Zeit
brachte mir Mrs. Vandemeyer das Abendessen. Sie war
noch immer äußerst nett zu mir. Etwas später holte sie ein
Päckchen in Öltuch hervor und fragte mich, ob ich es wie-
dererkenne. Dabei beobachtete sie mich scharf.

Ich nahm es und drehte es ein wenig verwundert in den
Händen. Dann schüttelte ich den Kopf. Ich sagte, ich hätte
wohl das Gefühl, ich *sollte* mich im Zusammenhang
damit an irgend etwas erinnern. Dann erklärte sie mir, ich
sei ihre Nichte und ich solle sie ‚Tante Rita‘ nennen. Das
tat ich gehorsam, und sie sagte mir, ich solle mir keine Sorgen machen – mein Gedächtnis würde bald wiederkehren.

Es war eine entsetzliche Nacht. Ich hatte mir meinen
Plan zurechtgelegt. Ich wartete, bis ich meinte, es müßte
ungefähr zwei Uhr morgens sein. Dann stand ich so leise
wie möglich auf und tastete mich in der Dunkelheit an der
linken Wand entlang. Vorsichtig nahm ich eines der Bilder
vom Haken ab – es stellte Margarete mit ihrem Schmuckkästchen dar. Ich schlich mich zu meinem Mantel, nahm
die Zeitschrift aus der Tasche und ein paar Umschläge, die
ich ebenfalls hineingestopft hatte. Dann ging ich zum
Waschtisch und feuchtete das braune Papier auf der Rückseite des Bildes ringsherum an. Nach einer Weile konnte

ich es abziehen. Die beiden zusammengeklebten Seiten aus der Zeitschrift hatte ich bereits herausgerissen, und nun ließ ich sie zwischen das Bild und das braune Papier auf der Rückseite gleiten. Mit ein wenig Leim von den Umschlägen gelang es mir, das Papier wieder anzukleben. Niemand hätte annehmen können, daß mit dem Bild etwas geschehen sei. Ich hängte es wieder an die Wand, steckte die Zeitschrift in meine Manteltasche zurück und kroch ins Bett. Ich hoffte nur, daß sie annahmen, Danvers hätte die ganze Zeit über nur eine Attrappe bei sich getragen, und daß sie mich schließlich gehen ließen. Tatsächlich war es das, was sie anfangs auch glaubten; und gerade das war für mich gefährlich. Später erfuhr ich, daß sie mich dort und damals fast aus dem Weg geräumt hätten – es hatte niemals ernsthaft die Absicht bestanden, mich laufenzulassen, aber der erste Mann, der Chef, zog es vor, mich am Leben zu lassen, da immerhin noch die Möglichkeit bestand, daß ich die Papiere versteckt haben und mich, falls mein Gedächtnis wiederkehrte, daran erinnern könnte. Wochen hindurch beobachteten sie mich unausgesetzt. Zuweilen stellten sie mir stundenlang Fragen – es gab wohl nichts, was sie nicht über die Methoden von Kreuzverhören und dergleichen wußten. Aber es war eine Folter.

Sie brachten mich nach Irland zurück. Ich mußte jede Phase der Reise von neuem erleben, für den Fall, daß ich die Papiere irgendwo unterwegs versteckt hätte. Mrs. Vandemeyer und eine andere Frau ließen mich nicht einen Augenblick allein. Sie sprachen von mir als einer jungen Verwandten von Mrs. Vandemeyer, die durch die Erlebnisse an Bord der Lusitania einen schweren Schock erlitten hätte. Es gab niemanden, an den ich mich um Hilfe wenden konnte. Und selbst wenn ich eine Flucht riskierte, und sie gelang, würde man der eleganten Mrs. Vandemeyer mehr glauben als mir und annehmen, es gehöre zu meinem Nervenschock, mich für verfolgt zu halten.

Wenn sie aber darauf gekommen wären, daß ich simulierte, hätte mir Entsetzliches bevorgestanden."

Sir James nickte verständnisinnig.

„Das Ganze endete schließlich damit, daß ich in ein Sanatorium in Bournemouth geschickt wurde. Zunächst konnte ich mir nicht darüber schlüssig werden, ob es sich dabei nur um ein Scheinunternehmen handelte. Eine Krankenschwester nahm sich meiner an. Ich galt als schwerer Fall. Sie schien mir so nett und so normal, daß ich mich schließlich entschloß, mich ihr anzuvertrauen. Ein gütiges Geschick bewahrte mich aber gerade noch rechtzeitig davor, in diese Falle zu gehen. Meine Tür stand einmal zufällig offen, und da hörte ich, wie sie auf dem Gang mit jemandem sprach. Sie war eine von der Bande! Man hielt es noch immer für möglich, daß ich simulierte, und ihre Aufgabe war es, das festzustellen. Danach hatte ich allen Mut verloren.

Ich glaube, daß ich mich selber sozusagen hypnotisierte. Nach einiger Zeit hatte ich fast wirklich vergessen, daß ich Jane Finn war. Ich hatte mich so sehr in die Rolle der Janet Vandemeyer hineingespielt, daß meine Nerven anfingen, mir Streiche zu spielen. Ich wurde krank – Monate hindurch versank ich in eine Art Dämmerzustand. Ich war überzeugt, daß ich bald sterben würde, und allmählich wurde mir alles gleichgültig. Ein gesunder Mensch, der in eine Irrenanstalt gelangt, kann schließlich selber wahnsinnig werden, heißt es. Ich glaube, bei mir war es ähnlich. Am Ende war ich nicht einmal unglücklich – nur apathisch. So verstrichen die Jahre. Plötzlich jedoch schien sich alles zu ändern. Mrs. Vandemeyer kam aus London. Sie und der Arzt stellten Fragen an mich und versuchten es mit verschiedenen Behandlungsmethoden. Es war sogar die Rede davon, mich zu einem Spezialisten nach Paris zu schicken. Am Ende wagten sie das jedoch nicht. Ich hörte einmal, daß man davon sprach, andere Leute – Freunde – suchten nach mir.

Eines Nachts wurde ich ganz überstürzt nach London geschafft. Man brachte mich zurück in das Haus in Soho. Sobald ich das Sanatorium hinter mir gelassen hatte, fühlte ich mich anders – als ob etwas in mir, das lange Zeit verschüttet gewesen war, von neuem erwachte.

Man beauftragte mich, Mr. Beresford zu bedienen. (Natürlich war mir damals sein Name nicht bekannt.) Ich war argwöhnisch – denn ich hielt es für eine neue Falle. Aber er wirkte so anständig, daß ich diesen Verdacht wieder fallenließ. Aber ich war vorsichtig in allem, was ich sagte, denn ich wußte ja, daß man uns belauschen konnte. Ganz oben in der Wand befindet sich das kleine Guckloch.

Am Sonntag nachmittag wurde eine Botschaft ins Haus gebracht. Alle waren sehr verwirrt. Ohne daß jemand es merkte, lauschte ich. Es war der Befehl gekommen, Beresford sollte umgebracht werden. Ich brauche nicht zu erzählen, was sich dann ereignete, denn das ist ja bekannt. Ich glaubte, ich würde Zeit genug finden, hinaufzueilen und die Papiere aus ihrem Versteck zu holen, wurde aber aufgehalten. Da schrie ich, er sei im Begriff zu fliehen, und sagte, ich wollte zu Marguerite zurückkehren. Dreimal rief ich sehr laut diesen Namen. Die anderen mußten denken, ich meinte Mrs. Vandemeyer, aber ich hoffte, ich würde dadurch Mr. Beresfords Aufmerksamkeit auf das Bild lenken. Er hatte am ersten Tag eines der Bilder von der Wand genommen – und das hatte mich wiederum veranlaßt, ihm zu mißtrauen." Sie hielt inne.

„Also befinden sich die Papiere noch immer an der Rückseite des Bildes in seinem Zimmer", sagte Sir James.

„Ja."

Sir James erhob sich. „Kommen Sie. Wir müssen sofort hin."

„Heute abend noch?" fragte Tuppence überrascht.

„Morgen könnte es zu spät sein. Außerdem haben wir heute immerhin die Möglichkeit, den großen Fisch zu fangen – Mr. Brown!"

Es folgte tiefes Schweigen.

Sir James fuhr fort: „Man ist Ihnen hierher gefolgt – darüber besteht gar kein Zweifel. Wenn wir dieses Haus verlassen, wird man uns wiederum folgen, aber nicht belästigen, denn es liegt natürlich in Mr. Browns Absicht, daß wir ihm den Weg zeigen. Das Haus in Soho steht jedoch Tag und Nacht unter Bewachung. Die Wachtposten lassen es nicht einen Augenblick aus den Augen. Wenn wir dieses Haus betreten, wird Mr. Brown alles auf eine Karte setzen, in der Hoffnung, den Funken zu finden, durch den er seine Sprengladung entzünden kann. Er wird das Risiko kaum für zu groß halten – da er als Freund verkleidet auftreten wird!"

Tuppence konnte nicht länger an sich halten und sagte: „Aber es gibt etwas, das Sie noch nicht wissen – wir haben es Ihnen noch nicht erzählt." Ihre Augen ruhten verwirrt auf Jane.

„Was ist es?" fragte Sir James.

„Es ist so schwierig, verstehen Sie; wenn ich unrecht hätte, wäre es unverantwortlich." Sie sah Jane an, die nun wie leblos dalag. „Sie würde mir niemals verzeihen", erklärte sie geheimnisvoll.

„Aber Sie wollen doch, daß ich Ihnen helfe?"

„Ja, Sie wissen, wer Mr. Brown ist, nicht?"

„Ja. Endlich weiß ich es."

„Endlich?" fragte Tuppence. „Aber ich dachte . . ."

„Seit einiger Zeit sehe ich ziemlich klar – seit jener Nacht, als Mrs. Vandemeyer auf so mysteriöse Weise ums Leben kam." Er machte eine kleine Pause und fuhr dann ruhig fort: „Es gibt nur zwei Lösungen. Entweder hat sie selber die Überdosis genommen, oder aber . . ."

„Oder . . .?"

„Oder das Schlafmittel befand sich in dem Kognak, den Sie ihr gaben. Nur drei Menschen haben mit diesem Kognak zu tun gehabt – Sie, ich und Mr. Hersheimer!"

Jane Finn rührte sich und richtete sich auf. Sie betrachtete Sir James aus weiten, erstaunten Augen. Sir James fuhr fort:

„Zunächst schien es mir völlig unmöglich, Mr. Hersheimer zu verdächtigen. Er ist als der Sohn eines vielfachen Millionärs in Amerika eine bekannte Erscheinung. Höchst unwahrscheinlich, daß er und Mr. Brown ein und dieselbe Person sein konnten. Man kann sich jedoch nicht der den Tatsachen innewohnenden Logik entziehen. Entsinnen Sie sich noch Mrs. Vandemeyers plötzlicher unerklärlicher Erregung? Noch ein Beweis, falls es dessen noch bedürfte.

Ich habe Ihnen schon zu einem frühen Zeitpunkt einen Wink gegeben. Und zwar nach einigen Worten von Mr. Hersheimer in Manchester. Ich nahm an, Sie hätten verstanden und würden diesem Wink entsprechend handeln. Ich machte mich dann an die Arbeit, um das Unglaubliche zu beweisen. Mr. Beresford rief mich an und erzählte mir, was ich bereits geargwöhnt hatte, daß nämlich die Fotografie von Miss Jane Finn in Wirklichkeit stets in Mr. Hersheimers Händen geblieben war."

Jane sprang auf und rief zornig:

„Was wollen Sie damit sagen? Daß Mr. Brown Julius ist – mein eigener Vetter?"

„Nein, Miss Finn. Nicht Ihr Vetter. Der Mann, der sich Julius Hersheimer nennt, ist mit Ihnen nicht verwandt."

25

Sir James' Worte schlugen wie eine Bombe ein. Die Mädchen sahen einander völlig entgeistert an. Der Anwalt trat an seinen Arbeitstisch und kehrte mit einem kleinen Zeitungsausschnitt wieder, den er Jane reichte. Tuppence las ihn über ihre Schulter hinweg. Mr. Carter hätte ihn wiedererkannt. Er bezog sich auf den geheimnisvollen Mann, den man in New York tot aufgefunden hatte.

„Der Ausgangspunkt meiner Ermittlungen", fuhr der Anwalt fort, „war die unbestreitbare Tatsache, daß Julius Hersheimer kein erfundener Name war. Als ich darüber etwas mehr wußte, war mein Problem gelöst. Es war so: Der richtige Julius Hersheimer hatte es sich in den Kopf gesetzt, festzustellen, was aus seiner Kusine geworden war. So reiste er nach Westen, wo er Nachrichten über sie einholte und die Fotografie bekam, die ihm bei seiner Suche helfen sollte. Am Vorabend seiner Abreise aus New York wurde er überfallen und ermordet. Sein Leichnam war mit einem schäbigen Anzug bekleidet und das Gesicht so entstellt, daß eine Identifizierung unmöglich war. An seine Stelle trat nun Mr. Brown. Von jetzt ab tat sich Mr. Brown mit den Personen zusammen, die sich verschworen hatten, ihn zur Strecke zu bringen. Jedes ihrer Geheimnisse wurde ihm bekannt. Nur ein einziges Mal war er einer Katastrophe nahe. Mrs. Vandemeyer kannte sein Geheimnis. Es störte nicht seinen Plan, daß Miss Tuppence ihr die riesige Bestechungssumme anbot. Wäre Miss Tuppence nicht gewesen, hätte sie die Wohnung schon längst verlassen, als wir dort eintrafen. Und plötzlich war die Gefahr der Entlarvung für Mr. Brown so groß wie noch niemals zuvor. Er unternahm einen verzweifelten Schritt, wobei er sich tollkühn auf die Rolle verließ, die er uns vorspielte und die ihn, wie er annahm, unverdächtig machte. Fast wäre ihm dies gelungen – jedoch nicht ganz."

„Ich kann es nicht glauben", murmelte Jane. „Er schien ein so großartiger Mensch."

„Der echte Julius Hersheimer *war* auch ein großartiger Mensch! Und Mr. Brown ist ein hervorragender Schauspieler. Aber fragen Sie einmal Miss Tuppence, ob nicht auch sie schon Verdacht hegte."

Tuppence nickte. „Ich hatte es nicht sagen wollen, Jane

– ich wußte, daß es dir weh tun würde. Schließlich war ich auch nicht ganz sicher. Ich verstehe nur nicht, warum er uns, wenn er Mr. Brown ist, gerettet hat."

„War es denn Julius Hersheimer, der Ihnen zur Flucht verhalf?"

Tuppence schilderte Sir James die aufregenden Ereignisse des Abends und schloß: „Das alles verstehe ich nicht."

„Nein? Ich schon. Und bestimmt auch der junge Beresford. Als letzte Hoffnung sollte Jane Finn die Flucht ermöglicht werden – und diese Flucht mußte so eingefädelt sein, daß sie dabei nichts argwöhnte. So hatten die anderen auch nichts dagegen, daß der junge Beresford in der Nachbarschaft auftauchte und mit Ihnen in Verbindung trat. Sie wollten schon dafür sorgen, ihn im richtigen Augenblick aus dem Weg zu räumen. Nun gut – plötzlich taucht Julius Hersheimer auf und rettet Sie nach allen Regeln eines Melodramas. Es kommt zu einem Schußwechsel, aber niemand wird getroffen. Was wäre dann als nächstes geschehen? Sie wären direkt bis zum Haus in Soho gefahren, und man hätte dort das Dokument hervorgeholt, das Miss Finn wahrscheinlich sogleich der Obhut ihres Vetters anvertraut hätte. Vielleicht hätte er, wenn er die Durchsuchung geleitet hätte, auch so getan, als ob das Versteck bereits ausgehoben sei. Er hätte Dutzende von Möglichkeiten gehabt, diese Situation nach seinem Belieben auszunützen. Ich bin auch ziemlich fest davon überzeugt, daß Ihnen beiden irgend etwas zugestoßen wäre. Sie wissen ganz einfach zuviel. Ja, das ist die ganze Sache in großen Zügen. Ich gebe zu, daß auch ich mich zunächst täuschen ließ; ein anderer jedoch ist hellwach geblieben."

„Tommy", sagte Tuppence leise.

„Ja. Als für die Bande der Augenblick gekommen war, sich seiner zu entledigen, hat sie übertrumpft. Trotzdem bin ich seinetwegen einigermaßen in Unruhe."

„Warum?"

„Weil Hersheimer Mr. Brown ist", erklärte Sir James kurz. „Und um mit Mr. Brown fertig zu werden, erscheinen mir ein Mann und eine Pistole nicht ausreichend."

Tuppence erbleichte. „Was können wir tun?"

„Nichts, bevor wir nicht im Haus in Soho gewesen sind. Wenn Beresford die Oberhand behalten hat, ist nichts zu befürchten. Andernfalls jedoch wird unser Gegner selber den Kampf mit uns aufnehmen wollen. Aber da wird er uns nicht unvorbereitet antreffen!" Sir James zog aus einer der Schreibtischschubladen eine Armeepistole und schob sie sich in die Jackentasche. „So, jetzt sind wir gerüstet. Ich kenne Sie zu gut, Miss Tuppence, um Ihnen vorzuschlagen, hierzubleiben. Sie wollen natürlich mit."

Sir James ließ seinen Wagen vorfahren. Während der kurzen Fahrt schlug Tuppence das Herz bis zum Halse. Obwohl immer wieder die Unruhe um Tommy in ihr aufstieg, erfüllte sie nun doch ein Gefühl des Triumphes.

Der Wagen hielt an der Ecke des kleinen Platzes, und sie stiegen aus. Sir James trat auf einen Polizisten in Zivil zu, der mit mehreren anderen das Haus überwachte, und redete mit ihm. Dann kehrte er zu den Mädchen zurück. „Bisher hat niemand das Haus betreten."

Einer der Polizisten kam mit dem Schlüssel. Sie alle kannten Sir James. Sie hatten auch Befehle, die Tuppence betrafen. Nur das dritte Mitglied der Gruppe war ihnen unbekannt. Die drei betraten das Haus und schlossen die Tür hinter sich. Langsam stiegen sie die wacklige Treppe hinauf. Oben sahen sie den zerschlissenen Samtvorhang vor der Nische, in der sich Tommy versteckt hatte. Tuppence hatte die Geschichte von Jane gehört, die damals ja noch „Annette" gewesen war. Interessiert betrachtete sie den fadenscheinigen Stoff. Auch jetzt hätte sie fast schwören können, daß er sich bewegte – als ob jemand dahinter stünde. Wie, wenn Mr. Brown – Hersheimer – dort auf sie wartete ...?

Beinahe wäre sie zurückgegangen, um den Vorhang beiseite zu ziehen.

Nun betraten sie den Gefängnisraum. Dort hätte sich niemand verstecken können. Aber was war das? Leise Schritte auf der Treppe? War doch jemand im Haus?

Jane trat sofort auf das Bild von Gretchen zu. Sir James reichte ihr ein Taschenmesser, und sie schnitt das braune Papier auf der Rückseite herunter. Die Anzeigenseiten einer Zeitschrift fielen heraus. Jane hob sie auf, trennte die zusammengeklebten Seiten und zog zwei dünne Bogen, die mit Schriftzeichen bedeckt waren, hervor.

Es waren die echten Papiere!

„Da haben wir sie", sagte Tuppence. „Endlich!"

Die Erregung verschlug ihr fast den Atem. Vergessen war das leise Knarren, waren die eingebildeten Geräusche, die sie eben noch zu hören geglaubt hatte.

Sir James nahm die Papiere und betrachtete sie kritisch. „Ja, das ist der unheilvolle Vertragsentwurf!"

„Wir haben es geschafft!" rief Tuppence. Doch in ihrer Stimme lag eine gewisse Scheu, als könnte sie es noch immer nicht fassen.

Sir James wiederholte ihre Worte, während er das Papier in seine Brieftasche legte. Dann blickte er sich neugierig in dem schmutzigen Raum um. „Hier war also unser junger Freund so lange eingesperrt. Keine Fenster, und die dicke, fest schließende Tür. Was hier auch geschieht, draußen würde man nichts hören."

Tuppence erschauerte. Seine Worte erweckten in ihr neue Unruhe. Wenn sich nun doch jemand im Haus verborgen hielt? Jemand, der diese Tür hinter ihnen schloß und sie wie Ratten in einer Falle einem elenden Tod überließ? Aber dann wurde ihr klar, wie dumm diese Befürchtung war. Das Haus war ja von Polizeibeamten umstellt, die ins Haus eindringen und nach ihnen suchen würden, falls sie nicht wieder auftauchten. Sie lächelte über ihre eigene Torheit – und blickte dann jäh auf.

205

Sir James betrachtete sie. Er nickte ihr zu, als wollte er ihr beipflichten. „Ganz richtig, Miss Tuppence. Sie spüren eine Gefahr. Ich auch. Und Miss Finn ergeht es nicht anders."

„Ja", gab Jane zu. „Es ist dumm, aber..."

Wieder nickte Sir James. „Sie spüren – wie wir alle – die Gegenwart von Mr. Brown. Ja", fuhr er fort, als Tuppence eine Bewegung machte, „es besteht kein Zweifel – Mr. Brown ist hier..."

„In diesem Haus?"

„In diesem Zimmer... Verstehen Sie noch immer nicht? Ich bin Mr. Brown!"

Bestürzt starrten sie ihn an. Er lächelte, ein genießerisches Lächeln.

„Keine von Ihnen wird dieses Zimmer lebend verlassen! Der Vertragsentwurf gehört jetzt mir." Sein Lächeln wurde noch breiter. „Soll ich Ihnen erzählen, wie die Sache weitergeht? Früher oder später wird die Polizei drei Opfer von Mr. Brown finden – drei und nicht zwei, wohlverstanden, aber glücklicherweise wird das dritte Opfer nicht tot sein, sondern nur verwundet, und daher in der Lage, den Überfall in allen Einzelheiten zu schildern. Der Vertrag? Er befindet sich in Händen von Mr. Brown. Es wird niemand auf den Gedanken kommen, die Taschen von Sir James Peel Edgerton zu durchsuchen!" Er wandte sich an Jane. „Sie haben mich überlistet. Das gebe ich zu. Aber Sie werden es nicht noch einmal tun."

Hinter ihm war ein leises Geräusch zu hören, aber er merkte es nicht. Er ließ die rechte Hand in seine Tasche gleiten.

Noch während er diese Bewegung machte, wurde er plötzlich von hinten mit eisernem Griff umklammert. Die Pistole wurde seiner Hand entwunden, und Hersheimer sagte in gedehntem Ton: „Na, jetzt haben wir Sie auf frischer Tat ertappt!"

Sir James' Selbstbeherrschung war bewundernswert.

Er betrachtete seine beiden Gegner. Am längsten ruhte sein Blick auf Tommy. „Sie!" stieß er hervor. „Sie! Das hätte ich mir denken sollen!"

Als sie sahen, daß er offenbar keinen Widerstand zu leisten beabsichtigte, lockerten sie ihren Griff. Da hob er seine Hand zum Mund, die Hand mit dem großen Siegelring ...

Sein Gesicht veränderte sich, und unter krampfartigen Zuckungen sank er zu Boden, während sich ein Geruch wie nach bitteren Mandeln ausbreitete.

26

Ein Festessen, das Mr. Hersheimer einigen Freunden am Abend des Dreißigsten gab, blieb in Hotelkreisen noch lange in Erinnerung. Es fand in einem der Privaträume des *Savoy* statt, und Mr. Hersheimers Anweisungen waren kurz und bündig. Er gab dem Küchenchef eine Blankovollmacht – und wenn ein vielfacher Millionär eine Blankovollmacht gibt, dann erhält er auch etwas dafür!

Jede nur denkbare Delikatesse wurde herbeigeschafft. Kellner trugen Flaschen erlesensten alten Weins herein. Die Blumen der Dekorationen übertrafen jede Vorstellung. Früchte aller Art und aller Jahreszeiten häuften sich. Die Schar der Gäste war klein, aber erlesen. Es waren der amerikanische Botschafter, Mr. Carter, der, wie er sagte, sich die Freiheit genommen hatte, einen alten Freund mitzubringen, Sir William Beresford, der Erzdiakon Cowley, Dr. Hall, die beiden jungen Abenteurer, Miss Prudence Cowley und Mr. Thomas Beresford, und schließlich Miss Jane Finn.

Hersheimer hatte keine Mühe gescheut, Janes Erscheinen zu einem vollen Erfolg zu machen. Ein geheimnisvolles Klopfen hatte Tuppence an die Tür der Zimmerflucht geführt, die sie mit der jungen Amerikanerin teilte. Draußen stand Hersheimer. In seiner Hand hielt er einen Scheck.

„Hören Sie, Tuppence", begann er, „wollen Sie mir einen Gefallen tun? Nehmen Sie das, und lassen Sie Jane für heute abend richtig ausstatten. Sie werden heute abend alle mit mir im *Savoy* essen. Ja? Scheuen Sie keine Ausgabe."

„Darauf können Sie sich verlassen!" rief Tuppence. „Es wird mir ein Vergnügen sein. Jane ist wohl das hübscheste Mädchen, das ich kenne."

„Das finde ich auch!" stimmte Hersheimer ihr zu.

Seine Begeisterung reizte Tuppence. „Übrigens, Mr. Hersheimer, Sie haben mich doch gefragt, ob ich Sie heiraten will. Ich habe es mir also reiflich überlegt . . ."

„Und?" fragte Hersheimer. Der Schweiß stand ihm auf der Stirn. Tuppence lachte auf.

„Sie sind doch ein Idiot! Ich habe gleich gesehen, daß Sie keinen Penny für mich geben würden!"

„Aber keineswegs! Ich hatte und habe noch immer die größte Hochachtung vor Ihnen, ja, ich bewundere Sie . . ."

„Schon gut! Das sind Empfindungen, die schnell vergehen, wenn jemand anders – wenn die Richtige auftaucht. Nicht wahr, alter Freund, so ist es doch?"

„Ich weiß nicht, was Sie meinen", antwortete Hersheimer betreten. Tuppence lachte und schloß die Tür.

Der Neunundzwanzigste verlief genauso wie jeder andere Tag. Diejenigen Zeitungen, die auf möglicherweise drohende Terrorgefahren hingewiesen hatten, machten nun verlegene Rückzieher. Niemand wußte mehr recht, wie eigentlich die Nachrichten von bevorstehenden Unruhen oder gar von einem Staatsstreich entstanden waren. In den Sonntagszeitungen erschien eine kurze Nachricht über den plötzlichen Tod von James Peel Edgerton, dem berühmten Kronanwalt. Die Montagszeitungen befaßten sich ausgiebig mit der Laufbahn des Verblichenen. Niemals jedoch verlautete etwas darüber, auf welche Weise er eigentlich den Tod gefunden hatte.

Tommy hatte mit seiner Beurteilung der Sache recht behalten. Es war wirklich eine Organisation gewesen, die von einem einzigen Mann geführt wurde. Ihres geheimnisvollen Führers beraubt, zerfiel sie. Kramenin hatte England Sonntag früh verlassen. Die Bande war panikartig aus *Astley Priors* geflohen und hatte in ihrer Eile einige Schriftstücke hinterlassen, die sie hoffnungslos kompromittierten. Dazu kam noch ein kleines braunes Tagebuch aus der Tasche des Toten, das ein freilich nicht ganz klares Resümee der ganzen Verschwörung enthielt.

In Mr. Carters Bewußtsein freilich hatte sich unauslöschlich die Szene eingebrannt, deren Zeuge er am Abend zuvor in Soho geworden war.

Er hatte den unheimlichen Raum betreten, in dem nun der Mann, der ein ganzes Leben hindurch sein Freund gewesen war, still dalag – ein Opfer seiner selbst. Aus der Brieftasche des Toten hatte er den unheilvollen Vertragsentwurf genommen und ihn an Ort und Stelle sogleich in Flammen aufgehen lassen.

Und nun also empfing am Abend des Dreißigsten Mr. Julius P. Hersheimer seine Gäste im *Savoy*.

Als erster traf Mr. Carter ein. In seiner Begleitung befand sich ein cholerisch aussehender alter Herr, bei dessen Anblick Tommy errötete. Er trat auf ihn zu.

„Was?" rief der alte Herr und musterte ihn, als würde ihn sogleich der Schlag rühren. „Du bist also mein Neffe! Keine sehr eindrucksvolle Erscheinung – aber du scheinst gute Arbeit geleistet zu haben! Deine Mutter hat dich offenbar anständig erzogen. Wollen wir den alten Streit begraben? Du bist mein Erbe, und ich will dir in Zukunft eine feste monatliche Zahlung zukommen lassen. *Chalmers Park* solltest du nun als dein Heim betrachten."

„Das ist wirklich sehr nett von dir."

„Und wo ist die junge Dame, von der ich soviel gehört habe?"

Tommy stellte ihm Tuppence vor. „Was!" rief Sir William und betrachtete sie genau. „Die Mädchen sind auch nicht mehr das, was sie zu meiner Zeit waren!"

„Aber doch", antwortete Tuppence. „Ihre Kleider sind vielleicht anders, aber sie selber sind noch immer die gleichen."

„Na ja, Sie mögen recht haben. Katzen bleiben Katzen."

„Stimmt. Ich bin eine furchtbare Wildkatze!"

„Das glaube ich Ihnen", antwortete der alte Herr und lachte. Dann kam der Geistliche, ein wenig verwirrt von der Gesellschaft, in die er da geraten war. Er war zwar froh, daß sich seine Tochter so ausgezeichnet verhalten hatte, blickte sie jedoch von Zeit zu Zeit ein wenig nervös an.

Als nächster kam Dr. Hall. Ihm folgte der amerikanische Botschafter.

„Wollen wir uns nicht setzen?" sagte Hersheimer, als er seine Gäste einander vorgestellt hatte.

„Tuppence, wollen Sie bitte . . ."

Er deutete mit einer Handbewegung auf den Ehrenplatz. Aber Tuppence schüttelte den Kopf. „Nein, das ist Janes Platz! Wenn man bedenkt, wie sie in all den Jahren durchgehalten hat . . . Sie ist die Königin dieses Abends."

Jane nahm verlegen den Platz ein. So schön sie schon früher ausgesehen hatte, ihre Erscheinung an diesem Abend stellte alles in den Schatten. Tuppence hatte ihre Aufgabe getreulich erfüllt. Das Modellkleid war eine Phantasie in Braun, Gold und Rot, wogegen sich das Weiß ihres schlanken Halses vorteilhaft abhob.

Bald war das Fest in vollem Gang, und alle baten nun Tommy, einen vollständigen Bericht über die letzten Ereignisse abzugeben.

„Sie haben in dieser Angelegenheit überhaupt nie den Mund aufgetan", beschuldigte ihn Hersheimer. „Mir haben Sie erzählt, Sie reisten nach Argentinien. Wahrscheinlich hatten Sie dafür Ihre besonderen Gründe. Ihre Vorstellung, die ja auch Tuppence mit Ihnen teilte, ich sei Mr. Brown, finde ich wahnsinnig komisch!"

„Dieser Gedanke ist nicht ganz auf ihrem eigenen Boden gewachsen", sagte Mr. Carter. „Diese Möglichkeit wurde von dem großen Meister in die Diskussion geworfen, der dieses Gift sehr behutsam dosierte. Er war durch eine Notiz in einer New Yorker Zeitung auf diesen Gedanken gekommen, und damit spann er dann sein Netz, das einigen von uns fast zum Verhängnis geworden wäre."

„Ich habe ihn nie gemocht", erklärte Hersheimer. „Ich habe stets den Verdacht gehabt, daß *er* Mrs. Vandemeyer zum Schweigen brachte. Aber erst als ich hörte, daß der Befehl zu Tommys Liquidierung gleich nach unserer Unterredung an jenem Sonntag eintraf, gelangte ich zu der Überzeugung, er sei der große Unbekannte."

„Ich bin niemals darauf gekommen", klagte Tuppence. „Ich habe immer geglaubt, klüger als Tommy zu sein – aber er hat mich zweifellos glänzend geschlagen."

Hersheimer stimmte ihr bei. „Tommy hat den Vogel abgeschossen! Und anstatt nun stumm wie ein Fisch dazusitzen, sollte er uns jetzt alles erzählen."

„Da gibt es gar nichts Besonderes zu erzählen", antwortete Tommy verlegen. „Ich tappte völlig im dunkeln – bis zu dem Augenblick, an dem ich Annettes Fotografie fand und mir klar wurde, daß sie Jane Finn war. Dann fiel mir ein, wie eindringlich sie den Namen ‚Marguerite' gerufen hatte – und dachte an die Bilder. Na ja, so kam es. Dann habe ich mir noch einmal alles vergegenwärtigt, um mir klar darüber zu werden, was ich falsch gemacht hatte."

„Weiter", ermunterte ihn Mr. Carter, als Tommy Anstalten machte, sich wieder in sein Schweigen zurückzuziehen.

„Die Geschichte mit Mrs. Vandemeyer ließ mich nicht mehr in Ruhe, nachdem Hersheimer mir davon erzählt hatte. Er oder Sir James – einer von beiden mußte der

211

Schuldige sein. Als ich die Fotografie in der Schublade Hersheimers fand, nachdem er doch die Geschichte mit dem Inspektor Brown erzählt hatte, begann ich, Hersheimer zu verdächtigen. Dann entsann ich mich, daß Sir James die falsche Jane Finn entdeckt hatte. Schließlich konnte ich mich weder für den einen noch für den anderen entscheiden und beschloß, weder nach der einen noch nach der anderen Richtung hin leichtsinnig zu sein. Für Hersheimer hinterließ ich eine Mitteilung – für den Fall nämlich, daß er Mr. Brown sei –, der zufolge ich nach Argentinien abreiste, und ich ließ auch Sir James' Brief mit dem Stellenangebot neben dem Schreibtisch zu Boden fallen, damit er sähe, es handle sich um eine durchaus ernst zu nehmende Sache. Dann schrieb ich meinen Brief an Mr. Carter und rief Sir James an. Auf jeden Fall erschien es mir das beste, ihm alles anzuvertrauen. Und so sagte ich ihm alles – nur nicht, wo meiner Ansicht nach die Papiere versteckt waren. Die Art und Weise, in der er mir half, Tuppence und Annette auf die Spur zu kommen, entwaffnete mich fast, aber doch nicht ganz. Ich legte mich noch immer nicht fest. Und dann erhielt ich das gefälschte Schreiben von Tuppence – und da wußte ich Bescheid!"

„Aber wieso denn?"

Tommy holte den Brief aus seiner Tasche und ließ ihn am Tisch herumgehen.

„Es ist ihre Schrift – aber die Unterschrift bewies mir, daß die Mitteilung nicht von ihr stammen konnte. Niemals hätte sie ihren Namen ,Twopence' geschrieben. Nur jemand, der noch kein Schreiben mit ihrer Unterschrift erhalten hatte, konnte sich dieser Schreibweise bedienen. Hersheimer hatte Schreiben von ihr gesehen – er zeigte mir einmal eine Mitteilung von ihr an ihn. Aber an Sir James hatte sie nie geschrieben. Danach war alles einfach. Ich schickte Albert in aller Eile zu Mr. Carter. Ich tat so, als ginge ich weg, kehrte jedoch zurück. Als Hersheimer mit seinem Wagen angebraust kam, dachte ich mir gleich, daß dies nicht zu Mr. Browns Plan gehörte und daß es wahrscheinlich einiges Durcheinander geben würde. Ich wußte nun aber: Wenn Sir James nicht auf frischer Tat ertappt wurde, würde mir Mr. Carter auf meine bloße Vermutung hin niemals glauben."

„Das hätte ich auch nicht", warf Mr. Carter ein.

„Deswegen habe ich die Mädchen zu Sir James geschickt. Ich war überzeugt, daß sie früher oder später im Haus in Soho auftauchen würden. Ich bedrohte Hersheimer mit der Pistole, denn Tuppence sollte dies Sir James berichten, damit er sich unseretwegen keine Gedanken mehr machte. In dem Augenblick, in dem die Mädchen verschwunden waren, bat ich Hersheimer, wie der Teufel nach London zu jagen, und unterwegs erzählte ich ihm die ganze Geschichte. Wir gelangten noch rechtzeitig zum Haus in Soho und trafen draußen Mr. Carter. Nachdem wir mit ihm alles besprochen hatten, gingen wir hinein und versteckten uns hinter dem Vorhang in der Nische. Die Polizisten hatten Anweisung, falls sie gefragt würden, zu antworten, es wäre niemand im Haus. Das ist alles."

Einen Augenblick lang herrschte Schweigen.

„Übrigens", rief dann Hersheimer, als fiele es ihm gerade ein. „Was Janes Foto betrifft, so haben Sie alle unrecht. Es wurde mir tatsächlich weggenommen, aber ich habe es wiedergefunden."

„Wo denn?" fragte Tuppence.

„In dem Safe in Mrs. Vandemeyers Schlafzimmer."

„Ich wußte doch, daß Sie etwas gefunden hatten!" sagte Tuppence vorwurfsvoll. „Um bei der Wahrheit zu bleiben – damals fing ich an, Sie zu verdächtigen. Warum haben Sie es denn nicht gesagt?"

„Ich war wohl auch schon sehr argwöhnisch. Man hatte mir das Bild schon einmal abgenommen, und ich war fest entschlossen, niemanden wissen zu lassen, daß ich es wieder hatte, ehe ein Fotograf Kopien davon angefertigt hatte!"

„Wir alle haben das eine oder andere für uns behalten",
erklärte Tuppence nachdenklich. „Die Arbeit für einen
Geheimdienst bringt das wohl so mit sich."

In der Pause, die folgte, holte Mr. Carter ein kleines,
schäbiges braunes Buch aus seiner Tasche.

„Beresford hat vorhin gesagt, ich hätte Sir James Peel
Edgerton nicht für den Schuldigen gehalten, falls er nicht
sozusagen bei frischer Tat ertappt würde. Das stimmt. Tatsächlich habe ich erst dann wirklich geglaubt, daß alles auf
Wahrheit beruhte, als ich die Eintragungen in diesem kleinen Buch gelesen hatte. Dieses Buch wird in den Besitz
von Scotland Yard übergehen und der Öffentlichkeit
nicht zugänglich sein. Ihnen aber, die Sie die Wahrheit
kennen, möchte ich jetzt einige Abschnitte aus diesem
Tagebuch vorlesen, die ein gewisses Licht auf die außerge-
wöhnliche Mentalität dieses Mannes werfen." Er schlug
das Buch auf und blätterte in seinen dünnen Seiten.
„... Es ist Wahnsinn, dieses Tagebuch zu führen. Ich weiß
es. Es enthält das Beweismaterial gegen mich. Ich bin aber
niemals davor zurückgeschreckt, etwas zu wagen. Und
ich habe das dringende Bedürfnis, meinen Gedanken
Ausdruck zu geben... Schon in früher Jugend wurde mir
klar, daß ich über ungewöhnliche Fähigkeiten verfügte.
Nur ein Narr unterschätzt seine Begabung. Meine Intelli-
genz war der des Durchschnitts weit überlegen. Ich wußte,
daß ich zum Erfolg geboren war. Meine Erscheinung war
das einzige, was gegen mich sprach. Ich war still und
wirkte unbedeutend – völlig alltäglich...

Als Junge wohnte ich einmal einem Mordprozeß bei.
Ich war von der Beredsamkeit und der mitreißenden Kraft
des Verteidigers sehr beeindruckt. Zum erstenmal kam
mir da der Gedanke, meine Fähigkeiten auf diesem
besonderen Gebiet zur Entfaltung zu bringen... Dann
betrachtete ich den Verbrecher auf der Anklagebank: Der
Mann war ein Dummkopf. Ich empfand für ihn tiefe Verachtung. Es waren die Gescheiterten, das Strandgut der

Zivilisation, die zum Verbrechen getrieben wurden...
Seltsam, daß intelligente Männer diese ungewöhnlichen
Möglichkeiten offenbar niemals erkannt hatten. Was für
ein großartiges Betätigungsfeld: Welch unbegrenzte Möglichkeiten! Ich war wie berauscht...

Angenommen, daß meine außerordentlichen Fähigkeiten tatsächlich erkannt würden – daß ich als Anwalt bei
höchsten Gerichten berufen würde... Angenommen,
daß ich mich politisch betätigte und eines Tages, sagen
wir, vielleicht sogar Premierminister würde...Was dann?
War das ein wirklich großes Ziel? War das Macht? Überall
eingeengt und von dem demokratischen System, dessen
Exponent ich dann sein würde, gefesselt? Nein – die
Macht, von der ich träumte, war absolut! Die Diktatur!
Eine solche Macht aber ließ sich nur außerhalb der
Gesetze erringen. Man mußte eine schlagkräftige Organisation schaffen, um schließlich die bestehende Ordnung
umzustoßen und zu herrschen!

Ich sah, daß ich ein Doppelleben führen mußte. Ich
mußte eine erfolgreiche Karriere machen, hinter der ich
meine eigentliche Tätigkeit verbergen konnte. Auch
mußte ich mich zu einer bestimmten, fest umrissenen Persönlichkeit entwickeln. So nahm ich mir berühmte Kronanwälte zum Vorbild, ahmte ihre Gewohnheiten nach,
studierte das Wesen ihrer Anziehungskraft. Wäre ich zur
Bühne gegangen, so wäre ich wohl der größte Schauspieler der Welt geworden. Keine Verkleidung, keine
Schminke, kein falscher Bart! Nur die Verwandlung in
eine andere Persönlichkeit! Ich schlüpfte in sie hinein wie
in eine neue Haut. Warf ich sie ab, war ich wieder ich selber: still, unauffällig, ein Mann wie jeder andere auch. Ich
nannte mich Mr. Brown. Es gibt Tausende dieses Namens,
es gibt Tausende, die genauso aussehen wie ich...

In meinem offiziellen Beruf hatte ich Erfolg. Er konnte
gar nicht ausbleiben. Ich werde auch in dem anderen
Erfolg haben. Ein Mann wie ich kann nicht versagen...

Ich habe eine Biographie über Napoleon gelesen. Er und ich haben vieles gemeinsam ...

Ich spezalisiere mich darauf, Verbrecher zu verteidigen. Ein Mann sollte sich um seinesgleichen kümmern ...

Ein- oder zweimal hatte ich Angst. Das erstemal in Italien. Eine Einladung zum Abendessen. Professor D., der berühmte Nervenarzt, war anwesend. Das Gespräch wandte sich den Geisteskranken zu. Er sagte: ‚Sehr viele große Männer sind irre, und niemand weiß es. Sie wissen es ja selber nicht.' Ich verstehe nicht, warum er mich dabei ansah. Es war ein seltsamer Blick. Er gefiel mir nicht ...

Es geht alles nach meinen Wünschen. Ein Mädchen ist hereingeplatzt; ich glaube nicht, daß es wirklich etwas weiß. Wir müssen jedoch die ‚Estnische Glaswaren-Gesellschaft' aufgeben. Jetzt darf man nichts aufs Spiel setzen ...

Alles geht gut. Der Verlust des Gedächtnisses ist störend. Es kann sich dabei nicht um Simulieren handeln. Kein Mädchen könnte *mich* täuschen!

Der Neunundzwanzigste ... Das ist sehr bald ..." Mr. Carter hielt inne. „Ich will nicht auf die Einzelheiten des geplanten Staatsstreichs eingehen. Aber hier sind noch zwei kleine Eintragungen, die sich auf Sie drei beziehen. In Anbetracht der Ereignisse sind sie interessant: Indem ich das Mädchen dazu veranlaßte, von sich aus zu mir zu kommen, ist es mir gelungen, sie unschädlich zu machen. Sie hat jedoch intuitive Eingebungen, die gefährlich werden könnten. Man wird sie aus dem Weg räumen müssen. Mit dem Amerikaner kann ich nichts anfangen. Er ist mißtrauisch und kann mich nicht leiden. Aber er kann nichts wissen. Meine Tarnung ist völlig undurchsichtig. Manchmal fürchte ich, daß ich den anderen jungen Mann unterschätzt habe. Es ist schwierig, ihm Tatsachen zu verheimlichen. Er sieht alles ..." Mr. Carter schlug das Buch zu. „Was für ein Mann. Genie oder Wahnsinn, wer vermag das zu entscheiden?"

Es folgte ein Schweigen.

Dann erhob sich Mr. Carter. „Ich möchte mein Glas erheben – auf die jungen Abenteurer, deren Erfolg sie so glänzend gerechtfertigt hat!"

Unter großem Beifall stießen alle an.

„Aber wir möchten noch etwas anderes hören", fuhr Mr. Carter fort. Er sah den amerikanischen Botschafter an. „Ich spreche, wie ich weiß, auch für Sie. Wir möchten Miss Jane Finn bitten, uns ihre Geschichte zu erzählen, die bis jetzt nur Miss Tuppence gehört hat – zuvor aber wollen wir auch auf ihre Gesundheit trinken. Auf die Gesundheit einer tapferen jungen Amerikanerin, der unser aller Anerkennung und Dank gebührt!"

27

„Das war ein großartiger Trinkspruch, Jane", sagte Mr. Hersheimer, als er und seine Kusine im Rolls-Royce zum *Ritz* zurückfuhren.

„Der auf die jungen Abenteurer?"

„Nein, der auf dich. Es gibt kein anderes Mädchen auf der Welt, das diese Gefahren so durchgestanden hätte wie du. Du warst einfach wundervoll!"

„Ich fühle mich ganz und gar nicht wundervoll. Ich bin nur müde und einsam – und sehne mich nach Hause."

„Das erinnert mich an etwas, worüber ich noch mit dir reden wollte. Ich hörte, wie der Botschafter zu dir sagte, seine Frau hoffe, du würdest zu ihnen in die Botschaft ziehen. Das ist ja alles schön und gut, aber ich habe ganz andere Pläne. Jane, ich möchte, daß du mich heiratest! Du kannst mich natürlich nicht ohne weiteres lieben. Das sehe ich ein. Aber ich habe dich von dem Augenblick an geliebt, an dem ich dein Bild gesehen habe – und nun, da

217

ich dich kenne, bin ich völlig hingerissen von dir! Du kannst dir mit deiner Antwort Zeit lassen. Vielleicht wirst du mich niemals lieben können – und wenn das der Fall ist, werde ich dich freigeben. Aber ich behalte mir auch dann das Recht vor, auf dich zu achten und für dich zu sorgen."

„Das ist es ja gerade, was ich möchte", antwortete das Mädchen. „Ich suche einen Menschen, der gut zu mir ist. Ach, du weißt ja nicht, wie einsam ich mich fühle."

„Doch, das weiß ich. Aber dann wäre ja alles in Ordnung? Ich suche morgen den Erzbischof auf, um ihn um eine Sondergenehmigung zu bitten."

„O Julius!"

„Ich will dich nicht hetzen, Jane, aber es ist doch sinnlos, zu warten. Sei unbesorgt. Ich erwarte nicht von dir, daß du mich gleich liebst."

„Ich liebe dich aber, Julius", sagte Jane. „Ich habe dich schon in jenem Augenblick im Wagen geliebt, als die Kugel dein Gesicht streifte . . ." Fünf Minuten später murmelte sie: „Ich kenne London nicht sehr gut, Julius, aber ist es wirklich ein so weiter Weg vom *Savoy* zum *Ritz*?"

„Es kommt ganz darauf an, welchen Weg man wählt", erklärte Julius. „Wir fahren durch den Regent's Park!"

„Aber Julius – was wird denn der Chauffeur denken?"

„Bei dem Lohn, den er von mir bezieht, hoffentlich nur das Beste. Ach, Jane, ich habe das Essen doch nur deshalb im *Savoy* gegeben, um danach mir dir nach Hause fahren zu können. Ich wußte nicht, wie ich sonst jemals mit dir allein sein könnte. Du und Tuppence, ihr wart wie die siamesischen Zwillinge! Ich glaube, noch ein solcher Tag, und Beresford und ich wären wahnsinnig geworden!"

„Oh, ist er . . .?"

„Natürlich. Bis über beide Ohren."

Zur gleichen Zeit saßen die jungen Abenteurer sehr steif und verlegen in einem Taxi, das ebenfalls den Weg zum *Ritz* durch den Regent's Park nahm. Ohne daß sie recht wußten, was eigentlich geschehen war, kam ihnen alles verändert vor. Das frühere Gefühl der guten Freundschaft war verschwunden.

Schließlich machte Tuppence einen verzweifelten Versuch: „Es war recht nett, nicht wahr?"

„Recht nett."

„Julius mag ich gern", fuhr sie fort.

„Du wirst ihn doch nicht etwa heiraten?" rief Tommy. „Ich verbiete es dir!"

„Er will mich gar nicht heiraten – er hat mich nur aus Freundlichkeit darum gebeten."

„Das klingt nicht sehr wahrscheinlich."

„Er ist in Jane verliebt. Ich nehme an, daß er ihr jetzt einen Antrag macht."

„Sie paßt sehr gut zu ihm", erklärte Tommy gnädig.

„Findest du nicht auch, daß sie das reizendste Geschöpf ist, das dir jemals begegnet ist?"

„Na ja, Tuppence, du weißt . . ."

„Deinen Onkel mag ich gern, Tommy", antwortete Tuppence und versuchte in aller Eile ein Ablenkungsmanöver. „Was willst du übrigens tun? Willst du Mr. Carters Vorschlag und damit eine Staatsstellung annehmen oder Julius' Angebot eines Postens auf einer Ranch?"

„Ich glaube, ich bleibe auf dem alten Dampfer. Ich habe das Gefühl, daß du in London mehr zu Hause bist."

„Ich sehe nicht ganz ein, was ich damit zu tun habe."

„Aber ich", erwiderte Tommy bestimmt.

„Da ist auch noch das Geld", bemerkte sie nachdenklich.

„Welches Geld?"

„Jeder erhält einen Scheck. Mr. Carter hat es gesagt."

„Wieviel?" erkundigte sich Tommy spöttisch.

„Ich werde es dir nicht verraten."

219

„Tuppence, du bist unmöglich!"

„Hat es nicht großen Spaß gemacht, Tommy? Ich hoffe, wir werden noch viele Abenteuer bestehen."

„Du bist unersättlich."

„Na ja, einkaufen zu gehen ist fast ebenso schön", antwortete Tuppence träumerisch. „Alte Möbel und schöne Teppiche und eine Couch mit vielen Kissen . . ."

„Wofür das alles?"

„Möglicherweise für ein Haus – aber ich denke, wohl eher für eine Wohnung."

„Wessen Wohnung?"

„Du glaubst, ich wage nicht, es auszusprechen, aber da irrst du dich! Für unsere! Jetzt weißt du es!"

„Liebling!" rief Tommy und schlang die Arme um sie. „Ich war entschlossen, dich so weit zu bringen, es zu sagen. Das ist die Rache für deine unbarmherzige Art, in der du alle meine Versuche zur Sentimentalität roh unterdrückt hast!"

Sie küßten sich.

„Du hast mir noch immer keinen richtigen Antrag gemacht", meinte Tuppence nach einer Weile. „Jedenfalls nicht das, was unsere Großmütter darunter verstanden haben."

„Trotzdem kommst du nicht darum herum, mich zu heiraten. Glaub nur das nicht!"

„Schön", antwortete Tuppence. „Für eine Ehe gibt es ja eine Menge Bezeichnungen. Man sagt, sie sei ein sicherer Hafen, eine Zuflucht, die Krönung des Lebens oder Sklaverei und noch vieles andere. Aber weißt du, was ich in ihr sehe?"

„Was?"

„Kameradschaft!"

„Eine verdammt gute Kameradschaft", sagte Tommy.

Für junge Leute

Agatha Christie:

Die Büchse der Pandora

Tuppence und Tommy Beresford, ein abenteuerlustiges junges Ehepaar, versuchen sich als Inhaber eines Detektivbüros. Nach einigen Startschwierigkeiten steigt das Renommee der Detektivagentur, und die beiden unerschrockenen Jungunternehmer können sich über Langeweile nicht mehr beklagen. Doch dann müssen sie ihr ganzes Können unter Beweis stellen: Es gilt, den gefährlichen Spion mit dem Decknamen „Nr. 16" dingfest zu machen...

Loewes Bücher